U0023595

二十世紀西方文藝文化批評理論

Twentieth Century Western Cultural and Critical Theories

朱剛◎著

序

　　我們雖然已經進入新的世紀，但是世紀交替的過程卻遠遠沒有結束。二十世紀是人類發展史上重要的時期：它既給人類造成了前所未有的災難（兩次世界大戰），帶來了前所未有的挑戰（環境問題、人口問題、發展問題），又給人類創造了前所未有的機遇，為人類二十一世紀的發展提供了潛勢。從二十世紀初開始的科學發展，給人們的思維觀念和生活方式帶來了巨大的改變——可以說二十世紀是人類變化最大的世紀。處在二十世紀末期，自然科學和人文科學要做的一件事就是「修史」，對二十世紀自然科學和人文科學在某一領域的發展作出回顧，對該學科對人類文明進步產生的正面和負面影響作出反思。

　　西方文學文化批評理論在二十世紀裡得到了前所未有的發展。借助於二十世紀自然科學的突飛猛進和社會科學的日新月異，西方人文學者對人類文化的進步做了全面的思考，取得了眾多突破。文學文化批評理論雖然只是其中的一個思考領域，但是由於二十世紀人文學科之間、人文—社會科學之間，以及人文—自然科學之間的相互交流，相互影響，相互滲透，使得文學文化批評理論成了當代西方社會的一個縮影。透過了解西方文學文化批評理論可以反映西方其他學科領域的面貌，了解西方社會近百年發生的深刻變化。

　　雖然當代西方文學文化批評理論濫觴於二十世紀初，但由於其前衛性，在五〇年代之前一直沒有為大多數學者所認可。在美

國和加拿大，從事批評理論研究僅限於所謂的「理論系」，即比較文學系和法文系（當代理論很多來自法國），而當時大部分學者對這些舶來之物持懷疑態度，甚至感到受到理論的威脅。但是十幾年後越來越多的文學系學生跨系選修理論，到八○年代中期，幾乎無人不談理論。現在加拿大英語系招聘文藝復興、十八世紀英國文學教師時，基本要求就是必須了解現當代文藝批評理論，因為「理論」已經成為人文學者必須具備的素質。時至今日雖然仍然有人對理論懷有牴觸情緒，但大多數學者都認識到必須能夠從理論的高度來把握人文科學，而具備理論知識是這方面最明顯的外在表現（朱剛、劉雪嵐 1999）。

毋庸置疑，批評理論比較抽象，又需要具備其他學科知識，所以不少大學生、研究生對批評理論有一種畏懼感。本書就是在這樣的背景之下寫作的。它的特點在於：既表現當代西方文學文化批評理論的主要論述和學術界的主要觀點，力爭在新的批評距離上對它們進行重新理解，糾正一些常見的誤解，又兼顧大學生學習批評理論的實際，力圖選擇各個流派有限的經典原著，突出理論重點，在相互比較的基礎上深入淺出地反映現當代西方批評理論的各個面向。寫作批評理論史的最大困難，在於理論的博大精深和作者的孤陋寡聞。有人在談到結構主義時說過，「結構主義，即使是特指的某一類結構主義，在主題範圍上也涉獵極廣，要面面俱到實無可能，除非作者是某個非凡的天才」（Sturrock 1986:xii）。結構主義的一個方面尚且如此，「二十世紀西方文藝文化批評理論」這個大題目就更不必說了，況且用不足兩萬字來概述一個現當代批評流派難免掛一漏萬，很難現其全貌。平庸之譏，知所難免，希望各位行家對書中的謬誤提出批評，也希望讀

者能夠讀出興趣樂趣來，並且在讀了理論之後可以在更高的層次上談論了解文化和文學，這也是本書作者的願望。

　　本書中的很多內容取自於作者本人的教學實踐，有些來自於課堂上學生的討論和期末論文。他們的見解有見地，能說明問題，所以其中一部分被寫進本書。由於篇幅所限，在書中無法列進入他們的名字，只好在此一併表示感謝。

　　最後，作者願藉此機會向支援本人寫作的所有同仁表示感謝，向孟樊兄和揚智編輯部的其他先生和女士表示我的敬意。由於事務纏身，此書的交稿日期一拖再拖，多虧揚智的諒解和海涵。此外，本書的後半部分在哈佛燕京完成，在此也向提供資助的哈佛燕京學社和提供方便的哈佛大學Widener、Hilles兩圖書館表示謝意。

朱　剛

於劍橋

目 錄

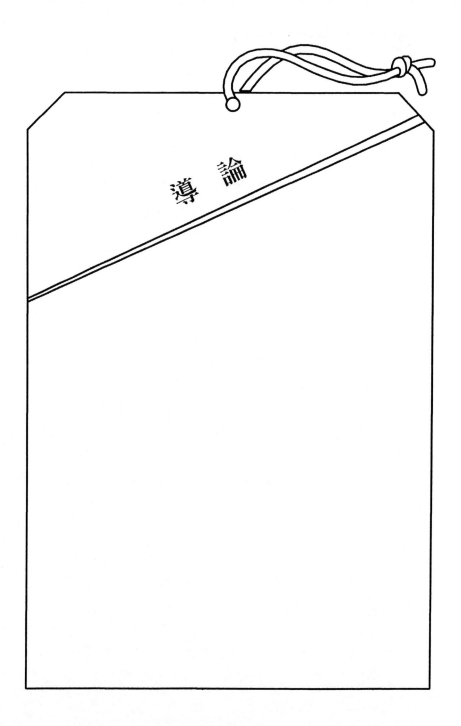

導　論

今天，我們正處於新舊世紀的過渡時期，從理論家到普通人都對二十一世紀人類的未來做過種種猜測，喜者有之，憂者有之，喜憂參半者也有之，但是更多的人對未來的一百年無法想像。事實上，人類從來沒有像現在這樣對自己的未來感到把握不定：在資訊爆炸、新觀念新思想層出不窮、重大變革幾乎充斥社會生活各個方面的時代，即使下個十年的情況現在也很難準確預料。

　　二十世紀末的這種社會現狀，可以追溯到一百年以前，因為二十世紀是人類有史以來變化最大的一百年。從某種意義上說，人類社會在一百年前的世紀之交時也正醞釀著一場類似的重大社會變革。和今天不同的是，十九世紀末時人們絕不會料到，二十世紀人類社會會在經濟模式、政治體制、科學技術、人文思潮等社會生活的各個方面發生如此巨大的變化。曾有學者指出，人類有史以來產生的科學家、思想家中，大部分生活在當今社會。同樣道理，我們也可以認為，人類有史以來發生過的巨大變化中，大部分巨變發生在二十世紀。

　　發生在二十世紀最明顯的變化之一，就是人文科學的空前繁榮。本世紀之前，西方人文科學學科數量有限，學科領域比較狹窄，學科涵蓋面不廣，學科之間相互影響不大。進入二十世紀後，人文研究越加活躍，新的學科層出不窮，研究領域不斷趨深趨廣，各種流派此起彼伏，不同學科之間相互滲透，學術思想的發展越發呈現多元化。

　　人文科學研究的一個重要分支是文藝批評理論，它在上個世紀之交時開始了質的變化。西方文藝批評自古希臘羅馬開始至十九世紀已經延綿了兩千餘年，雖然在不同時期人文思潮的影響

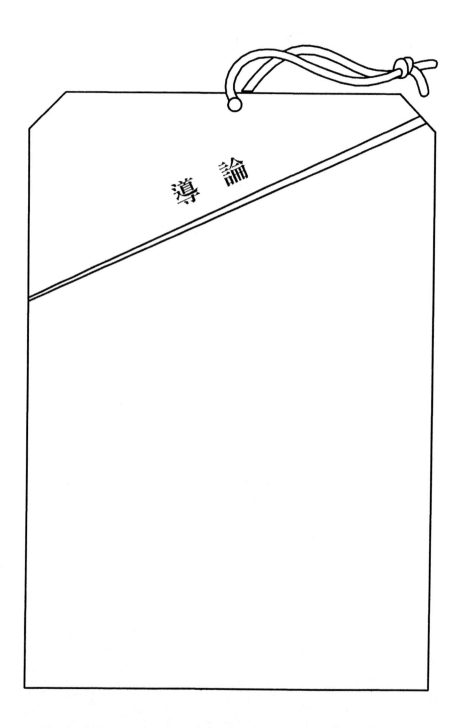

導　論

　　今天，我們正處於新舊世紀的過渡時期，從理論家到普通人都對二十一世紀人類的未來做過種種猜測，喜者有之，憂者有之，喜憂參半者也有之，但是更多的人對未來的一百年無法想像。事實上，人類從來沒有像現在這樣對自己的未來感到把握不定：在資訊爆炸、新觀念新思想層出不窮、重大變革幾乎充斥社會生活各個方面的時代，即使下個十年的情況現在也很難準確預料。

　　二十世紀末的這種社會現狀，可以追溯到一百年以前，因為二十世紀是人類有史以來變化最大的一百年。從某種意義上說，人類社會在一百年前的世紀之交時也正醞釀著一場類似的重大社會變革。和今天不同的是，十九世紀末時人們絕不會料到，二十世紀人類社會會在經濟模式、政治體制、科學技術、人文思潮等社會生活的各個方面發生如此巨大的變化。曾有學者指出，人類有史以來產生的科學家、思想家中，大部分生活在當今社會。同樣道理，我們也可以認為，人類有史以來發生過的巨大變化中，大部分巨變發生在二十世紀。

　　發生在二十世紀最明顯的變化之一，就是人文科學的空前繁榮。本世紀之前，西方人文科學學科數量有限，學科領域比較狹窄，學科涵蓋面不廣，學科之間相互影響不大。進入二十世紀後，人文研究越加活躍，新的學科層出不窮，研究領域不斷趨深趨廣，各種流派此起彼伏，不同學科之間相互滲透，學術思想的發展越發呈現多元化。

　　人文科學研究的一個重要分支是文藝批評理論，它在上個世紀之交時開始了質的變化。西方文藝批評自古希臘羅馬開始至十九世紀已經延綿了兩千餘年，雖然在不同時期人文思潮的影響

下，伴隨不同時期的文學創作實踐，出現過各種樣式的批評實踐，出現過形形色色的批評觀點，其中不乏大量的眞知灼見，但總體來看，二十世紀以前的西方文學批評尙稱不上是「文學批評理論」，因爲這些文學批評在闡釋的系統性和完整性、論述的深度和廣度，以及對方法論的意識等方面遠遠無法和二十世紀西方批評理論相提並論。

　　了解二十世紀的西方社會，最直接的方法之一就是了解這個時期的西方文學藝術，因爲正如評論家常說的，文學是人學，最能反映時代特徵；而了解二十世紀西方的人文思潮，最有效的途徑之一就是研究二十世紀西方文藝批評理論。首先，文藝批評理論是文學藝術創作實踐的經驗總結和理論概括，因此現當代西方批評理論是對二十世紀西方社會發展的一個歷史總結，也是對現當代西方社會不同歷史發展階段的反映。從這個意義上講，了解現當代西方批評理論可以基本掌握現當代西方社會的發展脈絡。其次，現當代西方批評理論是二十世紀西方人文思潮的重要組成部分。經過近一個世紀的發展，當代西方人文思潮流派紛呈，理論觸角涉及當代社會生活的各個方面。而當代批評理論的一個特點，就是相容並蓄人文思潮在各個領域中所做的思考，如心理學、社會學、歷史學、哲學、倫理學，甚至數學、醫學等自然科學研究在批評理論中也有所反映。此外，現當代批評理論發展的一個趨勢就是和社會實際結合得越來越緊密。縱觀本世紀批評理論的發展，可以看出它和普通人的生活越來越靠近，和現實政治的關係越來越密切。看一下近三十年主要的批評理論思潮如後結構主義、後現代主義、新女性主義、少數話語、後殖民主義、文化研究等等，就可以發現這些批評話語有兩個明顯的特點：

1. 對它們影響最大的已經不僅僅只是文學藝術實踐，還包括社會實際政治。

2. 它們的理論關懷對象已經不再單純地局限於文學藝術本身，而是像文學藝術創作一樣，把研究的領域擴展到人類生存的各個面向。

3. 本世紀批評理論所從事的已經和所謂的「終極關懷」離得越來越遠，而越來越關注於眼前的細節。當然，文學的「終極關懷」問題依然存在，評論家們仍時時會討論諸如文學的起源、寫作的源泉、作品的意義、闡釋的有效性等問題。但他們現在似乎更加關心文學閱讀中的具體問題，如作品的道德傾向、女性人物的遭遇、作品中反映的社會階層間的不平等問題等等。

需要指出的是，以上所說的幾個特點雖然是現當代西方批評理論近期的顯在表現，但其醞釀、產生、發展卻經歷過一段相當長的歷史時期。我們甚至可以說，從二十世紀初現當代西方批評理論剛剛嶄露頭角時，以上的大部分特徵就已經初露端倪，只不過當時並未引起充分的注意，時至今日仍然有待我們去進行研究。這一點很重要，因為它有助於我們在新的世紀更加實事求是地回顧二十世紀西方批評理論的各個流派和理論家，對我們習以為常的看法、觀念進行更加客觀的重新評估，並且藉此對我們的過去和未來作出更加恰當的分析。

從二十世紀文化發展的角度來重新歸納分析現當代西方批評理論，首先要對本書的研究對象作必要的限定和界定。這裡「現當代」指整個二十世紀。學界常常把二十世紀二次大戰前的部分

稱爲現代社會，把二次大戰以後的社會稱爲當代社會或後現代社
會。本書所指的「現當代」，就指自形式主義批評理論開始時的
二十世紀頭十年至時下的各種泛文化批評理論。整個二十世紀可
謂是多事之秋。人類飽嚐了兩次世界大戰帶來的痛苦，經歷了半
個世紀之久的東西方冷戰，對科技進步的幻想逐漸消失，對人類
與人類、人類與自然間的關係日漸悲觀。二十世紀的這個社會現
實一直引起思想界的關注，並引發出各種各樣的人文思考，其深
度廣度是前所未有的。「西方」在這裡既是地理概念（主要指北
美和歐洲，尤其是西歐）又是意識形態概念（指和正統的社會主
義集團相對立的資本主義世界），因爲本書所論及的文化文學批
評理論產生於歐美，是歐美現當代人文思潮的重要組成部分。

　　本書論述的「文藝文化批評理論」，特指歐美文藝理論界對
西方文學藝術創作實踐所發表的理論闡述。這裡先簡要地界定一
下「理論」（theory）、「批評」（criticism）和「美學」（aesthetics）
這三個相互關聯的概念：「美學」主要指對文學藝術進行的哲學
思考，其思辨性最強，觀照範圍最廣，除文學藝術之外，還包括
建築、服飾等。「批評」指對文學藝術作品進行的評論，尤其指
對具體作品的賞析性評論。「理論」在今天則專指自俄蘇形式主
義起的西方文藝文化批評，尤其指後結構主義文藝文化批評理
論。它和西方其他人文思潮聯繫密切，理論性、體系性強，往往
以流派的形式出現[1]。如果說三十年前人們還可以把「理論」認
定是爲評論家闡釋文學名著服務的「傭人的傭人」，把它泛泛地
約束在「某種對文學研究實踐的思考」或對「既成文學研究實踐
的挑戰」的範圍之內，今日則很難給批評理論劃個簡單的範圍。
正如當代美國批評家卡勒所言：「（批評理論）並不只是『文學

理論」，因爲它很多有意思的著述並不明顯地論述文學。它也不同於現在意義上的『哲學』，因爲它既含括黑格爾、尼采、漢斯一喬治‧伽達瑪，也含括索緒爾、馬克思、佛洛伊德、歐文‧戈夫曼和雅克‧拉岡。如果可以把文本理解爲『用語言表達的一切』，則它或許可以被稱爲『文本理論』。但是最方便的稱謂莫過於『理論』這個最簡單的代稱了」（Culler 1983:7-8）。這是因爲，今日的批評理論已經成爲一門單獨的科學，有其獨立的地位：它的研究領域交叉於人文研究的多個領域之中，既涉及又有別於這些領域，從而形成了自己獨特的身分。

　　二十世紀以前的西方文藝批評大致可以分爲三個階段。第一個是古典階段，從西元前五世紀的古希臘直到十六、十七世紀的文藝復興之前。這裡的「古典」指由古希臘哲學家柏拉圖（Plato）、亞里斯多德（Aristotle）提出的一整套文藝創作、欣賞原則和價值判斷依據，這些原則和依據被後來的思想家所承襲，一直是文學藝術創作的準繩，評判藝術作品的標準。古典主義最重要的原則就是：藝術是對自然的模仿。這裡面包含了幾層意思。首先，「自然」指的是「理性」、「和諧」、「有序」的外部世界，這個世界遵循一定的運作規則，具有一定的內在結構，柏拉圖稱之爲「形式」[2]。其次，外部世界的千變萬化都是世界本質即「形式」的反映，而藝術又是對外部世界的反映。既然藝術是對「形式」的間接反映，在反映過程中就不免會有所扭曲，所以古典主義對文學藝術的最高要求就是必須「客觀再現」模仿對象，儘可能揭示模仿對象包含的眞實與本質。雖然柏拉圖、亞里斯多德以後近兩千年批評家對古典主義多有發展，但一直恪守古典主義模仿論的圭臬。需要指出，古典主義的「模仿」（imitate）

和這個詞現在的涵義略有不同：它雖然含有「忠實複製」的意思，但不等於亦步亦趨原樣照搬，因為「形式」雖然永恆，但並不顯在，對它的再現需要模仿者去思考去創造，正如人們現在對「眞理」的理解和追求一樣。但總的說來，古典時期的文化要求個人服從權威，不論這個權威表現在國家政治上，還是宗教信仰上或倫理道德上，在這些原則問題上個人不得越雷池一步。

亞里斯多德認為，成功的藝術模仿除了模仿行為本身以外，還依賴於藝術家本人的藝術天賦，但古典時期的藝術作品為了體現內容大於形式的原則，基本上是整體大於枝節，情節大於人物，對人本身及人和社會的關係沒有給予重視。西方文藝批評的第二個階段即後古典主義時期的明顯特點，就是把關懷的對象移到了人本身。文藝復興及新古典主義時期把古典主義對形式（form）的限定從萬物轉到了人，如果人能夠最大限度地保留作為人所應當具有的優秀品質，充分發揮人的所有潛質，最大限度地展現他個人的特點，這就是宇宙「形式」在他身上的表現。藝術在這個過程中具有催化促進作用，幫助個人品質的「形成」並使之「形式」化（formative）。這個時期古典戒律仍然具有很大的權威性，但不同的是個人在表現方面更加自由，個人對社會文化具有更加大的影響，個人本身（如人的心理、行為、感情）也越來越受到重視，同時由於人的社會經歷對人心理自我的形成至關重要，社會環境對人的影響也引起批評家的注意。這種對個人情感、社會環境、心理因素的重視在浪漫主義時期達到頂點，藝術上則表現為對獨特性、創造性、主觀性的追求，強調人對社會的感受。由於科學主義的興起，人們對權威的盲從有所減少，而更願意相信自己的親眼所見，更注重對不同事物的具體細節進行

觀察研究，因此對社會環境與人的關係問題也更感興趣。新古典
主義後期（十八、十九世紀）的藝術研究對歷史因素給予了很大
的關注，如英國文化批評家阿諾德（Matthew Arnold）在《文化
與無政府狀態》（*Culture and Anarchy*）中就把文學批評的範圍延
伸到「文化」，即和思維相對應的一切社會準則和道德規範；法
國思想家泰納（Hippolyte-Adolphe Taine）認爲作品是大腦對社
會時尚的記錄，提出文學的三要素（race, surroundings, epoch）
以說明作家的社會環境、個人經歷對創作的影響（"Introduction
to the History of English Literature"）（Bate 1970:466-72, 501-7）。
這個時期文藝批評的特點首先是批評實踐越來越趨向多元化，研
究方法越來越系統化，批評語言越來越理論化。

　　批評多元化，研究系統化、理論化正是二十世紀西方批評理
論最明顯的特徵。二十世紀初自然科學研究有了重大突破，其影
響迅速波及到人文研究，科學主義很快在批評理論方面得到顯
現。不論是早期的俄蘇形式主義和英美新批評，還是稍後的心理
分析和神話原型批評，都公開宣稱要建立文學批評的「科學」。
這些批評理論流派的顯著特點也是精於分析，注重實證，講究推
理，形成的觀點有很強的系統性，並且由完整的理論框架所支
撐。二十世紀批評理論的另一個特點就是思維的「語言學轉
向」。瑞士語言學家索緒爾（Ferdinand de Saussure）二十世紀初
開現代語言學先河，幾乎同時，批評理論也把文學的本體存在方
式確定爲文學語言，並以此作爲研究的中心。語言學轉向在二十
世紀中期文學結構主義中發展到頂點，此後的後結構主義、後現
代主義雖然聲稱要跨出「語言的牢房」，但實際上仍然繼續著語
言中心論，只不過改變了形式罷了。二十世紀後期的批評理論的

顯著特點就是把文藝批評引向文化批評。這種傾向較為明顯地開始於六〇年代的讀者批評理論[3]，文學批評理論由此開始迅速轉向文化批評理論，近來的後殖民主義、後現代主義、新女性主義、當代馬克思主義、文化研究等批評理論幾乎變成了泛文化批評，和社會政治生活中的實際問題結合在一起。最後，文藝批評理論在二十世紀已經完成了它的制度化過程，成為一個獨立的研究領域。批評理論不再是文學、文化研究的異己或者附庸，也不再可有可無，而是大學、研究所中人文研究必不可少的組成部分。儘管還有一部分學者對批評理論持懷疑或反對態度，但拋開批評理論就無法擴展真正有深度的「批評」，這已成了當今學界的普遍共識，批評理論的這種地位也算是它的又一個特點。

　　今日的西方批評理論為什麼要和泛文化研究相結合？如何結合？它在哪些方面表現出文化研究的特徵？要回答這些問題，首先要界定一下什麼是「文化」。「文化」（culture）的字面意義是「培育、培養」（cultivate）。根據英國文化批評家威廉斯（Raymond Williams）的定義，它用作比喻時，指對價值觀的培養，或指經過培養而具有的價值觀。在當代社會學和人類學研究裡，文化指某一個人類群體所擁有的傳統、習俗和社會機構的總和。從一般的科學角度講，文化應當是人類一切習俗和生產活動的集合體，但是在傳統文藝批評中，「文化」只指這類集合體的一部分，即從過去文化人的作品中流傳下來、得到肯定並得以延續的那一部分價值觀。這種文化觀帶有明顯的排他性，即認為「本」群體擁有的文化一定優於其他群體的文化，因此「我」有責任抵禦其他文化的價值觀，保護自己文化的價值觀。此外，這種文化觀對自己文化本身也進行著「優化」，只承認所謂的高雅

文化而不齒於通俗文化。這種古典文化觀曾經長期統治人們的思想，雖然不少文人學者意識到它的狹隘性，但很難擺脫它的束縛。如阿諾德在《文化與無政府狀態》中激烈批評了狹隘的文化觀，但他自己也很難徹底擺脫它。但到了二十世紀中期這種情況有了改變。隨著大眾傳媒的迅速普及，傳統所認可的一套文化形式和價值觀念逐漸消失，新出現的文化形式及其所代表的價值觀很快得到群體的接受與認可，而古典文化觀卻無法解釋它。在這種情況下，二十世紀的文化研究應運而生，其特點就是打破高雅文化、通俗文化的區分，把注意力放在一切文化現象、尤其是由國家機器和大眾傳媒所塑造而成的文化現象上。

那麼，文藝批評理論所對應的「文化」又是什麼呢？對此目前尚沒有一個公認的理論。一般認為，只要文藝批評理論關注的對象屬於文化的範疇，並從文化的視角去研究它，這種批評理論就和文化掛上了鉤。我認為，文藝批評理論至少在以下幾個方面和文化聯繫密切。

1. 文化首先是「人們廣泛持有的、深信不疑的、內心深處的信念和價值觀」，是「大腦的集體程式」（Hoecklin 1995:23）。文藝批評理論同樣是理論家對文學藝術本質所持有的看法，討論的是文藝作品所共有的深層結構，所要揭示的是一定創作、消費集體的文學藝術觀。此外，文學的本質、作品的結構、社會集體的文學觀都是文化的具體表現，是一定的文化在文學藝術領域裡的反映，屬於文化現象。

2. 文學藝術和文化現象的另一個共同點就是雙方都具有意義

體系。文化的形成依賴於「一個共用的意義系統」，在這個意義系統中產生出各種價值觀。同樣，文藝批評理論也建立在「意義系統」之上，由此產生出各種批評理論流派，正如有的理論家指出，近四十年批評理論的發展都圍繞著「意義理論」這個中心展開（Ray 1984:1）。作品的意義從本質上講是文化意義，作品意義的產生、限定、檢驗、確認都是社會行爲，是文化身分的反映。

3.文化研究是對行爲的研究，尤其是對社會機構政治行爲的研究（During 1994:4-5）。這一點在當代西方批評理論中尤爲明顯，因爲當今主要的文藝批評都是政治批評，研究的是文學現象反映的社會機構及其政治行爲。

　　基於這種對現當代西方批評理論和文化研究之間關係的看法，本書將從文化的角度對二十世紀西方主要的文藝文化批評理論進行分章評述，重點揭示它們和產生它們的社會文化之間的關係，以期透過文藝批評理論來反映社會的文化現狀及批評家的反應。需要說明的是，現當代西方批評理論範圍極廣，用流派來劃分已經非常勉強，常常掛一漏萬，況且由於篇幅所限，本書只能選擇部分流派加以討論，雖然這裡所討論的流派都是二十世紀主要的批評理論流派，但它們遠非全部。不過我認爲這裡涉及的流派已經具有相當的代表性，足以表現二十世紀西方批評理論的發展概況。

---

1 參閱Jefferson & Robey (1986:1); Wellek & Warren (1986:39)。當然韋勒克

和沃倫仍然把「理論」牢牢地限定在「文學」的範疇,而半個世紀後的今天,「文學理論」已經是跨學科多領域的研究方向了。

2 當時的古希臘哲學本身也是這種思想的體現,它和以前較為凌亂的哲學觀察不同,已經成為很有體系、邏輯嚴謹、結構完整的學說（Bate 1970:3-5）。

3 往前甚至可以追溯到二十世紀初。俄蘇形式主義的「前置／後置」理論和英美新批評的「含混」說都為讀者的介入創造了更大的可能。請參閱本書第一第二兩章。

第一章

俄蘇形式主義

　　和傳統文藝批評實踐相比，十九個世紀交替時期文藝批評的一個特點就是批評視角眾多、批評範圍擴大、批評方法多元，但關注的範圍仍然是社會環境、藝術家本人的生活經歷和創作心理對文藝創作的影響，以及藝術作品對讀者的心理作用。這個時候，在俄國興起了一股新的批評思潮。和當時轟轟烈烈、聲勢浩大的現代主義思潮不同，它人數不多，出現於不知不覺中，可是卻信心堅定，旗幟鮮明，給俄國文藝批評界極大的震動。更加重要的是，它開二十世紀西方文藝批評理論的先河，並對其後的西方批評理論有很大的影響。

　　作爲一個有意識的文學批評流派，俄蘇形式主義（Russian Formalism）[1]始於一九一〇年代（什克羅夫斯基1914年發表《詞語之復活》），終於1930年（什氏撰文〈給科學上的錯誤立個紀念碑〉進行自我評判）。這個流派有兩個主要分支：1914至1915年成立的「彼得堡詩歌語言研究會」（俄文縮寫Opojaz）和1917年成立的「莫斯科語言學學會」。兩個組織的成員都是一些酷愛詩歌的青年大學生，前者多爲研究文學的學者，代表人物有什克羅夫斯基（Viktor Shklovsky）、艾亨鮑姆（Boris Eikhenbaum）和迪尼亞諾夫（Yury Tynyanov）。他們從探討詩歌語言和日常語言的差別入手，挖掘出文學語言的基本特性，並據此總結出文學研究的總體思路和作品解讀的基本方法，這些思路和方法成爲形式主義的理論基礎。「莫斯科語言學學會」由語言學家組成，如雅克愼（Roman Jakobson）和姆卡洛夫斯基（Jan Mukarovsky）。他們也從界定文學語言入手，著重研究作品中的語言現象，並據此對作品進行結構分析。艾亨鮑姆不喜歡「形式主義」這個標籤，認爲稱他們爲「形式主義者」是某些人不懷好意，圖謀陷害

之舉，並且否認「俄蘇形式主義」是一個有組織的流派，理由是它沒有制定過統一的章程，沒有組織活動，成員之間也沒有一致的文學觀點。前者可以理解，因爲當時形式主義正面臨政治壓力，所以寧願稱自己爲「獨特性尋找者」（specifier），表明他們的工作只是尋找文學作品的獨特性（specificity）（Bennett 1979:10; Jefferson & Robey 1986:21）。後一種說法當然也有情可原，因爲即使成立文學組織在當時也是敏感的政治問題。但是形式主義的確有較爲明確的文學綱領，成員之間只是研究領域不同，觀念上沒有很大的差異。在二十世紀西方批評理論的主要流派中，也許形式主義是組織最不鬆散、成員間觀點相對最爲一致的流派，因此對它的理論特徵進行概括也容易一些。

什克羅夫斯基是Opojaz的核心人物，也是最重要的形式主義批評家（Lemon & Reis 1965:3）。他的〈作爲技巧的藝術〉（"Art as Technique" 1917）一文常被輯錄爲形式主義文論的代表作，因爲它集中表達了早期形式主義的文學見解和理論主張，最重要的一個觀點就是「文學性」。什氏（或者說所有形式主義者）從一開始就選擇了一個十分困難、卻又不得不首先解決的問題，即界定什麼是文學。之所以困難，因爲雖然批評家們一直談論文學，卻很難說清楚文學的特徵到底是什麼，所以往往只用籠統含混的術語指涉它，如「藝術品」或「詩」，使之成爲只可意會不可言傳的概念。但是對形式主義來說，這是個不得不說的問題，因爲只有從定義文學入手才能顯示出自己有別於其他文學批評的獨特之處，才能接觸到問題的實質。什氏採取了一個聰明的方法來作爲研究的突破口：否定性界定，即從界定文學不是什麼入手來界定文學是什麼。什氏認爲，文學之所以是文學，就在於它具

有與眾不同的特徵而有別於非文學，即「文學性」；由於文學是一門語言藝術，所以文學的文學性就應當體現在文學語言的特性上，即文學語言區別於非文學語言之處。文學語言的這個特徵到底是什麼？什氏認為，文學語言是一種經過藝術加工以後有意變得「困難」的語言：「因此，詩的語言就是一種困難的、變得粗糙的、受到阻礙的語言。」[2] 相比之下，非文學語言（如什氏所說的「散文」）的目的就是準確精練，直截了當，順暢達意。什氏對文學語言／日常語言的區分比較簡單，沒有詳細展開，但是這個區分已經十分明確，其他的形式主義者（如布拉格學派）基本接受，並做過進一步的闡述。需要指出的是，文學語言的「困難、粗糙、扭曲」性並不等於說形式主義認為文學語言就是難懂的語言，或是某種特定不變的語言表達形式。什氏曾舉例道，當一種語言被公認為文學語言時，說明它在文學讀者中十分流行，已經落入俗套的邊緣，這時如果某位作家突然啟用原本被認為是大眾的語言，反而會給人耳目一新的感覺。如普希金（A. S. Pushkin）和高爾基（Maxim Gorky）都有意把當時的文學語言和日常語言換個位置，使習慣於「文學」表達的讀者感到某種不習慣，非文學語言便獲得出其不意的「文學化」效果，因此就成了文學語言。

由此可見，形式主義的文學性具有一定的辯證性。它並不是指某類固定不變的語言，而是採納非文學語言，打破舊文學語言，並由此產生新的文學語言，這種現象在文學史上經常可以見到。中國文學史中南北朝曾經盛行句法講究、聲律嚴謹、內容浮豔、形式華麗的駢體文，形成文風的「綺縠紛披，宮徵靡曼」。由於駢體文「幾乎占有了一切文字領域」，才使初唐時期形成

「綺麗不足取」的反叛風氣，並導致李白等盛唐詩人主張「清水出芙蓉，天然去雕飾」，向漢魏六朝口語化的樂府民歌靠攏（游國恩等 1984:1:166-7, 204, 285-6; 2:7, 77）。西方文學史中，經歷了端莊凝重、循規蹈矩的新古典主義文學創作之後，才有英國湖畔詩人華滋華斯（William Wordsworth）和柯立芝（Samuel Taylor Coleridge）在《抒情歌謠集》中力倡使用「平常人使用的平常語言」，表現人們普通感情的「自然流露」（Trilling 1970:143-9），並因此開了一代詩風。

　　什氏和Opojaz的其他理論家都是文學批評家，他們談論的也是文學作品，主要是小說和詩歌，即文字語言的藝術。但是形式主義者們知道，作為普遍的藝術規律，文學性應當有更廣的涵蓋面，有更大的適用性。因此什氏在描述文學性的最主要表現形式時，就跨出了文字語言的範疇，而把它放在了「感知」的層面上。這樣，「文學性」就不止於文學作品，還可以包括如攝影、繪畫、雕塑、舞蹈等一般的藝術形式，因為一切藝術形式都是通過感知產生審美效果的。什氏的興趣主要在藝術感知的特性上，即藝術感知和非藝術感知的區別究竟在哪裡。什氏認為，非藝術感知的目的在於獲得對被感知對象的認知，這裡重要的是感知對象；而在藝術感知中，感知對象並不重要，處於首要位置的是藝術感知過程本身，因為藝術審美產生於藝術感知過程。但藝術感知的特徵又是什麼？當時的象徵主義有一種說法：藝術是形象思維，這種思維的特點就是最完全、最直接、最省力，是「感知過程相對容易」的思維。因此，藝術形象的作用就是集被表徵對象的特徵於一身，使之在瞬間得到體現。

　　什氏對象徵主義的形象思維論頗不以為然。首先，形象並不

是先在的，而是有賴於作者的創造和讀者的確定，其產生因人而異，不便作爲永恆的藝術標準。如李白詩〈憶東山〉：「不向東山久，薔薇幾度花？白雲還自在，明月落誰家？」詩中的「東山」「薔薇」、「白雲」、「明月」皆隱含地理、建築名，不了解這一點就產生不出李白所期待的形象，藝術感知程度就會降低。而且，文學形象雖然重要，卻只是眾多手法之一，不可能囊括藝術作品的全部，不足以作爲文學性或藝術感知的根本。其次，形象也有文學／非文學之分，它本身並沒有告訴我們如何確定它是不是文學形象，而且文學形象本身也是不斷變化的，某個時期的某個形象可能是文學形象，過了這個時期就可能不再是文學形象。另外，文學形象一經形成後人只可沿用，不大容易再進行變化，而文學藝術的源泉是創新，因此用有限不變的形象很難說明藝術的本質。而且，很多藝術形象已經廣爲接受，但其涵義可能會因文化背景不同而不同。如「龍」所產生的意象在東西方文化中往往完全相反，「女巫」的基本形象可能相似，但在不同文化中具體涵義會有很大差異。因此，以形象作爲文學性的唯一表徵就失去了普遍性。最後也是最重要的是，藝術形象論遵循的是「透過已知揭示未知」，即透過讀者熟悉的形象讓他獲得新的知識，但這裡重點是「揭示未知」或獲取新知，而「透過」即感知過程本身則處於第二位。

　　在什氏看來，象徵主義的錯誤歸根結柢是沒有說明文學形象的文學性到底是什麼，即什麼才使一個形象成爲「文學形象」。他認爲，文學形象的特徵就在於它的感知過程，具體地說，象徵主義所謂的「感知過程相對容易」的形象應當是非文學形象，只適用於日常語言：文學形象的感知正相反：它有意識地使被感知

對象變得困難，使它和讀者原有的體驗不一致甚至完全相反，使意義的獲得變得艱澀，延長了讀者對形象的體驗過程。什氏把文學形象的這個感知過程稱為「陌生化」（estrangement）[3]。其實，什氏之前並非沒有人談過文學性和陌生化的關係：英國十八世紀批評家約翰遜博士（Samuel Johnson）在《莎士比亞前言》中就說，莎翁的天才表現在「使遙遠的靠近，使優美的變熟悉」（Bate 1970:209），只是對什氏來說，優美的變熟悉之後並不一定還會優美。英國浪漫主義詩人雪萊（P. B. Shelley）好像離什克羅夫斯基更近一些：「詩使熟悉的事物變得好像不熟悉起來」（同上，432）。因為感知的一般規律告訴我們，動作經過多次重複之後就會成為習慣，「習慣成自然」，這個動作就成了自動的、無意識的或下意識的、機械的動作，對動作者來說這個動作就失去了存在。托爾斯泰（Leo Tolstoy）曾說過一段名言：「我在打掃房間，慢慢地走到長沙發跟前，但忘了是否已經撢過它。我的舉止都是習慣性的和無意識的，因此實在沒法記憶得起，即使撢過了，也和沒有撢一樣……如果許多人豐富的生活也是這麼無意識地持續下去，則這些生活就等於虛度。」基於此，什克羅夫斯基給文學的作用賦予了時代意義：打破當代生活給人造成的「過度自動化」（overautomatization），恢復現代人感知的敏銳程度，使人能夠真正體驗生活的原汁原味：

> 藝術的存在就是為了使人能夠恢復對生活的感知，為了讓人感覺事物，使石頭具有石頭的質地。藝術的目的是傳達事物的視覺感覺，而不是提供事物的識別知識。藝術的技法是使事物「陌生化」，使形式變得困難，加大感知的難度和長

度，因為感知過程就是審美目的，必須把它延長。藝術是體驗事物藝術性的途徑，而事物本身並不重要。

作為文學性的基礎，「陌生化」效果當然最突出地表現在文學作品中。在語言層面，日常語言在文學技法的壓力之下被強化、濃縮、扭曲、重疊、顛倒、拉長而轉變為文學語言。陌生化主要發生在語言的三個層次上：語音層，如採用新的韻律形式對日常語言的聲音產生阻滯；語義層，使詞產生派生或附加意義；詞語層，如改變日常語言的詞序。陌生化還可以發生在作品的其他層面。如小說視角、背景、人物、情節、對話、語調等。托爾斯泰的《霍斯托密爾》就是以一匹馬的視角展開整個故事的，《戰爭與和平》的部分場景使用平民的眼光來描述戰爭，這些都給人某種震動，產生新的感覺[4]。

和 Opojaz 一樣，「莫斯科語言學學會」的成員也對形式問題做了獨到的闡述。不同的是，雅克慎 1920 年移居捷克斯洛伐克，1926 年建立了布拉格語言學學會，創立了布拉格結構主義語言學。後來歐洲受到戰爭威脅，雅克慎於三〇年代末經巴黎輾轉去了美國，成為美國語言學研究的重要理論代表。其形式主義觀點雖不斷變化，但宗旨未改。雖然沒有足夠的證據證明他的存在使俄蘇形式主義理論對英美新批評產生過顯在的影響，但間接影響肯定存在。

雅克慎和什克羅夫斯基一樣，也是從研究文學性開始的。這並不難理解：不論是文學研究還是語言學研究，形式主義最終關注的必須是文學語言的獨特性。雅克慎在形式主義鼎盛期曾指出：「文學科學的對象不是文學，而是『文學性』，也就是使一

部作品成爲文學作品的東西。」這種說法和什氏的「使石頭成爲石頭的東西」如出一轍，都意在尋找文學區別於其他科學之處。不同的是，什氏是從文學欣賞的角度即感知過程入手，把文學性的產生歸之於散見於單部作品中的統稱「陌生化」的各種文學技法，雅克愼則相反，興趣在於出現在同一類文學作品中的普遍構造原則和一般表現手段，如結構、韻律、節奏、修飾等，對它們進行語言學歸類和分析，找出文學語言的規律。如在《隱喻極和轉喻極》（*The Metaphoric and Metonymic Poles* 1956）中，他認爲一般的話語行爲發生在相似性和延續性之間，一切語言符號系統便可以因此具有類似語言學上的轉喻和隱喻兩個極，文學作品也可以用這兩極來歸類，如現實主義作品側重表現人物與外部環境的關係，因此轉喻結構占支配地位；而浪漫主義、象徵主義作品的外指性減弱，內指性加強，所以隱喻結構占主導。同理，繪畫中的立體主義講究外部線條，轉喻成分多；超現實主義則隱喻性更強。更進一步，則可以認爲文學語言的隱喻性更強，日常語言的轉喻性更強（Latimer 1989:22-7）。

什克羅夫斯基認爲，在藝術感知中感知過程比感知對象重要得多，並由此引出陌生化的概念。雅克愼同樣認爲，「詩歌就是語言表達本身，而語言表達的東西則可有可無」（Bakhtin & Medvedev 1985:87）。這裡，對「莫斯科語言學學會」或其後的布拉格結構主義者來說，代替 Opojaz「陌生化」概念的是詩歌語言本身的特徵，即文學語言／日常語言的區別[5]。雅克愼的「轉喻／隱喻」說自然是一個區別手段，但另一位布拉格結構主義者姆卡洛夫斯基在《常規語言和詩歌語言》（*Standard Language and Poetic Language* 1932）中則做了更加具體的闡述。首先，姆

卡洛夫斯基突出了兩種語言的存在：「詩歌語言理論主要關注常規語言和詩歌語言的差異，而常規語言理論則主要關注兩者間的相同點」，可見存在兩種語言的假設在這裡已經成為既成事實。其次，詩歌語言和詩的語言不同。詩的語言大部分由常規語言組成，不論是語言形態還是語義範圍都近似於常規語言；詩歌語言則是對詩的語言或常規語言的有意識扭曲，此時後者作為一種背景，來反映由詩歌語言造成的阻滯和變形。因此對雅克慎和姆卡洛夫斯基來說，日常語言是詩歌語言得以顯現的重要前提，這一點和什克羅夫斯基的觀點有所不同。此外，詩歌語言最顯著的特徵是突出自身，這可以從語言的功能上看出。詩歌語言的功能就是最大限度地突出語言本身，作用是打消由常規語言造成的「自動化」、「麻木化」。當然，日常語言有時也會「突出自身」，給讀者新鮮感，如報紙、廣告的語言，但它們突出自身的目的和詩歌語言不同：它們是為了交際，為了達到某個功利性目的，而詩歌語言的目的則是非實用的，完全是為了語言本身（Garvin 1964:17-9）。

雖然什克羅夫斯基和「莫斯科語言學學會」都在談論文學語言／非文學語言的區別[6]，但後者過渡到布拉格結構主義後卻比早期的 Opojaz 要高明，一個重要原因是雅克慎等人的語言理論大多是三〇年代及此後提出的，這個時候他們對 Opojaz 及早期形式主義的偏激觀點已經看得很清楚，並且做過認真的反思，因此提出的觀點相對比 Opojaz 成員要成熟。什氏的失誤在於過分拔高「文學性」和技法的重要性，以「展示技法」（lay bare devices）代表文學藝術的全部，但完全排除文學之外的因素使得什氏的許多看法失之偏頗，很難自圓其說。社會、歷史、心理等

因素固然不能代表文學，但作爲社會文化一部分的文學也不可能
和前者完全隔離。正因爲如此，姆卡洛夫斯基對詩的原因和詩歌
語言的論述才顯得更加合理，具有很強的辯證性。這個觀點在布
拉格結構主義的另一個概念「前置／後置」中體現的更加完全。

　　所謂「前置／後置」（foreground／background）指的是中心
和邊緣的關係問題。這裡已經不是Opojaz的一元論，而是辯證
的二元關係。雖然這個時候Opojaz在蘇聯國內大勢已去，文學
性中心論早已聲名狼藉，什克羅夫斯基等人已經轉向自己先前所
不屑一顧的社會學方法來研究文學，但布拉格學派提出的「前置
／後置」觀卻和政治毫無關係，完全是他們認眞的學術主張。

　　雅克愼在〈論主導因素〉一文中，較爲完整地闡述了布拉格
學派的這個觀點：

> 主導因素可以被定義爲文藝作品的聚焦部分，這個部分統治
> 著、決定著並改變著其他的部分。……文藝作品就是一個文
> 字訊息，其審美功能是它的主導因素。

這裡，雅克愼認爲審美功能並不是文藝作品所獨有，有些文字材
料如演講、廣告也會重視審美功能，也著意於文字本身的使用。
因此，他認爲文字表達有多重語言功能，這些語言功能組成一個
等級序列[7]，依文章的性質不同對某些語言功能的倚重不同。如
說明文有賴文字的指涉功能，而在文藝作品中，審美功能則占第
一位（Matejka & Pomorska 1978:82-5）。另外，除了主導因素之
外，文藝作品中還有各種其他因素。這些因素顯然不是審美因
素，是早期形式主義者竭力要予以排除的異質成分。但在這裡它
們卻成了審美因素的陪襯，雖然處於後置位置卻必不可少，否則

審美因素就不可能得到前置。重要的是，這裡的前置成分不再是具備固有內在文學性的東西，陌生化技法也不再是看上去固定不變的東西。相反，文學性／非文學性、技法／非技法原本並沒有區別，只有進入文藝作品之後才會顯示出來，正如詩的語言進入詩歌之後才會形成詩歌語言一樣。雅克慎曾舉例：俄國大作家普希金、果戈里（Nikolay Gogol）、托爾斯泰都大量使用被前輩作家所不齒的「無足輕重的細枝末節」，卻收到絕佳的藝術效果，因為這些曾居於後置位置的成分突然被這些現實主義大家推到了前台，給人新的感受；如果沒有以往的「無足輕重」，就不會產生今日的奇特效果。只有前後對照，才能相映生輝。前置／後置觀還避免了單純追求「展示技法」這樣一個缺陷：過多的展示技法，勢必造成主次不分，導致技法的消失，只有有選擇地突出「主導因素」，才能使技法顯示其文學性。

由布拉格學派倡導的文藝作品語言功能等級序列說及前置後置說，還導致了形式主義文學史觀的產生。在Opojaz早期，形式主義者們並沒有過多地涉及文學史問題，因為「文學性」指涉的是一個固定的範疇，和「陌生化」與「技法展示」對應的也是靜態概念，排除了一切和純粹的文學性無關的因素之後，原本是社會文化產物的文學也就成了孤家寡人，形式主義文學觀便不可能包含發展變化的可能和餘地，因為發展變化要依靠事物之間的相互作用，衡量發展變化程度也要有參照系。同樣道理，一個文學因素是否具有文學性，是否可以產生陌生化效果，要取決於它和其他相關因素的聯繫，單靠該因素本身是無法決定的。或許正是因為布拉格學派意識到早期形式主義的理論缺陷，才提出「前置／後置」或「主導因素」說。這個觀點的理論長處是：它既保

存了形式主義的精神實質，繼續追求文學藝術的獨特品質，同時也可以避免早期形式主義的不足。雅克慎指出，文藝作品是一個「結構體系」，其中蘊涵的種種文學技法（或稱「語言功能」）構成了一個排列有序的等級序列：「在詩歌形式的演變中，重要的不是某些成分的消失或出現，而是文學體系中各個組成部分相互關係的轉化，易言之，就是主導因素的變化問題」（同上）。姆卡洛夫斯基也指出，這個文學結構金字塔由處於塔尖的「主導因素」控制，它決定了結構體系內部各組成部分間的相互地位和相互作用，因此文學結構就是一個動態的、不斷變化的、充滿不和諧卻又相對穩定平衡的結構。在這裡，文學性和非文學性仍然存在，仍然在起決定性作用，但和什克羅夫斯基早期的觀點不同，它們本身可以相互轉化。也就是說，一個技法在某一部作品中具有文學性，屬於文學的成分，但隨著時間的推移它可能會變得越來越自動化，不再能產生陌生化效果，並最終失去其文學技法的身分（同上，20-1）。最重要的是，雖然主導因素毫無疑問是文學成分，處於邊緣位置的成分並不因此成為非文學因素，而是作為背景，以襯托文學成分的表現。這樣，被早期形式主義所排斥的「非文學因素」如時代背景、作家經歷等就可以很容易地進入文學作品，成為文學研究的對象。

Opojaz 在發展的後期也論及文學史問題，和布拉格學派相似，他們的出發點也是文學技法的功能，文學作品的結構及文學形式的演變。什克羅夫斯基在〈羅札諾夫〉一文中詳細論述了他的文學演變觀：一個時代可以同時並存幾種文學樣式或重要的文學表現形式，但只有一種會占據統治地位；當現存形式權威的文學功能減弱後，就會受到處於被統治地位的文學形式的挑戰，新

的形式權威就會產生。由此可見，Opojaz後期的文學史觀和布拉格學派的觀點已經非常接近，較明顯的差別是，Opojaz仍然堅持文學形式的純文學性，排斥非文學因素的介入，他們的文學史實際上就是文學形式的變化史。另一個差別也許是他們對形式替換方式的看法：

> 每一個新的文學流派都導致一場革命……消失的一方並沒有被消滅，沒有退出。它只是被從峰頂上趕了下去，靜靜地躺著處於休眠狀態，並且會隨時躍起覬覦王位。而且……新的霸主常常不是單純地復活以前的形式，而是複雜得多：即帶有新流派的特徵，又繼承了前任統治者現已退居次要地位的特徵。

這裡新舊形式的替換不是簡單的篡權奪位或「你方唱罷我登場」，而是你中有我，我中有你，新舊交融，推陳出新。曾有人指出，好萊塢巨片《鐵達尼號》使用的是非常傳統的敘事方式──倒敘，由於現在的年輕人習慣了當代電影一味追求新奇的表現手法，而對幾十年前的傳統手法並不了解，所以「倒敘」倒使他們有耳目一新的感覺。這話不無道理，從一個側面說明了早期形式主義的局限：任何陌生化技法都有一定的時效期，終究會變得「機械化」，被讀者所厭倦。後期形式主義的形式發展論倒更加周全，說明了「機械化」和「陌生化」的辯證關係：《鐵達尼號》借鑑了傳統影片的表現手法，卻絕不會是它的翻版，一定得對它進行發展，否則即使受年輕觀眾青睞，也取悅不了中老年觀眾，由此可見什克羅夫斯基關於形式轉換的看法確實不無道理。因此可見Opojaz的文學形式觀在後期確實更加辯證，更加全

面。迪尼亞諾夫在〈杜斯妥也夫斯基和果戈里〉一文中對形式替
換做了另一種描述：文學傳統的流傳不是直接的繼承，而是另闢
蹊徑，是鬥爭，是與舊價值的突然斷裂。這種說法很有意思，因
為「斷裂說」五十年後已不罕見：孔恩（Thomas S. Kuhn）在描
述典範替換（paradigm shifts）時，傅柯（Michel Foucault）在談
論知識考古時，甚至當代進化論研究都在使用這個概念，只是迪
尼亞諾夫對此沒有深挖下去。

　　在二十世紀西方文藝文化批評理論的發展中，俄蘇形式主義
占有很重要的位置。雖然現在看來他們的許多主張顯得比較簡單
甚至幼稚，但它畢竟開現當代西方批評理論的先河。很多學者討
論過為什麼形式主義會出現在世紀之交的俄國，原因當然很多，
用形式主義的形式替換理論（「前置／後置」和「斷裂」說）或
許可以略加說明。受到當時歐洲文學的影響，十九世紀的俄國文
學和中世紀俄國文學傳統的距離正越來越大，雖然作家們積極地
採用俄國文學傳統中的主題、事件、人物，而且有意識地偏離歐
洲文學傳統以顯示俄國文學的「特色」，如普希金、萊蒙托夫
（Mikhail Lermontov）、托爾斯泰等人的作品，同時俄國作家對有
意偏離歐洲文學傳統的歐洲新潮作家情有獨鍾（形式主義者們就
十分推崇獨樹一幟的英國十八世紀小說家斯特恩 [Laurence
Sterne]），但一般認為此時的俄國文學正經歷著和自己的傳統、
和歐洲傳統的「斷裂」。從某種意義上說，形式主義也是這種斷
裂的結果：當英國、法國的批評家們在為自然主義、象徵主義、
現實主義等文學流派爭來爭去時，俄國學者卻關注起文學本身的
特徵。

　　除了文學傳統之外，還有社會政治和人文思潮的因素。進入

二十世紀之後，俄國社會一直處於動盪之中。1904年至1905年俄國在日俄戰爭中被打敗，在國內引起廣泛的不滿和騷亂，第一次世界大戰又給俄國人帶來了巨大的苦難，一百多萬人在戰爭中喪生，導致沙皇於1917年1月被廢黜。十月革命後的三年又經歷了內戰，直至二○年代初國家（蘇聯）才稍稍穩定。處於這個文學時期的一部分俄國知識份子對傳統價值觀產生了懷疑，對政治鬥爭感到厭倦，把文學研究孤立起來作為一種逃避，鑽入象牙塔[8]。這個時期歐洲出現王爾德（Oscar Wilde）的唯美主義，柏格森（Henri Bergson）的直覺主義，崇尚內心體驗的新康德主義，尤其是索緒爾語言學著作的發表和傳播[9]，這些人文思潮無疑對形式主義者施加了重大的影響。此外，這段時期也是俄蘇文學獲得大發展的時期，被稱為俄國文學的「白銀時代」（十九世紀初期普希金時代被稱為「黃金時代」），文學流派紛呈，重要作家輩出，而這個時期的批評家文化層次高，文學修養好，形式主義者中許多人本身就是作家、語言學家、文學史家，並通曉多門外國語。這些都為文學研究的「前置／後置」和「斷裂」打下了基礎。

　　俄蘇形式主義確實留給後人一份寶貴的文學遺產。人們常說二十世紀是方法論的世紀，而對方法論的講究當首推俄蘇形式主義。這裡的方法論首先指形式主義為了闡明自己的文學主張而有意識發展起來的一套文學理論。這套理論覆蓋面廣，涉及到文學研究的眾多領域。它系統性強，明顯地區別於其他的文學論述；理論性強，集美學、哲學、語言學於一身。如果說形式主義是人文思潮對文學研究施加了重大影響，科學主義的影響也不可忽視。艾亨鮑姆二○年代在〈「形式主義方法」理論〉（"The

Theory of the 'Formal Method'") 一文中開宗明義，稱形式主義
是「一門特別的文學學科」，研究範圍僅限於「文學材料」，不依
賴於任何其他的學科，因為「作為文學科學，它的研究目標必須
是那些有別於其他材料的特定東西」（Adams 1971:830-1）。雅克
慎也認為，文學和其他科學一樣，是一套「獨特的結構規則的複
合體」，因此文學研究需要採取「科學的態度」（Matejka &
Pomorska 1978:79）。艾亨鮑姆強調形式主義的科學性，部分原因
是為了避免受到「唯心主義」的指責。但世紀之交時確實是科學
主義的繁榮時期（愛因斯坦的「相對論」就出現在這個時期），
科學主義正滲透進人文研究的各個領域，並且形式主義之後，批
評流派常常給自己冠上科學性，如英美新批評、心理分析、神話
原型批評、結構主義等，足見形式主義的影響。

　　儘管現在很多批評家認為形式主義對形式的理解過於狹隘，
對形式的追求過於偏執，但不可否認，形式主義的文學性在具體
文本分析中仍然和社會文化有各種關聯，因此和形式主義者的理
論闡述並不完全一致。如法國十七世紀作家拉布呂耶爾（Jean de
La Bruyere）的這段描寫：

> 田間散佈著一些兇猛的動物，有雌有雄，被陽光炙得渾身發
> 黑，埋頭於土地，頑強地挖著、翻著。他們能發出一種清晰
> 的聲音，直立時現出人的面孔，實際上他們就是人。晚間他
> 們縮進巢穴，靠黑麵包、水、植物根充饑。他們使其他人免
> 受耕作收穫之苦，因此也該享用一些自己收穫的麵包。

這裡，陌生化的功能發揮得淋漓盡致：人被異常地描繪成動物，
使得讀者的感受受到「阻礙」，而且這種阻礙被「拖延」至描寫

的中間才被讀者意識到，增加了接下來的反語的力量。因此，陌生化在這裡可以產生巨大的效果，使作者對法國農民當時的悲慘生活的描寫入木三分，使讀者更深刻地體會到作者對社會現實的評判。因此，說形式主義只注重形式而不顧社會內容並不確切（Jameson 1972:56-7）。正因爲如此，才會不斷有批評家出來爲形式主義鳴不平：「在 Opojaz 小組的活動中，在他們把文學研究變成一個基本一致的研究領域的努力中，或如有些學者所說，在他們把這些研究形式化的願望中，我們發現了一種挑戰。我們可以說在很大程度上他們成功了。僅僅因爲這一點，也值得把他們文化遺產中最豐富的部分接受下來，發揚光大，而不應當只去挑它的缺點進行指責。指責總是最容易做的」（Matejka & Pomorska 1978:269）。

　　但是，指責總是不可避免的，因爲形式主義的理論缺陷實在是太明顯了，而且對後人產生過負面的影響。對形式主義最早最有影響的批評，恐怕要算托洛斯基（Leon Trotsky）。托氏是當時蘇共的最高領導人之一，是十月革命後蘇軍的最高指揮官。十月革命後，新生的蘇共政權忙於對付國內敵對勢力和外國勢力的干涉，暫時還顧不上文學藝術，所以形式主義得以繼續發展。但國內局勢穩定後，蘇共便把注意力轉向意識形態。在這種背景下，托氏於 1924 年發表〈形式主義詩歌流派和馬克思主義〉，對形式主義展開了批評。此文不乏教條式的評判，如指責形式主義是「蘇維埃俄國成立以來唯一的反馬克思主義藝術理論」，說它是「主觀唯心」、「反動」。儘管如此，和後來的批評文章相比，托氏此文還算溫和，很多評價也還公允[10]，尤其是一些批評不但客觀公正，而且切中形式主義要害，可謂一針見血。如他認爲語言

只可能是手段，不會是目的，任何語言的使用其目的都外在於語言。這是因為，「藝術形式儘管在某種甚至很大程度上是獨立的，但產生這個形式的藝術家和欣賞它的公眾卻不是空洞的機器」。因此，「新的藝術形式……產生於新的歷史需要」。托氏把形式主義者稱為「聖約翰的信徒」，盲目崇拜上帝的話語（"In the beginning was the Word"）（Adams 1971:820-27）。另一位蘇聯馬克思主義批評家巴赫金（M. M. Bakhtin）對此做了進一步評論：「在神學裡做推論判斷是可以理解的：上帝不可知，因此只得用他不是什麼來勾勒他是什麼。但是說到詩歌語言時我們不明白為什麼就不可以明確說明它是什麼。」巴赫金的意思是形式主義並不知道也不可能搞清楚形式到底是什麼，卻寧願把它奉為上帝，供奉崇拜。實際上，形式是一種觀念：「如果把觀念客體孤立起來，就會對貫穿於它的社會聯繫視而不見；如果把它和社會作用相分離，那麼觀念客體也就蕩然無存了」（Bakhtin & Medvedev 1985:77, 88）。基於同樣理由，詹明信（Fredric Jameson）後來把形式主義理論稱為「語言的牢房」。

巴赫金批評了文學語言／日常語言二元論，認為這種區分既說不清楚又自相矛盾。當代英國理論家伊戈頓（Terry Eagleton）也做過同樣的批評。他認為根本不存在一個供整個社會共有的、唯一的「日常語言」，因為語言總是隨語言使用者的地位、階層、性別、信仰等不同而不同，而且「一個人的日常語言對另一個人來說就可能是變異語言」，即使是文學語言也會大量出現在人們的日常會話裡。最重要的是，文學性的決定根本上在於人，而不是語言，文學價值的衡量也要看人的具體目的（Eagleton 1985:5-11）。當然，形式主義者也意識到文學語言的界定不那麼

簡單。迪尼亞諾夫在 1924 年發表的《文學事實》中就承認「對文學確定無疑的定義越來越難下……老一代人知道，他們時代被稱爲非文學事實的東西現在卻成了文學事實，反過來亦然」；艾亨鮑姆 1929 年也承認，「文學事實和文學時期是複雜且不斷變化的概念，因爲文學構成要素之間的關係及其功能不斷在變」（Todorov 1988:26）。這裡也許形式主義是迫於政治壓力而言不由衷（如布拉格學派就始終堅持對文學性的看法），但也許他們的確對自己的初衷有所改變。

　　隨著六〇年代讀者批評的興起，特別是後結構主義思潮的影響，文學研究已經和社會文化密不可分，而且從五〇年代起批評理論的直接攻擊目標就是形式主義（當然還包括英美新批評），所以形式主義已經聲名狼藉。從廣義上說，形式主義涵蓋了人類社會生活的各個方面。Opojaz 的另一位成員雅庫賓斯基（Lev Jakubinskij）在 1919 年曾說，所謂形式主義就是「有必要區分兩類人類活動，一類注重活動本身具有的價值，另一類追求外在目的，其價值只是作爲獲取外在目的的工具」（同上 10-11）。爲了徹底消除形式主義在西方人文傳統中的影響，後結構主義批評家費許（Stanley Fish）對形式主義做了重新界定：凡是在他所列出的十六條範圍內的人，都可以被稱爲「形式主義者」[11]。費許所劃的範圍非常廣，複蓋人們思維、生活的各個面向，因爲他認爲，形式主義不僅僅是一種語言學理論，「它還蘊涵了一種對個人、對群體、對理性、對實踐，甚至對政治的理論」（Fish 1989:6）。

　　儘管形式主義受到了強烈的批評，它仍然是現當代西方批評理論重要的組成部分。這不僅因爲從時間上說形式主義是現當代

西方批評理論的先驅，而且因為它所留下的精神遺產被後人所繼承，不管這些後人贊成還是不贊成形式主義的看法。正如批評家所說，「幾乎每一個歐洲的文學理論新流派都從『形式主義』傳統中得到啓示，只不過強調的是這個傳統中的不同理論傾向，並把自己的一套形式主義說成是唯一正確的形式主義」（Fokkema & Kunne-Ibsch 1977:11）。這是因為，形式主義的精神已經深深地滲透進西方人的思維之中，成為當代西方人文思潮的基石。

　　三〇年代之後，形式主義在蘇聯文壇上銷聲匿跡。但是雅克愼和他的同事們在布拉格繼續研究，並對後來的蘇聯符號學和歐美結構主義產生影響。俄蘇形式主義的主張和稍晚的另一個重要的形式主義文藝批評理論英美新批評十分相似，儘管尙沒有證據說明前者對後者有明顯的影響，英美新批評的主要人物之一韋勒克（Rene Wellek）二〇年代曾在雅克愼那裡從事過研究，所以俄蘇形式主義很可能以某種方式影響過英美新批評。

1 本章以下把俄蘇形式主義簡稱為「形式主義」。批評家常用大寫的 Formalism 指稱俄蘇形式主義，以區別於一般的「形式主義」，但實際上俄蘇形式主義之後的所有其他批評流派都或多或少有形式主義傾向，而這種形式主義傾向可以說濫觴於俄蘇形式主義。

2 此處及以下什克羅夫斯基的引文均出自 "Art as Technique"（Lemon & Reis 1965:5-24）。

3 「陌生化」又稱「奇異化」，強調由事物的新鮮感受引起的奇異感。它的俄文單詞是 "остранение"，本意是「使尖銳、鋒利」。什氏的原詞是 "остраннение"（「使奇怪、奇異」），排字工人誤排成 "остранение"，後來也就沿用下來。其實陌生化的意思正是要使讀者已經麻木的體驗重新變得尖銳起來，所以 "остранение" 倒是一

個美麗的錯誤。

4 同樣道理，《紅樓夢》中的「大觀園」主要是裡過賈府裡的人的視角來展現的，當這種展現出現過多而使讀者「麻木」時，劉姥姥這個特殊人物透過自己的眼睛對大觀園進行了三次「觀察」，使讀者對賈府的衰敗有了嶄新的、非常深刻的印象。

5 形式主義的這個觀點有專門的術語表達：文學語言是"autotelic"，日常語言是"heterotelic"，兩個詞的字首auto / hetero已經説明了它們的涵義。

6 如雅克愼1919年在《最新的俄國詩歌》中的著名論斷：「如果造型藝術是對自足的視覺表現材料的塑造，音樂是對自足的聲音材料的塑造，舞蹈設計是對自足的姿態的塑造，那麼詩歌就是對自足的詞語的塑造」（Todorov 1988:12）。

7 等級序列（hierarchy）及主導因素（the dominant）觀導致布拉格學派重視語言結構內各語言成分之間的相互關係問題，因此被稱爲「結構主義」，儘管他們和六〇年代出現的文學結構主義不盡相同，如姆卡洛夫斯基認爲語言是一個動態平衡的結構，「多樣性中的統一性」（unity in variety），這也使人想起英國浪漫主義的「有機論」，如柯立芝在《美術批評原則》中認爲美存在於「統一性中的多樣性」（multeity in unity）（Bate 1970:369）。

8 形式主義對「文學性」的崇尚顯然和上一代人不同：別林斯基（V. G. Belinsky）要求文學必須具有民族精神即「人民性」，車爾尼雪夫斯基（N. G. Chernyshevsky）主張藝術反映生活時須有「典型性」，杜勃羅留波夫（N. A. Dobrolyubov）則倡導另一種形式的「人民性」；而他們本人都積極介入了當時的政治生活。正是在這個意義上高爾基才説1907至1917年的十年是俄國知識界最貧乏、最恥辱的十年（Craig 1975:518-9）。

9 形式主義關於文學語言／日常語言的區分和索緒爾關於語言／言語的劃分乃異曲同工，都是爲了分離出研究對象本身。索緒爾堅持要使語言學

研究成為一門獨立的學科，這一點無疑也影響了形式主義。

10 如托氏說革命的文藝並不一定非要描寫工人反抗資本家，因為「新藝術的犂鏵不是僅僅耕種限定的幾壟地，而是整個寬闊的田野」，並且承認「形式主義者的一部分研究工作是有用的」，「形式研究方法十分必要，儘管僅有它還不夠」。

11 關於費許的後結構主義理論，參閱第六章「讀者批評理論」。

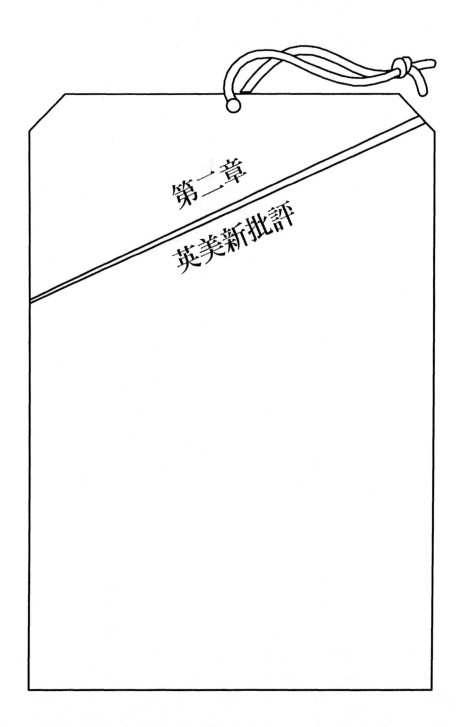

第二章

英美新批評

雖然俄蘇形式主義發軔於二十世紀初，並在二〇年代在蘇聯達到了一定的影響，而且俄國的形式主義者們大多是大學知識份子，本身的文學素養極好，又通曉歐洲多國語言，但事實是俄蘇形式主義基本上一直是俄國／蘇聯的文學現象，並沒有傳播到歐美其他國家。究其原因，一是因為俄蘇形式主義者們討論的主要是俄國文學和文化現象，很少觸及到俄國之外的國家；二是當時俄國政局動盪變化，西方知識界對此漠不關心，同時俄蘇形式主義受到國內政治形勢的影響很快銷聲匿跡；最主要的是，當時歐美文學批評遵循的還是亞里斯多德到黑格爾（G. W. F. Hegel）到馬克思的哲學傳統，把文學作為對現實的反映，崇尚的是反映的內容而不是反映的手段、方式，所以文學本身的存在性質並沒有引起他們的注意。由此可見，俄蘇形式主義倡導對形式的關注，對文學本身的關注，其革命性、前衛性不言而喻。

　　但是，當俄蘇形式主義達到鼎盛時，在歐美也確實出現一股和它極其相似的文學文化思潮，這就是英美新批評（Anglo-American New Criticism）。雖然兩種文藝思潮之間還沒有發現存在直接的聯繫[1]，但雙方的理論主張在許多方面都不謀而合，特別是在對文學形式的追求上，因此批評界常常把雙方統稱為「形式主義」。既然俄蘇形式主義的影響只局限在俄國，所以英美新批評就顯得更加重要，因為它是二十世紀在歐美第一個倡導形式研究的文藝文化理論，並且形成重大影響。在談論英美新批評之前，有必要回顧一下二十世紀初歐美文學研究的狀況。

　　世紀之交的歐美文壇文學實證主義、唯美主義和浪漫主義文學批評占主導地位，主要的批評方法在歐洲有象徵主義、意向主義、表現主義、唯美主義，在美國有文學激進派、新人文主義、

心理分析及文化歷史批評。其主要特點是，歐陸的新潮批評越來越關注文學表現本身，美國文壇則一方面受到歐陸文學思潮的影響，一方面對本國批評現狀越來越不滿。

象徵主義（symbolism）是繼浪漫主義、現實主義、自然主義之後興起的一個詩歌流派。象徵主義的文學思潮和創作方法在浪漫主義鼎盛期已經初露端倪，表現在喜歡使用暗示、含蓄等寫作手法。象徵主義注重表現個人情感，但和浪漫主義不同，他們描寫的大多是個人內心的隱秘，採用的方法就是對詩歌語言進行革新，對俄蘇形式主義者所謂的日常語言進行重新組合，產生出人意料的效果。早期象徵主義詩人波特萊爾（Charles Baudelaire）把外部世界理解成「意象的儲藏室」，認為想像是人類靈魂的統帥，最適於表現詩人內心隱秘和真實的感情；馬拉美（Stéphane Mallarmé）同樣注重意象的出人意料，強調想像的創造能力，主張用藝術揭示深邃的意境（Adams 1971:629-30, 693-4）。一八九〇年代早期象徵主義（或作為文學流派的象徵主義）解體，但其創作思想和藝術風格一直延續到二十世紀，即人們常說的二十世紀象徵主義詩人。如法國詩人瓦萊里（Paul Valéry）透過進入超驗的心靈世界來表達詩人「玄虛的思考和空靈的抒情」；愛爾蘭詩人葉慈（William Butler Yeats）要憑藉想像力「找出那些搖曳不定的、引人深思的、有生機的韻律」；英國詩人龐德（Ezra Pound）倡導使用意象（「一個想像的旋渦，各種思想不斷升沈、穿過其中」），主張用精妙的意象「轉瞬間呈現給人們一個感情和理智的綜合體」（Trilling 1970:285-306）。

表現主義（expressionism）文藝理論主要指義大利美學家克羅齊（Benedetto Croce）和英國美學家科林伍德（Robin George

Collingwood）。克羅齊在《美學》（*Aesthetic* 1902）中認爲藝術中最重要的是表現和直覺，透過藝術家賦予的藝術形式反映出來，達到他所謂的「外部化」（externalization）。這是藝術家霎間的心靈展現，是藝術家和鑑賞者心靈的溝通，而與作家意圖、社會時代、道德標準等毫無關係。克羅齊區分了知識的兩種表現形式：邏輯／直覺、理智／想像、共相／個別、概念／形象，爲幾乎同一時期的俄蘇形式主義和後來的英美新批評的發展（如文學／科學、文學語言／日常語言、內部研究／外部研究等藝術自主論）做了理論準備（Adams 1971:727-35）。稍晚一些的英國學者科林伍德在《藝術原理》（*Principles of Art* 1938）中也同樣區分了技藝（craft）和藝術（art），認爲不具備表現特徵的藝術只是技藝，其目的主要是實用性的，而藝術主要不在於它的外在功利性，而在於其自身。因此，藝術的本質就是爲表現而表現，就是表現形式，表現的對象是心智中的「情感」，而不是外部世界中的實物。

　　唯美主義（aestheticism）產生於十九世紀末，其主張可以用一句話來概括：爲藝術而藝術。法國詩人戈蒂耶（Théophile Gautier）反浪漫主義而行之，於一八三〇年代提出藝術的全部價值就是形式美，以「藝術移植」（transposition d'art）的方法再現感官、視覺上的純粹美，導致藝術向唯美主義和自然主義的轉變。英國作家王爾德認爲美是永恆的，不帶任何功利色彩和利害關係：藝術是純粹的，它的作用是創造（make）而不是模仿（copy），因此藝術和現實生活沒有直接的關係，它自足自律，生活、自然只是對藝術的模仿；藝術和其他文字形式不同：散文或科學文章依賴於內容來表現眞理，而藝術裡的眞理就是它的形

式，所以藝術家應當關注的只能是創造美或美的形式（Adams 1971:673-85）。

世紀之交時以上的文學主張風行於英國乃至整個歐洲大陸，其影響不但波及美國而且還使它產生了本土的藝術思想[2]。美國建國以後，以波士頓爲中心的新英格蘭地區因其清教主義和紳士文學傳統曾一度成爲國家的文化中心。但南北戰爭後，紐約、芝加哥等城市迅速崛起與波士頓分庭抗禮，那裡的年輕作家群思想敏銳、觀點新潮，向新英格蘭文學傳統提出挑戰，使得後者「無可挽回地衰落」了。當時的美國文學界分爲兩派：保守派雖然願意重新評價新英格蘭傳統，但仍然以柏拉圖、亞里斯多德的古希臘文化傳統和阿諾德爲代表的新古典主義爲基礎，基本上沿襲了清教和紳士文學這個美國的傳統。與之相對的是「文學激進派」，他們吸收歐洲大陸的哲學思想，批評已經日趨落後的美國習俗，一度成爲美國文壇的主要聲音。但無論是保守派還是激進派談論的都只是文學的教誨作用，他們對新批評的形成並沒有直接的影響，即使有這種影響也只能是負面的，倒是受歐陸思潮影響的幾位批評家更值得重視。

漢尼克（James Gibbons Huneker）是世紀之交時美國主要的印象主義批評家。他撰寫過小說、戲劇、音樂、美學等方面的評論，同時把歐陸的文學思潮引進美國，其影響甚至波及歐洲文壇。他本人並沒有提出有系統的文學主張，但他對歐洲各種新觀念的介紹，對美國陳腐的文化傳統的批評，無疑鼓舞了追求新形式的其他批評家。另一位批評家斯賓加恩（Joel Elias Spingarn）在1911年發表《新批評》一書，雖然在內容上和後來的英美新批評並沒有很大的關聯，但至少是第一個使用這個術語的人，並

且在以此爲題的講座中「賦予了這一美學運動的名稱及明確的方向」（斯皮勒 1990:218）。所謂「明確的方向」指的是他和漢尼克一樣，積極倡導學習歐陸的文學思潮，特別對克羅齊感興趣，強調文學的自足自律，主張對文學作品本身開展有深度的審美批評。門肯（Henry Louis Mencken）是二〇年代美國最有影響的社會批評家和文學批評家。他尖刻地批評美國人的虛僞市儈、偏見狹隘，推崇尼采（Friedrich Nietzsche）的懷疑哲學，文學上則喜新厭舊，倡導尖銳潑賴的批評風格，並且透過文學評論讚揚扶植了一批和他一樣桀驁不馴的作家如馬克・吐溫（Mark Twain）和德萊塞（Theodore Dreiser）。作爲文學史家，早年的布魯克斯（Van Wyck Brooks）同樣也對美國傳統文化的陳腐一面進行猛烈的批評。在《馬克・吐溫的磨難》（*The Ordeal of Mark Twain* 1920）中他認爲馬克・吐溫由於幼年受到喀爾文教的規束致使他的情感發展受到阻礙，而紳士傳統和市民習俗也使他的文學天賦受到壓抑。《亨利・詹姆斯的朝聖之旅》（*The Pilgrimage of Henry James* 1925）則批評了詹姆斯遠離本土致使文學創作日漸衰頹。此外，布魯克斯在分析美國文學天才先天不足、後天難成的原因時，指出除了要有主導性的批評領袖外，還有必要組成「自尊自強的文學團體」，這樣「一切就都會全然改觀」（盛寧 1994:39）。這裡布魯克斯只是泛泛而論，但在這種背景下新批評的出現就不是完全不可想像的了。

　　總的說來，這個時期歐洲大陸各種文藝新潮已經開始了對文學藝術本身的重視，開始了對文藝自身規律的追求和探索，從這個意義上說，俄蘇形式主義的出現就不是平白無故，因爲俄國本身就是歐洲大陸的一部分，俄國知識界和歐洲知識界一直就有密

切的聯繫；而且從歐陸文學思潮出發，俄國形式主義的出現就不那麼突如其來，它的許多文學主張（如文學的自主自律性、文學／非文學之分）看上去也就不那麼「新潮」了。當然，雖然不論是俄國還是英美的形式主義都會贊同藝術具有獨立性和獨特性，都會努力挖掘藝術的本體存在，但它們畢竟和當時的文藝思潮有很大的不同，仍然是批評領域裡的一次革命。如它們都不會同意表現主義，因爲把「詩」定義爲直覺和表現的產物會導致心理主義，且直覺／表現多指藝術創作主體，而作品本身的藝術性未能揭示。他們也不會贊同象徵主義，原因俄蘇形式主義者已經表達得很清楚。至於美國的文學批評，其主流仍然還是文化歷史批評，即使對文學本質問題有所涉及，在探討的深度上遠未達到歐陸思潮的程度，所以確實需要有一個實實在在的理論突破。

英美新批評（以下簡稱「新批評」）的歷史延續了近半個世紀，批評家一般把新批評的理論發展劃分爲三個階段：起始（1910-1930）、成形（1930-1945）、鼎盛（1945-1957）[3]。至於新批評產生的確切年份則說法不一。如果以英國美學家休姆（T. E. Hulme）爲「現代英美文論的第一個推動者」，或以美國詩人龐德爲新批評的「遠祖」[4]，則新批評興起於一九一〇年代初。如果以瑞恰慈（I. A. Richards）、燕卜遜（William Empson）等人的學術活動爲起點，則新批評開始於一九二〇年代。如果以新批評形成系統的理論特徵算起，則也有人說它開始於一九三〇年代後期（Fekete 1977:86）。但休姆、龐德畢竟離新批評稍稍遠了一些，只能算是理論先驅；瑞恰慈、燕卜遜又明顯地過於接近新批評（實際上他倆已經屬於新批評群體），一九三〇年代後期實際上已經接近新批評發展的鼎盛，而美國批評家艾略特（T. S. Eliot）

則是承上啓下的人物，所以不妨把他作爲新批評的第一人。艾略特是現代派詩人，主要從事文學創作，但也發表過許多著名的文藝評論，其中1917年發表的《傳統和個人才能》（*Tradition and the Individual Talent*）可以被認作新批評的一個序言（此時也正是俄蘇形式主義最活躍的時候）。

　　從標題看，艾略特談的是文學傳統和個人創造之間的關係。和休姆、龐德一樣，艾略特的直接批評目標是浪漫主義對個人的過分突出和現代派對傳統的一味否定。他認爲，創新固然重要，但是，「任何詩人最好並且最個人的東西也許就是先輩詩人最有力地表現他們不朽之處」。因此，詩人必須具備歷史感，不僅要能看到「過去中之過去」，還要看到「過去中之現在」。要做到這一點，詩人必須作出某種「犧牲」，即放棄自己個人的情感，融入偉大的民族傳統中去，在傳統的襯托下顯現個人的特徵。因此，「藝術家的過程就是不停的自我犧牲，持續的個性泯滅」，這就是艾略特著名的「個性泯滅論」（extinction of personality）或「非個性化論」（depersonalization）：在氧氣和二氧化硫發生化學反應生成硫酸的過程中，白金作爲催化劑，既不可或缺又本身不受任何影響。詩人創作時他的思想猶如白金，既是創作的源泉又不介入作品中去，「藝術家越高明，他個人的情感和創作的大腦之間就分離得越徹底」。浪漫主義的個人消失之後，艾略特的藝術家還剩下什麼呢？媒介（medium），文學作品的媒介就是文本，是語言本身：「詩人要表達的不是什麼『個性』，而是某種特別的媒介，只是媒介而不是個性，在這個媒介裡種種個人感覺和親身經歷被用特別的出人意料的方式組合在一起。」這裡，詩人的個人情感（emotions）已經「死」了，而這種情感的奇妙

組合（fusion）卻代代流傳[5]。由此可見，把艾略特稱為新批評家並不為過，因為他非常明確地突出了新批評所崇拜的「文本」即「表達媒介」，他談的「傳統」實際上是文學媒介的傳統，非個性化和後來新批評對「情感謬誤」的竭力反對如出一轍，情感／組合的區別也十分近似俄國形式主義及新批評所一再堅持的日常語言／文學語言的二元論。此外，艾略特還明確地指出，非個性化的優點就是「更接近於科學的狀態」，這與形式主義一直想把文學研究科學化、使文學研究成為獨立的研究領域的努力是完全一致的（Adams 1971:784-7）。

如果說在新批評的起始階段艾略特類似於俄蘇形式主義的什克羅夫斯基，從文學創作和文學批評實踐談論批評理論的話，對應於雅克慎的也許就是英國批評家瑞恰慈，因為瑞恰慈試圖用現代語義學和現代心理學的原理來闡釋文學閱讀。一九二〇年代他寫了多部著作，系統地闡發了他的批評理論，對新批評後來的發展產生了巨大的影響。在《文學批評原理》（*Principles of Literary Criticism* 1924）中，瑞恰慈明確提出了兩種不同的語言使用：科學中使用語言與情感表達中使用語言。科學中的語言指涉明確，邏輯性強，指涉的結果可以檢驗，正誤分明。而表達情感的語言只是為了說明態度、感覺，往往不遵循明晰的邏輯關係，甚至沒有可以明辨的指涉；即使有，指涉的作用也只是陪襯性的，第二位的，情感才是主要的。在心理活動方面，科學語言中如果指涉有誤，後果只能是交流的失敗；而在情感語言裡，即使語言本身的指涉有較大誤差，只要能引出需要的情感或態度，語言交流的目的仍然算是達到了。瑞恰慈把詩歌語言稱為「偽陳

述」（pseudo-statement），以區別於指涉清晰的科學語言，這裡他的語言觀和俄蘇形式主義者的語言觀幾無二致。在《實用批評》（*Practical Criticism* 1929）中瑞恰慈透過對學生的實際閱讀進行評估後認為，一般的語言（包括詩歌語言）可以行使四種語言功能：觀念（sense）、感情（feeling）、語氣（tone）、意圖（intention）。在實際語言運用中，可能會由於語言使用情況的不同使以上部分功能得到突出而掩蓋住其他功能，從而使語言具有四種不同的意義類型。如在科學語言裡「功能」要大於「感情」；競選演說裡「意圖」最主要；詩歌裡突出的是「感情」（Lodge 1972:111-20）。這裡文學語言／科學語言的區分已經不是那麼絕對，而是你中有我，我中有你，只是看誰占的分量重。這自然使人想起俄蘇形式主義的「前置／後置」說，以及雅克慎的語言六要素（說話者、受話者、語境、訊息、接觸、代碼）和六功能（指稱、情感、意動、接觸、後設語言、審美），功能依所突出要素的不同而不同。如突出訊息則顯示出審美功能，突出語境則顯示指稱功能等。當然俄蘇形式主義和新批評並不會接受瑞恰慈闡釋中明顯的心理主義，但是無疑會贊同分離出語言中的文學性。

　　三〇年代之後，新批評進入其發展的第二階段即穩步發展的階段。此時瑞恰慈漸漸脫離批評理論，他所倡導的語義學研究方法被他的學生燕卜遜所繼承。燕氏於1930年出版《含混七型》（*Seven Types of Ambiguity*），主要透過具體的文本解讀，闡發了瑞恰慈的批評觀念。此書實際上是燕氏根據瑞恰慈對他文學課作業的批改擴充而成的，可以說是瑞恰慈「實用批評」的一個繼續，但由於其中集中展示了新批評式的「細讀」，對後來的歐美

批評界產生過很大影響。這裡的「含混」指的是由文學語言符號的歧義性引起的語義上的飄忽不定，燕氏對「含混」的定義是：「任何詞語的細小差別，不管這種差別有多輕微，足以引起對同一語言產生不同的反應。」燕氏以含混的複雜程度爲據把它分解爲七種不同的類型，最複雜的第七類含混爲兩義相佐且難相容，表明作者思維的根本對立。如莎士比亞劇《馬克白》中的一段話：「Mecbeth / Is ripe for shaking, and the powers above / Put on their instruments. Receive what cheer you may, / The night is long, that never finds the day.」（第四幕）最後一句的中譯文一般是「振作起來吧，因爲黑夜再長，白晝總會到來。」根據英文句法和劇情發展判斷，這種理解完全正確。但考慮到《馬》劇濃厚的悲劇氣氛和莎翁對人心黑暗面的揭示，把上句理解爲「不論你如何振作，人類總面臨不盡的長夜」並無不當（Empson 1966:1, 192-202）。這種歧義分訓卻又並出合訓的「含混」，十分類似此後新批評的其他文本闡釋策略，如「悖論」、「反諷」或「張力」，而且燕氏的文本分析方式十分接近新批評的細讀法。當然燕氏的闡釋帶有明顯的心理主義，把消除含混等同於大腦的某種頓悟過程，對於這一點後來的新批評斷難接受，而且《含混七型》之後燕氏的研究興趣也別移他處，但他仍不失爲這個時期新批評的典型代表。

　　此時新批評的另一位重要人物泰特（Allen Tate）在《詩歌的張力》（*Tension in Poetry* 1938）中提出了著名的張力說。泰特想要透過詩歌的一個「簡單的性質」入手來概括其「共同的特徵」，這種企圖和俄蘇形式主義者的做法幾無二致，只是泰特沒有使用「文學性」這個術語罷了。和形式主義一樣，泰特的出發

點也只能而且必須是：尋找文學語言和非文學語言的根本區別。
和形式主義略有不同的是，泰特並沒有明確地指出文學／非文學
的最終區別，但其結論已是不言自明：日常語言是「交際語
言」，其目的只是爲了煽情，而不是使之具備形式特徵。泰特批
評了政治詩、社會詩等詩歌形式，稱其爲「交際詩」，陷入了
「交際謬誤」之中。泰特崇尚的詩歌形式是十七世紀英國的玄學
派詩人，因爲這種詩歌的特點是「邏輯性強的表面」加「深層次
的矛盾性」。他用一個詞把這種詩歌特徵予以概括，即「張
力」：「好詩是內涵和外延被推到極致後產生的意義集合體。」
這兩個詞取自形式邏輯，但泰特的用意略有不同。這裡「內涵」
（intension）指詩歌的「暗示意義」或「附屬於文詞上的感情色
彩」；「外延」（extension）則指詞語的字面意義或詞典意義。
唯美主義、象徵主義直至早期新批評和雅克愼都對詩歌的內涵強
調有加，而泰特卻同樣看重詩歌字面意義的明晰性，即外延，因
爲缺乏外延的詩不僅晦澀難懂，而且形成不了意義的衝突，無法
展現意義的豐富。故而泰特將兩詞的字首去除，造出「張力」
（tension）一詞，既含內涵／外延於一身，又十分巧妙地勾勒出
泰特所稱道的詩性[6]（Tate 1959:75-90，另見趙毅衡 1986:55-8）。
另外值得注意的是，泰特的文學性即「張力」本身已經包含有價
值尺度，即「極致的」內涵與外延，而其他新批評家極少有這種
主張。此外，使用「極致」也說明泰特對詩歌語言／交際語言的
區分信心不足，只能用「極致」這個含混的術語來給文學語言劃
個範圍。

　　這個時期新批評的一個關鍵人物是蘭色姆（John Crowe
Ransom），不僅因爲他給了新批評一個特定的稱謂而使其具有更

加明確的整體形象[7]，而且他承上啓下，爲新批評下一步的發展
打下了基礎。在《新批評》裡蘭色姆既肯定了艾略特等人的批評
觀點，又逐一剔除他們身上的心理主義、道德評判、歷史主義，
並在最後一章提出「本體批評」取而代之。實際上蘭色姆有關
「本體批評」的說法在1934年就已經提出（"Poetry: A Note in
Ontology"），並常常提及它，但卻從來沒有正面地予以定義[8]。
蘭色姆對本體批評的界定主要是否定性的[9]：它追求的不是具體
的詩歌內容或意象（physical poetry），也不是單純的傳達意念，
而是詩歌本身：「對藝術技法的研究無疑屬於批評……高明的批
評家不會滿足於堆砌一個個零散的技法，因爲這些技法預示著一
個更大的問題。批評家思考的是爲什麼詩要透過技法來竭力和散
文相區別，它所表達的同時也是散文所無法表達的東西是什麼」
（Lodge 1972:237）。和俄蘇形式主義一樣，詩歌在這裡等同於技
法，本體批評要探討的就是使文學具有文學性的東西，而文學性
就是非散文性。有學者認爲，蘭色姆的「本體」既指文學作品自
成一體，自足自在，又指文學的存在是爲了復原人們對本原世界
的感知，類似亞里斯多德的「模仿說」，所以此說在立論上相互
矛盾（朱立元 1997:106-7）。實際上對蘭色姆來說這種實在論
（realism）哲學也許本身並不矛盾：文學所反映的並非是客觀現
實，而是「本原世界」（original world）即客觀世界的本體存
在，文學的本體和世界的本體在本質上是一致的（Ransom
1979:281）。這也是新批評家們共同的信念：他們和早期俄蘇形
式主義不同，既拚命維持文學的自足性，維持批評的單純性，又
懷有某種政治抱負，想賦予蘭色姆所稱的「世界形體」（"The
World's Body" 1938）中的文學某種更大的社會責任。

　　二次大戰前後，新批評在美國的發展達到了高潮。這時新批評的理論主張（如非個性化、含混、張力、本體批評等）已經定型，《肯庸評論》（*Kenyon Review*）、《南方評論》（*Southern Review*）、《西瓦尼評論》（*Sewanee Review*）等批評期刊連篇刊登具有新批評傾向的英美批評家的文章，新批評方法和思想也逐漸進入越來越多的美國大學課堂，成爲文學批評的一種時尚。這個時期新批評家主要對傳統批評觀念進行了更爲徹底的批評，在理論上也達到了新的高度。

　　在對傳統觀念的批評上，維姆薩特（William K. Wimsatt）和比爾茲利（Monroe C. Beardsley）對兩個「謬誤」的評判最爲著名。在〈意圖謬誤〉（"The Intentional Fallacy" 1946）一文中，兩人強調作者創作時的意圖往往稍縱即逝，有時甚至連作者本人也把握不準，因此不足以作爲批評的依據。即使作者意圖明確，這個意圖也不足取，因爲文本不是由作者的生活經歷構成，而是由語言組成；個人生平可能和作品的形成有關，但和已經形成的作品沒有直接的關係。詩歌研究（poetic studies）不等於個人研究（personal studies），因爲詩歌是日常事件、經歷經過文學技巧重新加工之後的產物。這裡文學語言／日常語言二元區分顯而易見，和俄蘇形式主義的「故事／情節」（story／plot）說也幾無二致。〈情感謬誤〉（"The Affective Fallacy" 1949）中有一段著名的定義：

　　　　意圖謬誤是對詩歌和其起源的混淆，對哲學家來説這是「發生謬誤」的特別表現。它始於從詩的心理原因尋找批評的標準，終於傳記或相對主義。情感謬誤是對詩歌和其效果的混

淆。……它始於試圖從詩產生的心理效果去尋找批評的標
準,終於印象主義和相對主義。意圖／情感謬誤的後果就
是,詩歌本身本應當成為批評判斷的特別對象,現在卻消失
得無影無蹤了。（Lodge 1972:345）

他們認為,優秀的作品不是作者個人的情感表達,而是時代的情
感表達;表達的不僅僅是某個時代,而是所有時代共有的、永恆
不變的人類情感。對他們來說,批評家的任務不是如瑞恰慈般列
數對作品的個人情感反應,而是將情感凍結,使之凝結於作品的
文字之中。如果說〈意圖謬誤〉旨在從文學批評中去除作者,
〈情感謬誤〉則去除了讀者,使批評對象只剩下文本自身,批評
家面對的是永恆的「精製的甕」,批評實踐也得到了純潔,成了
泰特所說的「本體批評」。實際上,這個時候不論是對意圖謬誤
還是對情感謬誤進行評判在新批評來說都不再新鮮,因為幾乎從
一開始新批評的矛頭就直指這兩個「謬誤」（如艾略特的「非個
性化」和泰特對「交際詩」的批評）。儘管當時它們主要指十九
世紀實證主義和浪漫主義批評傳統,但到二十世紀四〇年代大多
數文學評論中這兩個概念仍然占據著主導,可見它們是傳統批評
的核心。平心而論,作者生平、傳記材料（尤其是作者自傳）在
文學研究中至今還在起著重要作用,在新批評退出批評舞台後,
這兩個概念仍然流行,如闡釋學家赫希（E. D. Hirsch）就堅持作
者意圖是文本闡釋所追求的唯一目標。可是,經過維姆薩特和比
爾茲利的有力批判,後世批評家再也不敢輕易使用這兩個「謬誤」
了。

　　這個時期的另一位新批評家是布魯克斯（Cleanth Brooks）。

他曾是蘭色姆的學生，三〇年代一直編輯新批評的重要喉舌《南方評論》，1947年到耶魯大學任教，使耶魯成為新批評鼎盛時期的中心。布魯克斯的影響實際上幾年前就已經顯現。在《悖論語言》（*The Language of Paradox* 1942）中，他以「悖論」作為詩歌語言的特徵，排除了「不存在任何悖論痕跡」的科學語言；同時依賴新批評所特有的文本細讀，分析了「悖論」在幾首詩歌裡的存在。如布魯克斯最欣賞的鄧恩（John Donne）所寫的〈聖謚〉（"Canonization"），就把瘋狂／理智、世俗／精神、死亡／永生等涵義相悖的主題融為一體，使詩餘味無窮（Lodge 1972:300-2）。實際上，布魯克斯的「悖論」在本質上並不是什麼創新：悖論把「已經黯淡的熟悉世界放在了新的光線之下」，和俄蘇形式主義的「陌生化原則」幾無二致；而悖論產生於「內涵和外延都具有重要作用的語言之中」，又不禁使人想起泰特的「張力」說。幾年之後，布魯克斯又提出了另一個著名的概念「反諷」（"Irony as a Principle of Structure" 1948）。「反諷」作為一種修辭手法，在西方文藝批評中由來已久，已經成了「詩歌的基本原則、思想方式和哲學態度」，儘管不同的批評家對什麼是反諷見解不一。布魯克斯首先認為現代詩歌技法可以完全歸之於「對暗喻的重新發現及完全依賴」，而暗喻或反諷「幾乎是顯示詩歌重要整體唯一可以使用的術語」，這和俄蘇形式主義追求文學性的做法十分相似。布魯克斯對反諷的定義是：語境的外部壓力加上語言內部自身的壓力，使詩歌意義在新的層面上達到了動態平衡（Adams 1971:1041-8）。這裡，泰特的「張力說」甚至布魯克斯本人的「悖論說」都展露無遺。此外，布魯克斯認為反諷在現代西方詩歌中表現得最為徹底，因為詩歌語言到了現代已經過於陳

腐，急需要重新振興方能傳情達意。這裡不僅體現出俄蘇形式主
義的「陌生化」原則，而且使「反諷」超出了對詩歌語言的一般
描述，變成了詩歌本身質量高低的價值判斷，這在新批評家中尚
不多見。需要說明，布魯克斯以上的兩個概念「悖論」和「反諷」
意義十分相近但又不完全相同。「悖論」指「表面荒謬實際真實」
的陳述，「反諷」則指「字面意義和隱含意義之間相互對立」；
即「悖論是似是而非，反諷是口是心非」（趙毅衡 1986:185-7）。
但是布魯克斯在使用這兩個術語時常常相互等同，只是有時才把
反諷歸入悖論的一部分。

　　另一位非常有影響的「耶魯集團」（Yale Group）新批評家
是韋勒克（Rene Wellek）。和上述新批評家不同，韋勒克沒有提
出過什麼特別的新批評閱讀理論，也沒有創造什麼新批評術語
[10]，而是新批評理論的集大成者。他和沃倫（Austin Warren）合
著的《文學理論》（*Theory of Literature* 1949）可以說是在新批評
發展的頂峰期對新批評文學主張所做的最為完善的理論總結，並
且做為美國大學文學課的讀本，影響一直延續至今。他從五〇年
代起花費三十年時間撰寫宏篇巨著《當代批評史》（*A History of
Modern Criticism: 1750-1950*），1986年出齊。雖然此書資料翔
實，旁徵博引，氣勢宏偉，但新批評在此期間已經從顛峰迅速跌
入低谷並很快銷聲匿跡，因此這部新批評式的文學批評史的影響
也江河日下。韋勒克的文學批評視野比大多數新批評家寬，他本
人也不認為自己屬於新批評派，但在新批評從鼎盛到衰落的十年
間，他可以說是其核心人物。其實韋勒克是最早接觸形式主義的
英美批評家。二〇年代初期他就在布拉格求學，三〇年代積極介
入布拉格語言學派的學術活動。在《文學理論》中，他提出了著

名的內部研究／外部研究說，力主把文學作品作為獨立自在的對象加以對待，把批評的注意力集中在作品的審美結構上，而不是把文學附屬在其他學科之下。他深受斯拉夫同事們的影響：和姆卡洛夫斯基、雅克慎一樣，他把文學作品看作一套符號體系，致力於研究該體系中各個成分之間的相互關係；和波蘭現象學家英伽頓（Roman Ingarden）一樣，他在《文學理論》中著力描述了文學作品的本體存在模式[11]。或者由於《文學理論》的影響太大，或者由於新批評消失得太快，或者由於曲高和寡，《當代批評史》並沒有得到應有的承認。但這套巨著最系統地反映了新批評理論，被稱為「新批評的哲學基礎」（Makaryk 1997:485），最完整地表現了韋勒克的文學史觀，也是新批評方法在批評史論中的成功嘗試（其他現當代西方批評理論迄今尚未做過類似的嘗試）。韋勒克還是新批評最忠實的辯護人，直至晚年還在不遺餘力地為之爭辯。在八〇年代發表的〈新批評：擁護與反對〉（"The New Criticism: Pro and Contra"）中，他歷數了後世批評家對新批評的不實之詞，感歎道「我簡直不知道現在的評論家們究竟有沒有讀過新批評家寫的東西」（Wellek & Warren 1982:87-103）。韋勒克的批評也許有一定的道理：現代人一說起新批評便急於否定它，而真正研讀新批評學說的人並不多。布魯克斯去世前不久（1993）在一次採訪中也批評了現代人學術上的浮躁，因為他們為了批評的便利，常常把新批評當成一種會刻板地生產正確意義的「運轉自如的機器」，把新批評家的某些論述孤立出來斷章取義，或用當代的觀念如「種族」、「性別」、「文化」來反襯新批評的「狹隘」（Spurlin & Fischer 1995:374-82）。

韋勒克和布魯克斯為新批評所做的辯護大多只是他們本人的

一面之詞，在新批評消失後三十年的今天也不會引起批評界的反應，但是他們的一點說法倒是值得注意：新批評並不是一味排除歷史或社會因素，而是主張文學反映論，相信「詞語指向外部世界」，詩歌「面對的是現實的圖景」，「文本不是與外部世界毫無關係的某種神聖之物」。這裡自然有自我開脫的因素，而且他們所舉的例子並不足以讓人信服新批評具有「歷史的想像力」，如艾略特雖然要汲取「過去中的精華」，但這裡的「過去」只是文學的傳統，「非個性化」的要旨正是切斷作品和現實的聯繫。

但韋勒克和布魯克斯的話也不是完全沒有道理。新批評一開始就和早期的俄蘇形式主義有所不同，不願意把文學和現實世界完全割裂開。實際上新批評乃至形式主義文學主張的產生本身就是對現實政治的反應：法國詩人戈蒂耶倡導「爲藝術而藝術」以對抗浪漫主義和七月王朝的妥協，英法唯美主義者曾積極介入過1848年的歐洲革命，九〇年代英國唯美主義、象徵主義者（如王爾德、葉慈）也大部分是非英格蘭的「少數族裔」，直至當代的法國結構主義、後結構主義者們也有很多是六〇年代法國學生運動的積極參與者。新批評也是如此，只是他們的立場大多是明顯的保守主義。休姆懷有「原罪說」的宗教觀；艾略特信奉宗教救世主義；維姆薩特是羅馬天主教徒；而蘭色姆和他的三個學生泰特、布魯克斯、沃倫等「南方批評派」（the Southern Critics）則代表了「南方農業主義」（South Agrarianism），緬懷封建色彩很強的美國南方文化傳統，反對由北方大工業生產所代表的資本主義和科學主義，試圖以某種明確無誤的信仰準則作爲倫理道德的依靠，用以保持生活秩序和社會經驗的完整，保持人性的完整（趙毅衡 1986:196-200）。新批評家們認爲，工業文明的過度發展

導致人的異化，人對世界的感知變得麻木遲鈍，因此詩的作用就是「恢復事物的事物性」。這個主張和俄蘇形式主義的「感覺更新原則」如出一轍，不同的是新批評始終關注文學的功利作用，因此對俄蘇形式主義者「並無任何同情」（Wellek & Warren 1982:96）。正因爲如此，新批評家們並不像有些人所說的那樣「關起門來的美學家，替國家政權培養聽話的公民」。有些左派批評家甚至認爲新批評的政治傾向性過於外露，功利性過於突出：「那些南方文人們如果更忠實於他們本來的農業文明觀，會更好地履行社會責任」（Winchell 1996:361-3）。

從這個意義上說，新批評的「細讀法」就不單單只是一種文本研讀方法，而包含了一種認識論，表明一次大戰後英美知識份子對社會現狀的思考。但是新批評的認識論並不是馬上變成知識界普遍的共識，如布魯克斯在四〇年代初還抱怨新批評只在南方小學校流行，「在大學中毫無影響可言」（趙毅衡 1986:14；Jefferson & Robey 1986:73, 81）。但到了二次大戰後，新批評卻幾乎統治了美國大學的文學系，似乎當代批評理論只有新批評一家。二次大戰以後，美國的資本主義消費文化發展迅速，南方農業主義的殘存影響迅速萎縮，新批評何以反而大行其道呢？英國批評家伊戈爾頓分析了個中原委。新批評透過「細讀」（close reading）法確立了文學的自主身分，使文學第一次成爲可供消費的商品，順應了資本主義商業文化的發展。新批評這個商品在美國大學裡尋到了最好的市場，因爲它提供了一套文本闡釋方法，易於操作，十分適於大學文學課的課堂教學，這是新批評影響依舊的最重要原因。此外，二次大戰後東西方進入冷戰階段，具有自由思想的文人們本來就對冷戰思維持懷疑態度，新批評那種孤

芳自賞、不願同流合污的清高態度十分符合這些人此時的心態
（Eagleton 1985:44-50）。伊戈頓說這些話時口氣有些調侃，但頗
有幾分道理，因為新批評最終壽終正寢是在六○年代後半期，此
時的知識界動盪最甚，知識份子追求的是積極入世的人生態度。

　　新批評統治了西方批評界達半個世紀，儘管消亡得似乎太快
（有人稱之為「盛極而衰」），但也有人認為「它看上去似乎已經
沒有影響，只是因為這種影響無處不在以至於我們通常都意識不
到」，所以與其說是「消亡」倒不如說是「規範化的永恆」
（Leitch 1988:26）。布魯克斯直到八○年代還在美國各大學巡迴
演講新批評，可見追隨者不乏其人：「凡是不想『趨趕時髦文論』
的教授，在授課時自覺或不自覺地採用的還是新批評方法，尤其
是它的細讀法」（趙毅衡 1986:214）。這其中除了以上幾個原委之
外，和新批評本身的特點也有關係，這就是所謂的「新批評精
神」。首先，和俄蘇形式主義一樣，新批評從一開始就致力於尋
找文學的本質，給文學以獨立的本體身分。其次，新批評採用了
科學主義作為自己的方法，以客觀、具體、可實證為依據，建立
了系統的閱讀理論和思辨方式。此外，新批評提供了一整套文本
分析的策略、方法，尤其是文本細讀，新批評之後，尚沒有任何
一家批評理論可以擺脫，從這個意義上說，「無論我們喜歡與
否，我們今天大家都是新批評派」（同上）。正因為如此，韋勒克
在八○年代還仍然認為，新批評有朝一日會捲土重來，因為「新
批評的大多數說法還是站得住腳的，並且只要人們還思考文學和
詩歌的性質和作用，新批評的說法就會繼續有效。……新批評闡
明了或再次肯定了許多基本真理，未來一定會回到這些真理上
去，對此我深信不疑」（Wellek & Warren 1982:87, 102）。

1 俄蘇形式主義首次引起美國批評界注意是在韋勒克和沃倫1949年出版的《文學理論》中,幾年後埃利希在耶魯大學出版社出版介紹性的《俄國形式主義:歷史—學說》,而俄蘇形式主義者的重要論文的英譯文直到六○年代才和英美批評家見面(Leitch 1988:53)。

2 本小節的部分內容參考盛寧先生的著作《二十世紀美國文論》,頁25-45。

3 對新批評還有不同的分期,如初始期(1920s)、發展期(1930s-1940s)、正統期(1950s)、主流期(1960s至今)(Leitch 1988:24-5)。李契的分期法很特別:進入五○年代之後新批評確實變成強弩之末,成為各種新潮批評理論的攻擊對象,並在六○年代很快被神話原型批評、結構主義、讀者批評所替代。但李契認為新批評並沒有因此退出歷史舞台,而是進入了批評家的潛意識中,至今仍然是美國文藝批評的主流。由此可見作為批評流派的新批評影響之深遠。請參閱本章的結尾部分。

4 休姆積極介入意象派詩歌討論,在《古典主義與浪漫主義》(1915)中主張揚棄浪漫主義而開全新的詩風(趙毅衡 1986:8-9);龐德也深受休姆的影響,成為1912年起的美國新詩運動的核心人物,主張對詩歌語言進行大膽的革新(張子清 1995:188-91)。

5 五○年之後文學結構主義(另一種形式主義)理論家羅蘭·巴特在《作家之死》中也表達了相似的看法。參閱第七章「結構主義/解構主義」。

6 「張力」本係物理學詞彙,指物體所受各方的拉力;用之於泰特意義上的內涵與外延,則十分恰當地顯露出兩者間的相互作用及動態平衡。

7 蘭色姆1941年出版《新批評》一書,對現在通常被歸之於早期新批評家的瑞恰慈、燕卜遜、艾略特等人關於文學性的論述進行了評析。他承認他們屬於和前人不同的「新批評」,但又認為他們的批評都有情感化和道德化之嫌,所以呼籲所謂的「本體批評」(Ransom 1979:vii-xi)。沒想到此書一出,「新批評」竟很快成為他們的標識,儘管他們本身並不喜歡這個稱謂。

8 新批評的許多概念都是如此,或許這是他們的難處所在:和俄蘇形式主

義者所面臨的情況一樣，文學性只適宜於描述而不適宜於定義。

9 「什麼是批評？倒不如問得更簡單點：什麼不是批評？」（Criticism Inc. in Lodge 1972:235）

10 需要指出的是，以上討論的新批評概念很難定義，表述也困難，新批評家們基本上也不願意給出明確的說法，而寧可把它歸之於文學語言的特點（Jefferson & Robey 1986:88）。

11 當然韋勒克和現象學文學批評有很大的差別，如他堅決反對「詩歌不經過讀者的體驗就等於不存在」這個現象學基本原理，斥之於「心理主義」（Wellek & Warren 1982:146-7）。

第三章

精神分析批評理論

　　精神分析（psychoanalysis），顧名思義就是「對精神進行分析」。這裡的「精神」是一種特指，和通常意義上的精神不大一樣，因此有必要界定一下。首先必須區分"brain"、"mind"和"psyche"這三個相近卻意義不同的概念。brain指生理意義上位於人體頭部的大腦，醫學上廣泛使用這個術語，指該部位的生理結構、功能、作用。雖然當代精神分析理論的一個分支已經把文學分析和生理學意義上的「大腦」有機地結合在一起[1]，但一般情況下「大腦」和文學理論並沒有直接的聯繫。mind倒被文學評論家談了幾千年。西元一世紀羅馬演說家朗吉納斯（Longinus）在《論崇高》（*On the Sublime*）中講述如何有效地利用修辭方法來煽動聽眾的情緒，打動聽眾的心扉，啓迪聽眾的心智。到了十八世紀歐洲浪漫主義時期，作家更是不遺餘力地追求抒情效果，訴諸讀者的主觀感受。這裡頻繁出現的mind一詞雖然常常也被譯爲「精神」，但和精神分析學所謂的「精神」大相徑庭，因爲浪漫主義的「精神」一般泛指人們的主觀感受，而這種感受常常流於空泛，很難進行科學歸納，更無法進行理論分析。和俄蘇形式主義、英美新批評一樣，精神分析學作爲當代科學的一個分支，不可能把這樣含混的概念作爲研究的對象；和結構主義一樣，精神分析學旨在探求人的精神的深層結構，這個精神就是「psyche」。

　　和俄蘇形式主義、英美新批評派的理論家一樣，現代心理分析學者從一開始便要對自己的研究對象加以界定，以便形成特定的、便於操作的研究目標，並在此基礎上結構起理論框架，最終形成一套自圓其說的理論體系。需要指出的是，文學心理分析學發展到今天，已經是流派紛呈。在理論研究方面，精神分析學和

其他主要的批評理論（如存在主義、馬克思主義、女性主義、結構─後結構主義、讀者批評等批評理論）相互結合，派生出各種新的批評話語。在文學批評實踐上，不同的批評家從不同的角度闡釋、使用精神分析理論，發展出各種新的批評方法，如榮格（Carl Jung）、霍蘭德、拉岡、德勒茲（Gilles Deleuze）和加塔里（Pierre Félix Guattari）等人的精神分析理論。所有這些理論現在都被統稱爲「新」心理分析理論，但是它們都是從「傳統」的心理分析理論發展而來，所以本章將重點分析「經典」（classical）心理分析理論，即由奧地利心理學家佛洛伊德（Sigmund Freud）在二十世紀前後所提出的心理分析理論。

　　佛洛伊德 1873 年入維也納大學攻讀醫學，三年級時便開始在大學生理實驗室進行神經系統的研究，並爲此比其他學生多讀了三年。畢業之後，他做了三年臨床實習醫生，繼續精神、神經方面的研究。1885 年他任維也納大學神經病理學講師，並赴巴黎師從著名神經病學家 Jean Charcot，開始對癔病（也稱歇斯底里）和精神病理學產生極大的興趣。回維也納後，他開辦了自己的私人診所，專治神經疾病。佛洛伊德一八九〇年代開始發表文章，闡述自己的理論主張，儘管當時維也納醫學界對此不屑一顧。但佛洛伊德很快便從對神經的生理研究轉到對精神的心理研究，並在 1896 年創造並使用「心理分析」（psychoanalysis）一詞。

　　但當時佛洛伊德所謂的「精神分析」還只處於初始階段，主要指臨床的治療方法（如以講述療法 [talking cure] 爲主的心理疏導等），尚沒有上升到自成體系的理論。但很快佛洛伊德便指出，傳統神經病學過於注重形而下的大腦（mind），對形而上的

「精神」（psyche）多有疏忽，而後者才是精神疾病的主要根源。接著他便著手對「精神」進行界定，產生出著名的精神結構說，至此精神分析遂成為一門獨立的學科。

　　1923年之前佛洛伊德關注的重點是如何界定「意識」，因為意識人人皆知，但對它的了解只限於「觀念、情感、心智活動過程及意願」。這種對意識的理解不僅流於膚淺空泛，而且阻礙心理科學對「精神」的進一步認識，因此佛洛伊德決定重點探究一下「伴隨心理活動的生理過程，從中發現心理的真正本質，並對意識過程進行一番新的評價」（Freud 1949:34）。其結果便是佛洛伊德揭示的「意識體驗的三層結構」：意識、前意識、潛意識。意識（conscious）是這個結構的最外層，指人對外界的直接感知，也是文學傳統中常常談起的東西；儘管這種感知有時難以表述，但總的說來意識可以由語言來駕馭。一切思維活動都力圖進入意識範圍，但大部分思維活動都在途中遭到「過濾」而不可能最終達到意識層，這個中間的阻礙機制就是「前意識」（preconscious）。前意識指的是「可以進入意識層面的潛意識」；即前意識本質上是潛意識的組成部分，雖然一切思維活動都有可能短暫地進入前意識，但只有很少一部分思維活動有可能通過前意識（如集中注意力或在別人有意識地引導下）直接被感知到，即進入意識層。大部分的思維活動都無法直接通過前意識的警戒線，只好借助特殊的辦法（如借助各種偽裝）以間接的形式在意識中得以體現，佛洛伊德把這部分思維活動內容稱為潛意識（unconscious）。它雖然不會被人們直接意識到，但由於其容量巨大[2]，並且蘊涵著巨大的能量，所以對人的行為產生重大影響。需要指出，佛洛伊德所說的心理三個部分並不是界限分明，

而是相互重疊，你中有我，我中有你；而且三個部分還可以相互
轉化，如潛意識可以透過人的努力變成意識，意識在一定的條件
下也可以深深地埋入潛意識中。

1923 年佛洛伊德進一步修改了以上的精神理論，提出了
「人格的三重結構」說。在這裡心理過程是三種力量衝突的結
果：本我、自我、超我。本我（id）是「一團混沌，雲集了各種
沸騰的興奮」（Freud 1961:94）。本我受本能的驅使，遵循「享樂
原則」，盡最大努力使原始欲望和衝動獲得滿足。這些欲望和衝
動是本我運作的原動力，不受時間空間的約束，長期積澱在自我
之中。自我（ego）處於本我和感官意識（perceptual-conscious）
之間，用理性和審慎來「保護」本我，使其既接受本能的衝動，
又因為時時擔心（anxiety）而把這種衝動限制在理性所允許的範
疇之內，使之遵循「現實原則」，以換取本我的安全和成功。超
我（superego）則是外部世界在人內心的反映，表現為人人都必
須遵循社會道德準則這樣一種意識，也就是俗稱的「良心」。超
我是本我的壓制者，依靠的是「求善原則」。在佛洛伊德的這個
精神結構裡，自我的處境最為艱難：它既要滿足本我的欲望衝
動，又要使這種衝動符合超我所要求的行為準則，所以身受三重
力量（本我、超我、外部世界的規範）的壓迫和箝制，舉步維
艱。和前一個結構一樣，佛洛伊德也一再強調本我、自我、超我
三者相互滲透，相互轉化，不應當截然區分。

佛洛伊德沒有明示以上兩個精神／心理結構間的相互關係，
但他曾繪了下圖，想更加直觀地反映兩者的存在方式。從圖中可
見，潛意識和本我十分吻合，前意識和自我也基本重疊，只是自
我和本我在位置上更低於其對應的潛意識和前意識，或許佛洛伊

德想說明本我和自我包含的內容更多，隱蔽得更深入。超我和意識雖然十分接近，但嚴格說來似乎並不在相同的層面上，或許因為感官意識包含的內容比超我更大。兩個心理結構的另一個不同之處在於，前一個結構的重點在於揭示「潛意識」的存在及其重要作用，所以被稱為「id psychology」（本我心理學），而後一個結構則重點揭示自我的處境，所以被稱為「ego psychology」

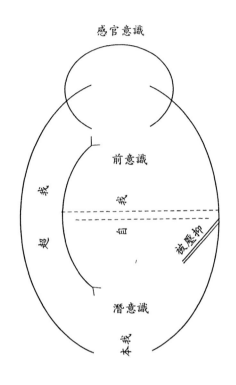

（自我心理學）。需要指出，佛洛伊德一再表示這兩個結構只是一種比喻或者形容，是「不可為而為之」的不得已做法，並不見得十分可靠，讀者切忌機械地、絕對地理解它們。此外，既然第二個心理結構的重點是自我，就不要指責佛洛伊德無限擴大本我的能力和作用，因為佛氏認為揭示本我的目的是為了加強自我，以更好地控制本我：「哪裡有本我，哪裡就有（箝制它的）自我。」

　　為本我的運作提供能量的是「本能」（instincts），這些原始的衝動驅使本我不斷地向自我衝擊，以實現欲望的滿足。在無數本能中佛洛伊德確定了兩個最基本的本能：愛和死。死的本能最

能體現本能的一般屬性：回復到原生狀態，因為人的原生狀態便是生命尚待開始的狀態（Freud 1949:19）。也就是說，死的本能實際上表示生的初始，是生命周而復始這個循環鏈上至關重要的一個環節，因此，「一切生命的目標就是死亡」。佛氏揭示人的死亡本能，同時也是對人性本質的揭示，說明人有著潛在的危險性，這種危險性如果疏導不當，就會給他人或自己乃至人類文明造成危害。儘管死亡本能的表現隨處可見（大到人類戰爭，小到兒童的毀壞欲），但佛洛伊德把它作為心理學一個最重要的原則加以提出，無疑和二十世紀上半葉人類文明面臨史無前例的威脅有密切聯繫。

　　和死亡本能相反，愛的本能則是保存物種、延續生命，佛洛伊德稱之為「力比多」（libido）。這裡的「愛」（love）是廣義的愛，包含對自己，對他人，乃至對人類的愛，但佛氏承認，在所有愛的形式中，兩性間的愛最基本、最強烈、最重要，所以有人把libido譯成「性力」，儘管這種稱謂並沒有包含佛氏使用本詞的主要用意。也由於這種譯法，有人把性力作為人的第一驅動力，把性力─本能─享樂原則聯繫在一起，批評佛洛伊德理論為「泛性論」（pan-sexualism）。佛氏的確非常重視「性」（sex）在人的心理發展中的作用，並且從一開始就不忌諱談論性。但給佛氏理論貼上「泛性論」的標籤則有可能導致誤解，因為佛洛伊德談論的「性」是心理學意義上的性，不論在內涵和外延上都和「性」的通常生理涵義有很大差別；佛氏對性的態度是純科學的，不可等同於一般意義上的「泛性論」；而且性本能或本我雖然強大，佛氏卻設置有遏制機制。因此，說佛洛伊德拔高人的生物本能，視性本能為人一切行為的動機，忽視形成人格的社會條

件，把社會的人降爲動物的人，這些常見的指責都可能是出自對佛氏的誤解。

佛洛伊德還闡述了力比多的發展階段：口腔（oral）期、肛門（anal）期、性器（phallic）期。這個時期（從出生到五歲前後）孩童的性興趣對象是他自己的身體，佛氏稱爲「自我性愛」（self-eroticism）或「前伊底帕斯」（pre-Oedipal）期。隨著力比多的進一步發展，孩童的性對象轉移到他者（父母）身上，意識到以父親形象爲代表的外部權威的存在，從而進入伊底帕斯期：男孩產生戀母情結（Oedipus complex），女孩產生戀父情結（Electra complex）。雖然佛洛伊德對伊底帕斯期的闡釋差強人意（戀父情結甚至難以自圓其說），但人類心理的這個發展階段對佛氏來說卻至關重要：它說明了「自我」和「超我」的存在，亦即一個人開始具備獨立人格，成爲自在的個體；它說明個體已經跨出了封閉的小家（nature），向社會（culture）邁出了第一步；此外，外在權威意識的產生伴隨著道德感的建立，這個道德感將伴隨並影響個人一生的發展（Eagleton 1985:156）。因此，有人批評佛洛伊德只談個人不論社會，只探內心不問現實，這種批評並不見得恰當，至少不代表佛氏的本意。

佛洛伊德理論首先是作爲心理學理論提出的，在神經、精神病的臨床診斷、治療上多有實踐。他認爲，本我中的種種本能欲望必須透過各種途徑（如夢）得到宣洩，否則就會出現神經症狀（neurosis），如部分肢體的麻木甚至癱瘓；嚴重時自我完全被本我所控制，出現精神病（psychosis），如完全把幻覺當作現實的精神分裂症（schizophrenia）。佛氏採取的常見治療方法是「談話療法」，患者透過自由聯想，把進入思維中的一切講述（transfer）

出來，醫生從中發現病人的心理衝突所在，使其進入病人的意識，最終消除致病原委。好萊塢五〇年代「奧斯卡」經典片《Spellbound》講述的就是這麼一個故事：某精神病院新來的院長愛德華表現出種種心理症狀，令同事們感到困惑，警方證實他冒名頂替，懷疑他是殺害眞院長的兇手。女精神病醫生彼德森透過佛洛伊德式的精神療法，最終使愛德華解開了意識障礙：他並不是幼年時殺害自己弟弟的兇手，並透過分析愛德華自由聯想中出現的各種象徵，最終找到了殺害眞院長的眞正兇手——剛剛卸任的原院長勃特森。

　　但是上例只是佛洛伊德心理分析的理想案例，佛氏本人在臨床治療中想像成分往往會大於實證分析。他的一位病人年方十八，端莊貌美，思維正常，卻迷戀一個比她年長十歲的放蕩婦人。一次其父見她又和該婦人在一起，便白了她一眼，女孩即刻衝向鐵路要臥軌自殺，令其父不解，至佛氏診所求醫。佛氏追蹤了女孩的性心理發展史，尤其是幼年性心理經歷，認爲該女戀父情結強烈，其同性戀行爲完全是爲了報復父親對自己的「不忠」，而臥軌自殺之舉則是一種心理補償：臥軌之舉和「墮落」"fall"是同一詞，亂倫行爲當然屬於墮落，所以該女孩在臥軌的瞬間實現了自己兒時的本能欲望（Freud 1920:203-19）。如果說佛氏關於女孩戀父情結的敘述尙可信，關於「墮落」的分析則十分勉強，因爲女孩本人由於受教育程度不高，可能根本就不知道"fall"有如此的文化意蘊，而且在非西方文化背景下更不可能，所以佛氏「診斷」的普適性便十分可疑。

　　佛洛伊德精神分析法在二十世紀上半葉確實風靡一時，進行佛氏心理治療在歐美也一度成爲時尚，但就精神病而言，靠「談

話療法」得到治癒的案例非常之少。到了五○年代初，精神病的治療有了突破。醫生們發現透過藥物可以控制精神病狀，使病人從「本我」的狀態下回到「自我」，而佛洛伊德對精神病的藥物治療則語焉不詳。此後，科學家進一步發現精神病的發生和大腦的生理創傷有直接的關係，這對佛洛伊德又是一個打擊，因為佛氏的創新就在於把心理學研究從生理（brain）轉到心理（mind）。雖然佛氏理論在神經精神病領域裡已經顯得陳舊，但在其他領域（如人文領域）其影響依然經久不衰，尤其在文學研究中[3]。因為文學是「人學」，探討的一個主要領域就是人的心理。佛氏理論雖然屬於自然科學，但在內容上和文學創作頗有相通，如心理／思維障礙和語言關係密切。此外，佛洛伊德雖然依賴實驗室觀察和實證，但其理論的很大部分是想像推斷的結果，如「心理的三個部分」或「人格的三重結構」便蘊涵豐富的想像成分，三個部分／結構間複雜多變的相互關係為文學闡釋開闢了極大的空間，所以一直受到評論家的青睞。

　　佛洛伊德在闡述自己的心理學原理時，常常訴諸於文學藝術，如戀母情結就直接借自希臘神話伊底帕斯王的傳說，他對夢境的闡釋也借助於現代語言學術語，他本人也偶爾涉獵文學藝術。佛氏的一段名言就是《夢的解析》中對莎士比亞戲劇人物哈姆雷特的論述。他認為，莎氏的這齣名劇之所以能打動歷代的讀者，是由於該劇內容的獨特性[4]：殺父娶母是所有人兒時的夢想，哈姆雷特的命運就是全人類的命運。該劇中有一個莎學專家爭論已久的一個問題：哈姆雷特為什麼一再延宕替父報仇？佛氏指出，哈姆雷特絕非優柔寡斷之人，在劇中數次表現得極為果斷：他之所以對篡權的叔父猶豫不決，是因為其叔父殺了哈父娶

了哈母，做了哈姆雷特童年欲望裡想做卻無法做的事情，使得他沒有勇氣以「正義」自居。有趣的是，佛氏發現莎士比亞寫《哈》劇時剛喪父不久，可能也有類似的心理經歷。

八年後佛氏在《作家創作和白日夢》裡對藝術和藝術創作做了更加詳細的論述。他似乎承認關於藝術的一般見解，即藝術的終極是藝術性，但和形式主義不同，他接著繼續追問：藝術性之源在哪裡（Freud 1908:36）？佛洛伊德的提問很聰明：他不僅繞開了自己所不擅長的藝術形式問題，而且把討論的對象自然地引導到藝術之外。他認為，藝術創作和孩童玩耍（這種玩耍會以其他形式伴隨人的一生）的共同之處就是完全倚重想像，只是兩者的表現形式略有不同：孩童的想像公開、認真；成人的想像則隱蔽且並不期望想像成真。佛氏把成人的「想像」稱為「幻想」（fantasy）或「白日夢」，源自孩童時未獲滿足的（性）欲望，這個欲望激發了藝術家的創作靈感，使他用藝術偽裝的方式再次表現這個欲望，從中獲得滿足感，讀者也可以從中汲取各自的快感。對佛洛伊德來說，「詩藝的根本就在於防止我們（讀者）產生厭惡感的技巧」（同上 42），即藝術手法的價值就是更好地偽裝不道德的欲望，使自我在接受時不會產生排斥，從而強化接受時的快感。

當然佛洛伊德不是文學家，他討論的主要對象不是文學作品，他對心理分析方法在文學闡釋中的適用性也把握不準，對文學涉及的心理因素之外的領域更不敢枉加評論，佛氏本人對此一再提及，希望文學界對他不要誤解。為了突出心理分析方法的重要性，佛氏至多稱之為「比藝術形式的層次更深」，語氣中也透出一種因不熟悉藝術形式而產生的無奈。他意識到心理分析的局

限，不主張以醫學代文學（Trilling 1941:954），倒是時常有些文學評論家非要把佛氏看作文學理論家，然後再評論一番佛氏對文學藝術的所謂「無知」，其實卻是在冤枉佛洛伊德。但也確有見解深刻、真正了解佛氏的批評家，特瑞林（Lionel Trilling）便是其中之一。

在〈佛洛伊德與文學〉裡，特瑞林首先追溯了佛洛伊德精神分析的理論淵源：十八、十九世紀浪漫主義對人物心理給予了前所未有的關注。盧梭（Jean-Jacques Rousseau）和布萊克（William Blake）擅長揭示文明人內心的黑暗面以及農人、兒童甚至野人無拘無束的心理活動；此時興起的自傳體小說專門描述人的過去經歷；喬治‧桑（George Sand）、雪萊及叔本華（Arthur Schopenhauer）對「本我」的關注；杜斯妥也夫斯基（Fyodor Dostoevski）與諾瓦利斯（Novalis）寫死亡欲望和乖戾心理；普魯斯特（Marcel Proust）和艾略特常寫夢境等，只是他們都沒有佛洛伊德理論那麼高度概括。特瑞林認為，佛氏的貢獻在於揭示了文學創作的深層心理因素和文學作品的深層意蘊，但他卻把很難證實的理論過於簡單地等同於現實，這是他的失誤。在〈藝術與神經病〉中，特瑞林認為在十九世紀工業畸形發展、拜金主義盛行的背景下，整個社會都處於精神異常狀態，這種狀態不僅可以產生奇蹟，也會造成破壞。但是，作家不是神經病人，文學作品也不是麻醉劑。夢與詩的最大區別是：詩人可以控制自己的白日夢，精神病患者則不能。幻覺人人皆有，但要高超地表達幻覺只能靠把握、運用精神病態的能力，這種能力是藝術家的天賦，而藝術天賦絕不會來自精神病。藝術家的幻想是清醒的，而瘋子的幻想則是病態（Trilling 1941:952; 1945:960-4）。

　　傳統的文學精神分析主要把佛洛伊德的理論（如人格理論、性心理理論）應用於文本分析。試舉兩例。《年輕人布朗》是十九世紀美國浪漫主義小說家霍桑（Nathaniel Hawthorne）之作。「年輕人」（young）的字面涵義是心地純潔，不諳人間罪惡，布朗正是這樣一個公認的好人。然而這只是他多重人格的一部分，另一部分則是狂亂的情欲。布朗妻子菲思的粉紅色絲帶是一個很好的象徵：粉紅色是白與紅的混合色，白色是冷色，代表女性的純潔和柔情；暖色的紅色則代表男性情欲的衝動；而絲帶的飄揚象徵布朗內心的本我掙脫束縛滿足衝動的渴望。在魔鬼的誘使下，布朗於日落前一步步離開象徵道德習俗的村莊（超我）邁向黑森林（本我）的深處去參加魔鬼集會。魔鬼的蛇形手杖也是象徵物："serpent"不僅是聖經隱喻暗示墮落，而且還是男性性象徵，魔鬼用手杖指引布朗則是在喚醒他被壓抑的情欲。雖然布朗最後幡然醒悟回到了村莊，但抑鬱寡歡，彷彿變了一個人。實際上這是人格異常的表現：獲得解脫的「本我」如果再次被「超我」強行壓制，便會產生精神症狀。霍桑生活的新英格蘭清教盛行，小說揭示的也是喀爾文教的「原罪」說：人生來有罪，只有終生懺悔才有可能獲救，而應用佛洛伊德理論可以使這個主題更加突現。《太陽照樣升起》是二○年代美國作家海明威（Ernest Hemingway）的小說，其中著名的鬥牛描寫也可供心理分析。鬥牛的描寫十分精彩，場面十分壯觀，但鬥牛士和牛的對峙、周旋，雙方有節奏的交互往來，直至鬥牛士把劍插入牛體，達到興奮的高潮，所有這些無不包含性的意蘊。鬥牛愛好者大都是懷有強烈激情的男人，觀看鬥牛是本我（死亡欲、施虐欲、征服欲）的極好宣洩，性力（libido）在此過程中得到了充分的張揚。五

○年代英國作家高爾定（William Golding）的名著《蠅王》中有一幕描寫流落在孤島的文明兒童追殺野豬，與以上鬥牛場面異曲同工。以上兩部小說作於兩次世界大戰結束不久，傳統的價值觀、倫理道德觀受到衝擊，本我失去有效遏制，人們的心靈受到傷害，懷疑、失望、絕望的情緒蔓延，人格失調而無法正常運作，這就是佛洛伊德對兩部小說的揭示。

以上對文本的精神分析自然有牽強之感，尤其是如果落入人格結構或伊底帕斯情結的俗套，便難免有千篇一律之嫌。但不可否認，使用心理分析確實可以讀出新意，有助於加深對文學作品的理解。從以上分析中還可以發現，佛洛伊德心理分析法來自於佛氏數十年的實驗室觀察和實證，已經形成一門「系統的知識」。科學、理性是佛氏建立心理分析理論的基石。佛氏和俄蘇形式主義者一樣在追求"plot"背後的"story"；和形式主義者追求「形式的科學」、結構主義家追求「符號的科學」一樣，佛洛伊德追求的是「心理的科學」（Eagleton 1985:151; Trilling 1941:949, 951; Jefferson & Robey 1986:150）。佛洛伊德研究心理學的方式比較特殊，所以科學性在他身上的體現也較為特殊，但他絕不是有些人所稱的「非理性主義者」。

佛洛伊德對人類文明和文化進步貢獻巨大。佛洛伊德認為人類文明的發展並不說明人類本性中存在有「自我完善」的本能，相反，人和動物的心理機制沒有本質的差別。如果說少數人確有自我完善的衝動，並做出過驕人的成績，這也是對本能衝動的壓制所致，而不是本能的產物（Freud 1955:42）。如果說哥白尼（Nicolaus Copernicus）十六世紀初打破了地心說，達爾文（Charles Darwin）十九世紀中葉指出人類和其他動物在物種起源

上並無二致，半個世紀後佛洛伊德則把人的「心理」等同於動物的心理，對人的妄自尊大進行了更加無情的剖視（debunk）。

　　正因爲如此，佛洛伊德說過：「我們的文明乃是建基於對本能的壓制上的。」但是，佛洛伊德絕不是要人們張揚「動物性」，絕不是要否定人們向善的努力。儘管佛氏生活的世界並不太平，他卻不是悲觀主義者。佛氏反對的不是文明（超我）本身，而是現代文明產生的方式：對本我不恰當地壓制，導致各種文明病的出現（《性愛與文明》 265-79）。他一直弘揚的是「自我」，相信自我有足夠的協調能力，使人格健康發展，主張恰當地操縱「非分」的欲望，促使其昇華以推動文明的發展。

　　儘管佛洛伊德的用心良苦，現代人仍然對他的學說持有保留。一方面當代精神病學已經發現佛氏理論多有失誤，另一方面佛氏去世之後的社會現實告訴人們要愼重對待精神分析。精神分析是現代文明的產物，直接用於精神病的診斷、治療。但冷酷的現實卻使人們對這種治療手段保持高度的戒心：不論是希特勒法西斯、蘇俄史達林時代，還是當代西方社會，精神病的診治有時變成一種權力工具，對持不同政見者冠以「精神病」而實行強迫關押進行政治迫害。因此後現代主義主張精神病的診斷須格外謹愼，是否患有精神病必須由非精神病醫生組成的社區「陪診團」來做出，這麼做的理論依據是：精神病的甄別標準並非是某個人「發現」的客觀先在物（by Nature），而是人爲闡釋的結果（by Culture），如果濫用則無異於精神壓制（Eagleton 1985:161）。

　　二十世紀中葉以後，傳統精神分析理論很快被「嫁接」到紛紛湧現的新批評理論上，形成了五花八門的「新」精神分析理論；操持傳統精神分析的文學批評家雖然不乏其人，傳統精神分

析理論雖然仍然主導著大學文學批評課堂，但毋庸置疑，新精神分析理論的影響遠遠大於傳統的佛洛伊德理論。霍蘭德和拉岡的精神分析理論雖然算是「新潮理論」，但它們的理論地位已經得到確立，成為經典精神分析理論的一部分。

　　霍蘭德或許是當代美國最有影響的精神分析批評家。他介於傳統精神分析法和後結構主義理論精神分析理論之間：他一方面吸收佛洛伊德的人格學說（ego psychology），發展出文學互動閱讀理論（transactive reading），其強烈的主觀色彩和後結構主義閱讀理論十分接近；但同時他對解構主義等後學理論懷有戒心，不贊成過分誇大文本性和語言的作用。如果說佛洛伊德關心的是人類的普遍心理，霍蘭德關注的則是讀者閱讀時的心理狀態，即讀者對文學文本的感情反應是如何產生的[5]。和佛洛伊德的另一個不同是，霍蘭德對心理思維（mind）關注的同時，對生理大腦（brain）同樣也進行了深入的研究，他六〇年代曾在波士頓精神分析學院做過精神分析的專業訓練，1970年創辦紐約州立大學布法羅分校「藝術心理研究院」，在《羅伯特‧弗羅斯特的大腦》一書的第一章，他從大腦生理學、認知心理學、人工智慧、控制論等現代前沿科學出發，對大腦的生理結構進行了非常專業的探討。

　　最能代表霍蘭德心理分析理論的，或許是他根據佛洛伊德「自我心理學」而發展出的一套讀者心理反應理論，即「防衛—期待—幻想—改造」（defense-expectation-fantasy-transformation，簡稱DEFT機制）。霍蘭德認為，每個人都有一個終生不變的「性格」，他稱之為「永恆的性格核心」（unchanging core of personality）或「特徵主調」（identity theme），其運作的基本原

則就是「特徵不斷重複自身」。也就是說，一個人的經歷、行
為、思想可以不斷變化，但萬變不離其「宗」，它們都是此人
「特徵主調」的投射。作為其中的一個部分，文學閱讀行為的特
點是讀者－文本的互動過程，其「特徵主調」的複製遵循的是一
套特殊的心理學模式，即DEFT：每一位讀者在閱讀前都帶有自
己獨特的期待（欲望、幻想、恐懼等），閱讀時會下意識地力圖
在文本中發現與之對應的相似期待，發現之後便會用各自的心理
防禦機制對這些期待進行抵禦、改造，從而可以「合法」地使恐
懼消除，欲望滿足，把由幻想引發的不安、內疚、罪惡感轉化成
「完整的、具有社會意義的審美體驗、道德情操和心智經驗」，獲
得愉悅的感受（Holland 1975:30; 1984:123-7）。這裡，佛洛伊德
人格理論的痕跡非常明顯，而且毋庸置疑，霍蘭德成功地把超
我、自我和本我「移植」到文學閱讀行為上，為文本闡釋提供了
一個心理學模型。

　　作為當代精神分析理論家，霍蘭德在美國的地位固然無人可
比，但他卻是位生不逢時的人，因為法國精神分析學家拉岡的影
響委實太大。霍蘭德和佛洛伊德一樣，把研究的重心放在「自我」
上；佛洛伊德在研究生涯的初期曾提出過「本我心理學」，但不
久就轉向了「自我心理學」。但在三〇年代後期佛洛伊德去世前
後，拉岡卻重新關注起潛意識，並且在二十世紀中葉形成巨大影
響。

　　拉岡把索緒爾、雅克慎和佛洛伊德結合在一起。索緒爾認為
思維先於語言，語言介入對混沌的思維進行梳理，然後和思維一
一對應；佛洛伊德也認為潛意識先在於語言，是本能的集合體。
拉岡則認為潛意識和語言同時出現，是語言對欲望進行結構化的

結果。佛洛伊德曾用「凝縮／置換」（condensation／displacement）這樣的語言學詞彙來表述夢幻的運作，拉岡則借用雅克慎的「明喻／隱喻」，分別表示欲望這個能指和欲望實現這個所指的運作方式（即延續性 [continuity] 和相似性 [similarity]）。明喻中因存在「或缺」（lack）而導致能指沿所指不斷延伸，隱喻中則以表層意義（所指）指代深層遭壓抑的意義（能指）來顯示欲望，逐漸接近潛意識。所以拉岡說潛意識的結構猶如語言（Jefferson & Robey 1986:122）。

　　佛洛伊德認為，欲望是由性力驅動的生理現象，健康人透過欲望與欲望滿足保持心理上的平衡。但拉岡認為欲望代表心理、生理的和諧統一，但由於伊底帕斯階段以及「鏡子階段」（mirror stage）使人產生心理斷裂，所以人永遠無法滿足欲望，無法達到心理生理的和諧統一。拉岡和佛洛伊德一樣，認為兒童經過伊底帕斯三階段之後進入社會：誘惑階段（受到欲望物母親的性吸引）、初始階段（看見母親和父親性交）、閹割階段（父親代表的「法」禁止兒童性親近母親）。所以兒童只得把欲望壓進潛意識，移往「他物」（即主體潛意識裡的純粹能指 ），而由於這個他物永遠不可能獲得，因此欲望的無法滿足造成心理斷裂。由此可見，佛洛伊德在心理層面上處理伊底帕斯情結，拉岡則在語言層面上理解它。

　　拉岡的這個觀點在〈鏡子階段〉中表達得很清楚。此文寫於1936年，1949年修改後重新發表。鏡子（亦稱前伊底帕斯）階段的兒童（十八個月前）物我（母／我）不分。兒童帶有自戀性地欣賞鏡中自己的身體，表明自我開始出現並發展。但兒童的認識其實是誤識，其欲望的投射也是誤投。父親出現時，兒童的兩

極世界變成三極世界，此時兒童開始獲得語言，透過話語來界定自己。語言有明喻作用，詞語（能指）代物（所指），但不相等於所代之物。兒童在不斷延宕的明喻鏈中追尋不斷逃脫的欲望物。兒童的能指符號中，男性生殖器（phallus）是「共相」（universal）超驗能指；它不指性器官，而是「明喻存在」，表明或缺與不在場，即欲望的永不可達。鏡前的兒童近似於能指，鏡像則類似所指，此時的能／所指如索緒爾所言一一對應，也如隱喻一般相互沒有排斥。語言出現後差異隨之而來，意義由差異決定，兒童在家中的身分也由他和父母的差異而定。這就是拉岡所謂的象徵期：兒童必須承擔先定的社會、性別角色。這個時候，隱喻的鏡象變成明喻的語言。能指在所指鏈的不斷滑動等於由或缺引起的欲望活動，而終極所指則永遠遭到壓抑。

　　拉岡對文藝批評的貢獻十分有限，但由於他對語言的創造性理解，所以拉岡的理論意義非同尋常。在拉岡看來，文本首先是欲望話語，因此批評家關注的不是占有作者之意，而是自己搜尋到的意義。現實主義作家關注的只是內容本身，故事情節是自足的。這裡文學文本類似法律文件或科學報告，不顯示其中的事實是怎麼得來的、其中排除了什麼、爲什麼要排除、選取的內容爲什麼要如此排列等等。所以，現實主義恰如拉岡的自我：靠強行掩蓋自身生成過程而生存（Eagleton 1985:170）。現代主義則把文本的書寫過程作爲內容，「展示技法」以便讀者對文本建構現實的方式進行批判。這裡所指（意義）是能指（技法）的產物，而不是先於能指存在。

　　拉岡式文藝批評關注的對象是文本中由能指鏈決定的欲望結構。拉岡對小說本身並不感興趣，而是利用某一文本來對一切文

本的本質予以說明，用結構精神分析來描繪所有文本的運作機制。他對美國十九世紀小說家愛倫坡（Edgar Allan Poe）的《竊信案》的文本分析就旨在說明：小說有自己的一套規則，和使意識有序的象徵域的運作方式一樣。

　　愛倫坡說的是一封信雙重被竊的故事。此信（或許是封情書）最早寄給王后，王后在閱信時國王和大臣D突然進門，爲了掩飾她若無其事地把信放在桌上，不料被大臣D識破，於是當面拿走此信，並在原處放上另一封信。王后遂求助於警察局長。局長仔細搜查了D的寓所，但一無所獲，只好求助於著名的私人偵探杜邦。杜邦推算D和王后一樣會把信放在某個最顯眼的地方，後來果然在壁爐邊隨意放置的一個紙板夾裡發現了它。他設法取走信交給王后，並在原處放了另一封信。

　　拉岡感興趣的是愛倫坡故事中的重複結構，即兩次竊信裡人物角色的變換：第一次竊信時國王蒙在鼓裡，王后自以爲得計，D1則從中識破一切。第二次竊信時，警察局長一無所知（類似於國王），D2犯了和王后相同的錯誤（自以爲得計），杜邦則如D1那樣洞察一切。這裡國王和警察局長代表純客觀性（自以爲明瞭一切），王后和D2象徵純主觀性（自以爲知曉內情），只有D1和杜邦知道信（能指）的闡釋有多種。因此雙關詞 "letter"（信或文字）是小說的真正主題。信在故事中的遭遇猶如能指在現實中的遭遇：王后、警察局長、D2等人的結構位置相當於現實中相信能指所指直接對應的人們；能指裡蘊涵他們的欲望，而他們本人尚沒有意識到；這和精神病人一樣，症狀被多次置換，病人卻不會意識到。杜邦相當於精神病醫生，幫助病人（王后）祛除心病。從更廣的意義上說，文學閱讀也一樣：文本相當於

信，無所不知的作者相當於國王和警察局長，自信的讀者相當於
王后和D2，而後結構主義批評家則是杜邦，只有他才可以解讀
蘊涵著我們的欲望、存在於不斷的修辭置換中的那封「信」
（Jefferson & Robey 1986:128）。

　　需要說明的是，拉岡寫作的方式很特別。他把追求連貫意義
的傳統語言稱爲前佛洛伊德幻想，而自己則完全模仿潛意識語
言：語言遊戲、雙關語、邏輯斷裂等，旨在顯示夢境和潛意識不
斷變換的結構，表明語言和思維的內在相關性和等同性，因此他
的著述非常艱澀。有評論家認爲，拉岡用結構主義、後結構主義
話語重寫了佛洛伊德。其實，拉岡的話語出現在後學之前，所以
應當說後結構主義用拉岡的話語塑造了自己。如果說佛洛伊德用
人格理論對人及人類文明進行了剖視，拉岡則把解剖更深入一
步：語言這個人類文明最重要的工具造成了人的思維障礙，導致
人的心理分裂。笛卡兒（René Descartes）曾經用「笛卡兒式懷
疑」確定了人的絕對存在（「我思故我在」），現在拉岡則用「拉
岡心理學」對毋庸置疑的人提出了質疑，因爲人在思維時絕不會
完全存在，而是「我在不思處，我思我不在」（I am not where I
think, and I think where I am not）（Eagleton 1985:170）。

1 如霍蘭德（Norman N. Holland）七、八〇年代專門研究人的大腦構造與
　文學心理反應的關係，並據此發展出一套精神分析學文本閱讀理論。參
　閱本書第六章「讀者批評理論」。
2 佛洛伊德曾有過比喻：人的整個思維活動猶如大海裡的冰山，意識代表
　冰山露出海面的一小部分，前意識代表冰山緊靠海平面以下的部分，依

海水起伏而不時露出海面，潛意識則代表終日淹沒於水下的冰山碩大的
主體。

3 有評論家認為，佛氏理論的經久不衰，主要應當歸功於文學家而不是科
學家（Lodge 1972:35）。

4 這使我們想起俄蘇形式主義、英美新批評，甚至文學結構主義的努力：
尋找文學的獨特性，儘管佛洛伊德從未說過伊底帕斯情結代表「文學
性」。

5 霍蘭德把研究範圍牢牢地限定在讀者對文學作品的心理反應之上，所以
通常被認為是美國讀者反應批評的主要理論家之一。參閱第六章「讀者
批評理論」。

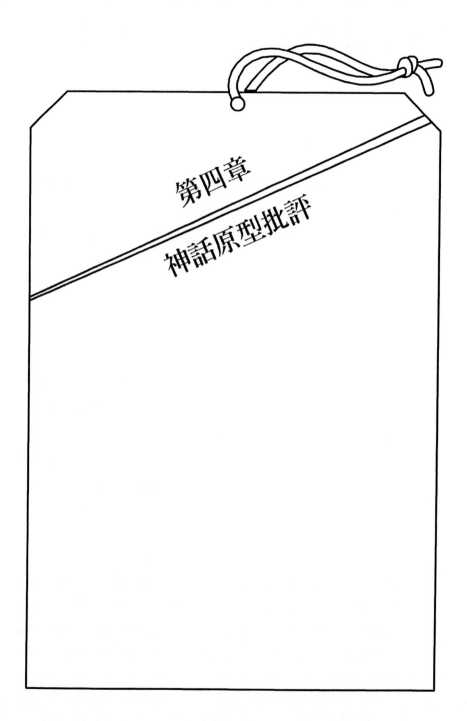

第四章

神話原型批評

佛洛伊德在《作家創作和白日夢》中曾說過，神話是一個民族「幻想」的殘留物，只是形式上經過了變化（Freud 1908:41）。但是關於神話和心理學的聯繫，佛洛伊德語焉不詳，有待於他的學生、瑞士心理學家榮格以及由他所發展起來的神話原型批評進行更加深入的闡發。在討論這個理論之前，有必要把「神話」和「原型」這兩個概念解釋一下。

　　「神話」這個概念由來已久，一般泛指關於神或其他超自然的故事，有時也包括被神化了的人。一個文化／民族流傳下來的神化故事從一個側面講述了該民族的歷史，如猶太神話中關於創世、出埃及遷徙、人物傳的記載在很大程度上可以看成是猶太民族的形成史，也是猶太文化的構成史；而且後人仍然在不斷地閱讀這些神話，受著神話的影響，所以民族神話是一個民族的精神特徵，是她永遠追尋的自我意義。對文學家來說，神話首先是寫作取之不盡的源泉，世界名作大都從本民族神話裡汲取素材；神話還可以是引人入勝的故事（希臘語mythos就是敘事、情節的意思），這也是它源遠流長生生不息的重要原因；對結構主義詩學來說，神話也是敘事結構，是文學敘事的根本；神話原型批評則把神話作為儀式和夢幻的文字表達方式，使儀式獲得意義，夢幻具備形式，所以神話是作品的結構原則。神話曾被認為非理性、虛假，所以長期以來受到鄙視嘲笑，地位一直不高。十八世紀浪漫主義興起之後，尤其是維柯（Govanni Battista Vico）出版《新科學》後，神話思維被確認為人類思維發展的必經階段，是「詩的智慧」，和理性同樣重要。十九世紀神話學進一步發展，甚至有人主張神話就是科學復歸於詩，比抽象理性更適於培養人的認知能力。

　　據榮格考證，「原型」（希臘語 arch，喻初始、根源：typos 指形式、模式）一詞在古希臘哲人的著述中已經頻繁出現，只是其指涉因人因事不同而略有差別（Jung 1965:642-3）。近代原型概念出現在十九世紀下半葉，一般指作品中自古以來反覆出現的比較典型的文學現象（如主題、意象、敘事方式等）。原型的概念首先被文化人類學家弗雷澤（James G. Frazer）所採用，藉以解釋多種文化裡存在的神話傳說和宗教典儀，對這些儀式的形式進行分析之後，解讀出其中包含的結構規律。神話原型批評由於關注於「原型」，所以得以跨越傳統的文本闡釋形式（如發生學、歷史學闡釋），更加得心應手地研究諸如文學傳統、文類學等問題。此外，由於原型具有共通性，所以透過研究原型可以貫通不同地域不同時期的文學作品，建構文學的宏觀結構。對原型的重要研究始於弗雷澤，至二十世紀五〇年代弗萊（Northrop Frye）時發展成熟。由於原型研究實際上包含了神話的內容（儀式、傳說、圖騰、禁忌等），所以常以「原型批評」指代神話原型批評。

　　神話原型批評起始於二十世紀初，心理學家榮格作了開創性工作。榮格 1900 年獲得醫學博士學位，在蘇黎士一家醫院做精神病醫生，曾進行過詞語聯想試驗來尋找人格的基本構成，在研究病人情感聯想時提出過母親情結和父親情結等[1]，曾因此和佛洛伊德進行過討論與合作研究，並由於佛氏的舉薦於 1910 年至 1914 年擔任國際心理學會的首任主席。但隨著榮格對夢和幻想的研究進一步深入，他越來越相信神話因素在其中的巨大作用，也因此和佛洛伊德的分歧越來越大。他難以接受佛洛伊德把伊底帕斯情結作為一切精神疾病的根源，認為弗氏的性力說（libido）

並不全面；對如何理解精神分析中移情的作用、如何解釋夢裡的象徵、如何理解誘姦幻覺等問題，他的回答也和佛氏不盡相同。這些分歧最終導致兩人於1913年分道揚鑣。

嚴格地說，榮格的專業研究領域既不是神話也不是原型，而是心理學，但在經典神話原型批評中他占有奇特的位置。英國人類學家弗雷澤在十九世紀末成功地揭示出不同文化的神話傳說和宗教典儀裡經常出現相似甚至相同的意象或主題；二十世紀五〇年代加拿大學者弗萊把弗雷澤所說的「原型」在文化和文學中進一步深入闡釋，發展出一套更加系統完整的原型理論。在時間上榮格處於弗雷澤和弗萊之間，但由於他在心理學層面上把神話和原型結合在一起，因此可以認為榮格是神話原型批評的創始人。但是，「神話原型」的概念並不是榮格首創，而且榮格在提出自己的神話原型批評理論時無疑受到前人的影響，其中弗雷澤的影響不可忽視。

弗雷澤大學時代精修古典文學，打下了良好的學術研究基礎[2]。五年後進劍橋研習法律，逐漸從古典文學轉到人類學，從一八八〇年代開始發表著述，五十年中達幾十部，成為最多產、影響最深遠的進化派人類學家。其代表作《金枝》歷時二十五年，洋洋灑灑十二卷（後出一卷精縮本）。此書如副標題（「巫術與宗教研究」）所示，研究範圍是世界各文化中以巫術為特徵的原始宗教儀式、民間神話和民間習俗，力圖勾勒「人類意識從原始到文明的演進軌跡」。

對神話原型批評來說，《金枝》的主要理論建樹是提出「交感巫術原理」和「禁忌」觀。在原始人看來，人與自然間存在某種交感互應關係，所以人們透過象徵性活動（巫術儀式）把自己

的願望、感情賦予自然，以控制實際上自己尚無法把握的自然。
隨著文明的演進。由人爲中心的巫術漸被以神爲中心的宗教所取
代，並最終讓位給以科學爲中心的現代文明。雖然巫術—宗教—
科學之間差別巨大，但三者有一個共同之處：都相信自然具有秩
序和規律，而且弗雷澤相信利用科學可以更好地解釋遠古的神秘
儀式、奇異風俗和怪誕神話。

　　弗雷澤的研究客體之一，就是他所謂的「金枝王國」：他觀
察到，古代居住在內米湖畔的義大利人有一個儀式，王位繼承人
在王位交接時要從聖樹上折下一根樹枝，在搏殺中把老國王殺
死，然後繼承王位（Frazer 1954:228-53）。弗雷澤進一步考察
到，這種儀式和不同文化中常有的一種共通的巫術相同，即在植
物開始生長的春季舉行象徵生命繁殖的儀式，以表演動物的交媾
來祈禱植物的豐產[3]。如古巴比倫每年春分舉行新年慶典，部落
男女交合於野，一是保證人類社會的生殖綿延，二是慶祝大地回
春萬物復甦，三是代表慶典者死而復活的成年入社禮。在古人神
祇故事中也有大量類似的傳說，如古埃及和西亞人每年要表演生
命的興衰，以阿都尼斯神的名義演示生命的循環。阿都尼斯的形
象還出現在區域的傳說裡，如古希臘的美少年阿都尼斯，猶太教
裡死而復生的阿都奈即耶和華。在巴比倫傳說中他是大母神易士
塔的情人，影響萬物的繁衍；到了小亞西亞沿海地區，他成了愛
神阿弗洛狄特的情人，每年死而復生，大自然也因此草木枯榮；
在古羅馬詩人奧維德（Ovid）的《變形記》裡，也有維納斯和阿
都尼斯的愛情故事。華夏文化的「社稷」觀也可以認爲根始於這
樣一種原始宗教。「社」乃是土地崇拜，即地母的生殖力崇拜；
而「稷」則是穀物神崇拜，猶如對曾作爲穀物神的阿都尼斯的崇

拜。同時，祭祀社稷的方式「春祈秋報」也含有此意。春祈的對象是華夏女祖先的化身，秋報的對象可以理解為周人的祖先后稷即穀神；而秋報行為則是弗雷澤所說的「贖罪祭」，表示在收割碾打之前祈求穀神的原諒，以調節平衡人和自然的施受關係。

　　對榮格來說，弗雷澤的文化人類學具有重要的意義：「神話首先是展示靈魂本質的心理現象」，因為原始人的意識思維尚不發達，靠潛意識和神話體驗現實（同上 645）。此外，以上關於神話和原型的敘述不再局限於遠古歷史，而是和現代人息息相關，其中的連接就是他提出的「集體潛意識」。榮格產生這個觀念的經過饒有趣味。在一次海上航行時榮格和佛洛伊德相互分析對方的夢，榮格做過這樣一個夢：他身處一座兩層房子的頂層，房間內擺設古色古香；他下到一層，發現那裡更加古老、幽暗，如中世紀的古堡；他無意中打開一扇厚重的門，下到地下室的圓頂房內，經仔細辨認發現周圍的一切屬於古羅馬時代；他掀起地上的一塊石板，沿石階再往下走，進入一低矮的石洞，地上塵灰積澱，散落著一些破碎陶器及兩個人頭骨[4]。榮格經過反覆思考，給出了如下的解釋：房子的頂層供人居住，所以代表意識；頂層以下代表潛意識，越往下越黑暗怪異，表示潛意識的層次越深，直至洞穴即潛意識的最深層，代表原始文化的遺跡（Jung 1965:158-61）。也就是說，每個個人的心理底層積澱著整個人類自史前時代以來的所有內容。

　　「集體潛意識」概念提出之後，受到種種誤解，因此榮格於 1936 年寫了〈集體潛意識的概念〉一文，以正視聽。首先，它是集體性的而非個人性的，和當時已經非常普及的佛洛伊德概念不同：「集體潛意識是人類心理的一部分，可以根據和個人潛意

識的以下不同而加以區別：它不像個人潛意識那樣依賴於個人經驗而存在，因此也不是個人的東西。個人潛意識主要由曾經意識到的內容所組成，這些內容後來由於被遺忘或壓抑而從意識中消失；而集體潛意識的內容從未在意識裡顯現過，因此也從不會為個體所獲，而是完全依賴於遺傳。個體潛意識主要由各種情結構成，而集體潛意識則主要由各種原型構成」（Jung 1968:504）。也就是說，集體潛意識是種普遍的、非主體或超主性（suprapersonal）的人類心理體系，主要由遺傳產生，這是它和個人潛意識的主要區別[5]。其次，榮格把集體潛意識等同於本能衝動，一是為了說明自己並不是有意標新立異，二是為了糾正對本能的錯誤認識。他並不否認人類心理的能量來自佛洛伊德所稱的「本能衝動」，但堅持認為本能不是如佛洛伊德所說的那樣模糊混沌無法定義，而是目標明確，可以加以界定。「它們和原型非常相似，以至於完全有理由相信原型就是本能衝動的潛意識形象；也就是說原型是本能行為的模式。」

另外，榮格和佛洛伊德一樣，竭力維護集體潛意識觀的「科學性」，認為它絕非毫無根據的憑空想像，而是實證研究的結果，可以在實際中加以驗證，並且為尋找原型提供了一些方法。首先夢是發現原型最理想的地方，因為夢受意識的干擾較少，是潛意識心理最直接最自然的流露，做法是直接向做夢者了解夢中出現的主題（motifs），尤其要注意那些做夢者意識不到、甚至分析者也不熟悉的新的原型意象。發現原型的另一個辦法是透過「主動想像」，即集中精力對意識中的某一片斷進行持續幻想，直至潛意識中的相關景象開始出現並從中發現原型。雖然榮格不願意把這種做法等同於佛洛伊德的自由聯想法，但兩者幾乎是相同

的。此外，原型的另一個來源是妄想症病人的幻覺，或恍惚狀態下出現的幻想，或三至五歲幼兒的夢，把其中出現的象徵和神話象徵進行比較，找出兩者功能意義間的對應。儘管有以上的方法，但由於原型屬於潛意識內容，「一旦上升進意識裡可以被觀察到則已經起了變化」（Jung 1965:643），所以榮格承認在實際操作中原型的發現非常不容易，需要作出大量複雜的求證工作。

　　榮格曾以達文西（Leonardo da Vinci）的名畫《聖安妮與聖母子》爲例來說明原型的尋找和求證。畫中出現兩個女性：聖安妮和聖瑪利亞。佛洛伊德斷定這表明達文西的戀母情結，但榮格卻覺得這個推論十分勉強：聖安妮是達文西的祖母而非母親，而且兩個女性帶一個孩童的圖畫並不罕見，但記憶裡有兩個母親的畫家委實不多。他認爲其實這是一個非個人的、普遍存在的原型主題：「雙重母親」以及與此相關的「雙重出生」主題。如希臘戰神赫克力斯曾過繼給宙斯之后赫拉以求永生；埃及的法老要舉行第二次出生儀式以象徵具有神性；基督教中耶穌經過約旦河洗禮獲得精神上的再生，早期基督教神靈派曾相信《聖經》裡鴿子象徵耶穌的母親，基督教洗禮儀式也給予洗禮孩童教父和教母；甚至很多孩童確實有過「雙重母親」的幻想，認爲他們只是領養的孩子，他們的父母也不是親生父母（同上 505-6）。因此達文西的畫只是表現了一個全人類的本能欲望，一個人類共同的心理需要。

　　榮格和佛洛伊德一樣是一位心理醫生，對他來說作爲本能欲望表現形式的「集體潛意識」同時也可以表現爲精神症狀。如果確有人相信他有兩個母親並爲此而引發精神症狀，那麼以上提及的「雙重母親」可能會外現爲一種母親情結。但是榮格的解釋

是，這種精神症狀並不是佛洛伊德所謂的戀母情結所引發，而是病人自身潛伏的雙重母親原型被啓動的緣故，因爲現實生活裡一個人有兩位母親的情況畢竟不多見。既然原型是一種集體潛意識，它所啓動的本能衝動不僅會引發個人的精神症狀，而且還能導致社會的精神症狀：「歸根結柢，偉大民族的命運只不過是個人心理變化的總合。」如果一個民族再次使用某個遠古的象徵（納粹標誌）或古羅馬的束棒（義大利法西斯黨標誌），復活中世紀對猶太民族的迫害，重新勾起人們對古羅馬大軍的恐懼，這些只能說明原型能量的巨大，說明其影響力的深遠，因爲它控制的「不僅只是幾個頭腦失去平衡的個人，而且是成百上千萬的人民」（同上 507）。

　　榮格說過，「生活裡有多少典型環境，就有多少原型」；但他也說過：「它們（具體原型的內容）到底指的什麼歸根結柢無法事先決定」（Jung 1965:646）。這裡涉及到原型的兩個方面：內容和形式。原型的形式僅存在於潛意識中，所以無法把握（「原型就其本身來說是空的，是純粹的形式」），但只要賦予一定的內容它就可以在意識中出現。原型的形式靠遺傳，原型的內容則依時空不同而千變萬化，而確定原型的形式和內容之間的聯繫則非常不易[6]。如「雙重母親」是原型的內容，要確定它是否原型，表現了哪些本能衝動，則要依據艱苦的史料收集和心理學分析。

　　儘管如此，榮格還是描述了幾個具有重要普遍意義的原型。「陰影」（shadow）是人格中原始低下、無法節制的感情，代表「挑戰整個自我人格的道德問題」，它的浮現需要人們意識到「人格的黑暗面不僅的確存在而且就在眼前」。陰影一旦出現在意識裡便是低劣的不道德的欲望，因此承認自我的陰影需要足夠的道

德勇氣來克服意識的阻力。爲了避免道德阻力所引起的羞愧、焦慮、罪惡感，意識更樂於把自我人格中的陰暗可怕的一面「投射」到他人身上，正如我們可以心安理得地觀看莎士比亞《馬克白》裡殘暴兇惡的馬克白、《奧賽羅》裡陰險狡猾的伊阿古一樣，這也可以解釋爲什麼我們會潛意識地同情甚至認同某些不道德的人物（如彌爾頓《失樂園》裡的撒旦、歌德《浮士德》裡的魔鬼）：因爲我們身上也有同樣的「陰影」。投射者在投射陰影時選擇的對象總是同性別的，異性投射則指另一類原型：陰性靈魂相（anima）和陽性靈魂相（animus），前者指男性潛意識中的女性人格化（Eros，代表保護、忠誠、連接等），後者指女性潛意識中的男性人格化（Logos，代表理性、明辨、知識等）。實際生活中每個人都有兩類靈魂相，只是與自己同性的靈魂相更強；但有時異性靈魂相增強，則異性靈魂相的投射增強，可以表現爲諸如對武俠小說趨之若鶩，或對歌星影星狂熱崇拜等。不過靈魂相在心理學上的表現要複雜得多，因爲雖然陰影較容易被意識到，靈魂相則幾乎無法進入意識，而且靈魂相過強會導致心理障礙。如某位男士的陰性靈魂相如果太強，則在心理上會過分依賴母親[7]，表現爲膽怯內向，心理上祈求母親的呵護，期望回到童年，逃避冷漠殘酷的現實。如果母親也把陽性靈魂相的對象指向兒子，則會對已經成年的他表現出過分的關愛，對兒子的心理生理成長造成障礙（Jung 1959:8-14）。英國當代小說家勞倫斯（D. H. Lawrence）的名作《兒子與情人》描述的就是這樣的一對母子。

　　現在以美國小說家賽珍珠（Pearl S. Buck）的小說《大地》裡的女性人物阿蘭爲例來說明原型批評的實際使用。賽珍珠十九

世紀末生於美國，三個月即被傳教士父母帶到中國，雖然在美國
受教育，但前半生大部分時間在中國度過，對中國社會，尤其是
她生活過的安徽淮北地區非常熟悉。《大地》寫於三〇年代，並
因此獲得諾貝爾文學獎。

　　原型批評家紐曼曾根據榮格的敘述把原型解釋成三個層次：
原型、原型意象、原型具象。原型指潛意識深層由遺傳造成的原
始積澱；原型意象則指榮格所謂的「初始意象」，是原型在意識
中高度濃縮的表現，非遺傳但不同民族不同文化可以有相似的表
現；原型具象是原型意象在特定人群的特定展現，可以因時空的
不同而千變萬化（Neumann 1963:5-10）。「偉大母親」（Great
Mother）是一個原型意象，代表人們對某類「母親象徵」（如土
地、森林、大海）的忠誠與崇拜，其表現之一是「地母」
（Mother Earth），象徵多產、愛、溫暖和生命，西方常見的表現
有聖母、十字架等。

　　《大地》描寫的是十九世紀之交中國淮北地區農民黃龍一家
的故事，透過他們和他們所耕種的土地的關係的變遷，來勾勒時
代變化給中國農民的生活帶來的影響。故事的主角是黃龍以及他
的幾個兒子，但他的第一個妻子阿蘭卻是更有原型意蘊的形象。
首先阿蘭的姓名「O-lan」就隱喻了地母的存在（Oh, Land）：小
說的開頭黃龍和阿蘭初春的婚禮預示著「大地將要出產果實」；
秋天阿蘭生第一子時黃龍的土地給了他「從來沒有過的好收
成」，阿蘭第二次生產時「大地又是一次豐收」；阿蘭的第三個
孩子智力低下，她前兩次充足的奶水此時也枯竭了，其時天也大
旱，黃龍一家顆粒無收；但當她再次產下雙胞時，大地又是一次
豐收；多年後當阿蘭在寒冬去世後，一場「從未見過」的大水吞

噬了他們全部的土地。

　　除了以上的象徵意義之外，阿蘭還具有原型的文化意義。在中國文化中，土地的形狀為「方」，「天圓地方」的概念也頻繁出現在中華典籍中，而方（quareness）正是阿蘭的外形特徵：黃龍對阿蘭的第一印象就是「寬闊堅實（square）身材高姚」。阿蘭的另一個體貌特徵是「普通」（homeliness）：和西方地母原型不同，中國地母一直缺乏體態描述，可以視為外貌的「普通」，如女媧的形象出現在許多典籍裡，但沒有任何典籍對她進行過外形描寫。當今考古發現的最古老的中國地母是東北地區一座祠廟裡一個六千年前的塑像。其臉龐「方正」，鼻樑扁平，鼻孔略上翹，嘴巴「大而寬」，阿蘭則「短而寬的鼻子，鼻孔又黑又大」，嘴巴「寬大得猶如臉上開了條溝」。對這些相似榮格的原型理論通常會解釋為作者潛意識中的原型所為，但在此個案裡卻很難解釋賽珍珠這個西方人怎麼可能會產生中國地母的原型意象。

　　阿蘭不僅形似地母，而且「神似」地母，即她的性格品質和傳統地母的品性相通。《易經》裡地母的形象由「坤」代表，其品性歸納為「靜、厚、簡」。阿蘭的「靜」（stillness）表現為寧靜、穩重和鎮靜：黃龍對阿蘭的印象是「習慣沈默寡言，好像想說也說不出來」；黃龍一個個納妾，阿蘭對此處之泰然；但在幾次緊要關頭，阿蘭「平淡、沈緩、不動聲色」的語調卻遠遠勝於男人的威嚴。阿蘭的「厚」表露得最徹底：她辛勤勞作一輩子，卻不期待任何回報，始終以寬厚的心胸和堅實的肩膀支撐著全家。阿蘭的「簡」則表現在頭腦冷靜、處事幹練果斷，在很多場合與自恃一家之主的黃龍形成鮮明對比。

　　榮格和弗萊都認為，原型除了有肯定意義之外還有否定意

義，如地母原型除了象徵生命、寬愛、仁慈，還可以象徵死亡、危險、吞噬。但是原型的象徵意義和特定文化息息相關。中華文化長期以來是農業文化，地母原型和土地結合之後，其蘊意也帶上中華文化的特徵：死亡對於以土地為生的中國農民來說，無異於回歸母親，回歸自然，西方語境中地母原型的負面涵義已經變成了正面意義，正如《大地》中多處描寫的那樣，土地是黃龍一家的根本，死亡（回歸土地）也是他們所能期盼的最大安慰。

原型批評在文學文本分析裡作用很大，所以榮格在心理學闡述中觸及到文學，因為集體潛意識—原型—文學之間顯然存在著某種內在聯繫，正像佛洛伊德心理學的本我／潛意識—伊底帕斯情結—文學一樣。兩人之間的一個不同，也許就是榮格本人很少把集體潛意識／原型理論應用於實際文本分析中，原因可能如榮格所言：他本人對文學知之不多。但是心理學和文學本來就有千絲萬縷的聯繫，榮格在1922年對文學界的一次演說（〈論分析心理學和文學的關係〉）中特意表明了這一點。或許接受了佛洛伊德的教訓，榮格特意說明心理學和文學的學科差異，因此不可以把文學作品當作精神病例（儘管從心理學的職業角度兩者並沒有很大差別），文學分析不同於精神治療，心理學至多只能對文學創作過程進行闡釋，對諸如文學深層的形式問題、審美問題則不應說三道四。但是，榮格仍然強調心理學和文學的相通之處：文學和人類的其他活動一樣都源自心理動機，所以自然是心理學研究的目標。更主要的是，文學是人際間的（supropersonal）科學，文學形象歸根結柢是神話形象，是人類共有的最原始的遺產（Jung 1959:65-81）。儘管如此，榮格仍然停留在文學的周邊，神話原型批評提出的「整個文學到底做了什麼」這個命題的深入研

究要等到五〇年代加拿大文學家弗萊的出現才開始。

處在歐美夾縫中的加拿大學術界能夠引以爲榮的世界級人文學者屈指可數，最有影響的是兩位當代文化批評家，一位是曾提出「地球村」概念的麥克魯漢（Marshall McLuhan），另一位是把原型批評和結構主義相結合的弗萊[8]。弗萊的聲譽起於五〇年代後期，至七〇年代中期達到頂峰；後結構主義和後現代主義出現以後弗萊退到了後台，但其實他的許多重要著作都發表在七〇年代以後，而且他在世界其他地方的影響和在加拿大、美國的影響相比有個時間差，世界許多地方仍然視弗萊爲學術研究的重點。但是不論在什麼地方，《批評的解剖》一直是文學研究的必讀經典，是研讀文學的基礎。

對早期弗萊產生重要影響的人中包括大量使用「自然」意象的當代英國詩人艾略特和大量出現季節和時間意象的莎士比亞戲劇，他們使弗萊第一次意識到在艾略特和莎士比亞的背後也許隱藏有一整套西方傳奇和儀式的傳統。弗萊的主要文學思考集中在1957年出版的《批評的解剖》，但四〇年代時他曾考慮過把有關內容寫進《威嚴的對稱》；其理論形成還可繼續上溯到三〇年代：他讀大學時就對弗雷澤很感興趣，後者有關生殖儀式和季節神話的論述對他當時的幾篇論原始主義和浪漫主義的作業影響非常明顯，對他後來提出情節理論起過重要作用。

弗萊和弗雷澤、佛洛伊德、榮格最大的不同就是在討論文化時緊緊地貼住文學，而不像後者那樣集中於人類學或心理學。弗萊的直接理由是文學涉及的是人類集體，而不是自我個體（排除佛洛伊德），而純粹神話或心理學意義上的集體潛意識和文學並沒有直接的關係（排除榮格）（Frye 1957:112-3）。實際上弗萊和

二十世紀初的俄蘇形式主義和英美新批評的做法一樣，試圖給予
文學批評獨立的地位，不願意它和其他學科攪在一起而面目全
非，甚至喪失自己的獨特身分。弗萊認爲，文學批評不等於文學
創作，因爲後者主觀隨意性太大，尚無公認的規律可循；而文學
批評則言文學所不能言，是文學規律的表現，是有關文學的科學
（同上 4-12）。

　　弗萊對當時文學理論的現狀頗有微詞。評論家多認爲他不滿
意新批評的文學細讀論，而主張到文本之外去尋求文學的普遍規
律，此話有理。但是當時（五○年代）新批評已經式微，而且使
新批評致命的遠不只神話原型批評一家[9]。其實弗萊對新批評的
許多觀點頗爲贊同（如堅持文學性，反對所謂的「周邊研究」），
他的批評對象是他之前所有的批評理論，理由是：(1)這些批評
理論都沒有獨立的地位（他稱之爲「寄生性」，如依附於社會
學、哲學、心理學、歷史學等）；(2)它們都缺乏一套宏觀觀念
框架；(3)它們都沒有系統科學的理論支援。因此弗萊提出：文
學批評的客體必須是文學藝術，文學批評理論要有界定清晰的研
究對象；文學批評必須是一門獨立的學科，標誌就是要有自己的
觀念框架（conceptual framework）；和其他學科一樣，文學研究
必須要講究科學性，而文學研究的科學性就是文學性加理論性。
弗萊認爲當時的文學批評類似普及講座，依賴感官印象，侈談價
值高低，使批評流於膚淺。他倡導邏輯性強的深層次客觀分析，
主張研究的觀念框架須有普適性。從某種意義上說，這是種精英
理論；但確實對文學批評理論的發展起到推動作用。

　　弗萊在理論實踐中依靠一套文學研究方法論，即「歸納
法」。其理由是：自然科學研究遵循的也是歸納法，而「演繹法」

只適用於發散式的感官印象型批評（同上 7）。更重要的是，弗萊的結構主義批評理論的基礎是「原型」，而原型的獲得靠的就是歸納。弗萊認為文學的源泉是原型，即：

> 一種典型的再現意象連接詩與詩的象徵，使我們的文學體驗得以完整。由於原型是一種交際象徵，所以原型批評主要把文學當作一個社會事實，一種交際類型。透過研究規則和體裁，它力圖使單首詩歌融入詩的整體（同上 99）。

顯而易見，弗萊的原型已經不同於弗雷澤或榮格意義上的原型：它不再取決於民俗和宗教，不再是遺傳給予的潛意識內容（儘管弗萊沒有完全否認這些），而是文學的普遍存在狀態，是種接近於意識的淺層次形式。在這個意義上弗萊認為文學和神話相通，其最基本相似之處就是結構原則的一致，即「循環性」：雙方本質上表現的都是自然的循環（Frye 1970:584-6）。但是文學中並沒有與神話相對的術語，所以和神話不同，文學的循環性是隱在的，弗萊的任務就是揭示出文學對應於神話的內在結構。

這個結構在《批評的解剖》中得到詳細的描述。對應於主人公的行動能力，作品可以具有五種基本模式：神話、浪漫、高級模仿、低級模仿、諷刺；象徵意義可以有五個層次：字面、形容、形式、神話、聖經；原型結構可以存在四種基本敘述程式（mythoi）：傳奇、喜劇、悲劇、反諷或嘲弄，分別對應於自然界四季的春夏秋冬；文學樣式在形式和節律上可以有四類：戲劇、史詩、敘事、詩歌。以上的各個模式／程式／層次／樣式，又可以進一步分解出各自對應的一套變化規律。如四種基本敘述程式裡包含五種意象世界：啟示世界、魔幻世界、天真類比世

界、自然與理性類比世界、經驗類比世界；啓示世界又包含五類
原型意象：神明、人類、動物、植物、礦物。

　　批評界通常把榮格稱爲「心理結構主義者」，因爲他圍繞潛
意識衝動和夢幻建構起一套人類的心理初始結構，並以此派生出
其他的心理結構。但榮格和歐洲大陸的結構主義不同：傳統結構
主義注重邏輯關係（logocentric）、各成分間的相互關係、符號意
義、語言的共時關係；榮格則關注神話內容（mythocentric），關
注事物的「終極」、象徵，及語言的歷時關係。因此榮格稱他的
理論對結構主義語言學有意識排除的內容加以研究，所以是對結
構主義的「補充」。而弗萊則注重神話各成分間的相互關係，並
把它和神話的終極內容相聯繫，提出一套結構主義文學人類學。
儘管有評論家認爲弗萊的總體批評模式並不一定能夠解釋所有的
文學創作，也不一定能涵蓋人們主要的文學體驗[10]，但毋庸置疑
弗萊精心建構的這套體系給幾千年的西方文學勾勒出一條全新
的、清晰的發展脈絡，對比較文學的研究也多有益處。

　　弗萊不僅是單純的文藝理論家，因爲他所從事的很大一部分
工作是一種泛文化批評。實際上弗萊是位重要的文化哲學家，他
的研究領域是人的想像，而正是這種想像才產生出文化，產生出
弗萊稱之爲「大封皮」（envelope）的東西。面對包圍著我們的
外部自然，人類依靠自己的想像力創造出與之相對的另一種環
境，即文化自然。「原型批評家把單篇詩歌作爲詩的整體的一部
分，把詩的全部作爲人類模仿自然的一部分，這個模仿我們稱之
爲人類文明」（Frye 1957:105）。這不僅是單純模仿，而且是從自
然中建構出人類的形態過程，其驅動力就是「欲望」。但這又不
是佛洛伊德或榮格式的欲望，而是人類各種實際尋求的總和及人

類要求進步的願望——它屬於社會層次而不是心理層次。從這個意義上說，弗萊的神話原型批評理論完成了從文化人類學到心理學到文學再到人類文明這樣一個循環。

1 榮格的母親情結／父親情結和佛洛伊德的戀母情結／戀父情結不大一樣：他不同意把性力作爲潛意識最原始的驅動力。

2 有關弗雷澤的部分內容參閱葉舒憲著《探索非理性的世界》，頁88-100，22-41。

3 如中華典籍《周禮‧媒宮》中載：「仲春之月，令會男女，於是時也，奔者不禁。」

4 佛洛伊德對這兩個頭骨感興趣，解釋爲榮格的潛在欲望：希望兩個女性死去。榮格對這個解釋不以爲然，但爲了不掃興，只得說是他的妻子和另一位親戚。佛洛伊德對此很滿意，但榮格卻因此對佛氏理論的科學性產生懷疑。

5 榮格並不想否認個人潛意識。在另一篇文章中他認爲潛意識可以分爲個人潛意識和集體潛意識，前者屬於潛意識的淺層，後者屬深層（Jung 1965:642）。

6 榮格曾有過一個比喻：原型的形式猶如水晶中的中軸系統（axial system），它預先決定了母液裡的結晶形成，本身卻不具備任何可見的物質形態（Jung 1965:647）。這個比喻使人想起艾略特的催化劑比喻：詩人創作他的思想猶如氧氣和二氧化硫發生反應時的催化劑白金，既是創作的源泉又不在作品中露出蛛絲螞跡（參閱本書第二章）。

7 陰性靈魂相中的「母親」指的不僅是通常意義上的母親，而是具有母親功能的一切象徵。

8 本節部分內容取自作者1998年6月9日在多倫多大學「諾思洛普‧弗萊研究中心」對《諾思洛普‧弗萊選集》的主編阿爾文‧李（Alvin Lee）

博士和副主編瓊・奧格蕾迪（Jean O'Grady）博士的採訪。

9 參閱本書第六章「讀者批評理論」和第七章「結構主義／解構主義」。

10 如非洲人沒有類似的四季變化概念，很難體會「落葉悲秋」和「死而復生」等概念，儘管從根本上說弗萊談的不是外界的自然，而是人類想像對自然的投射。

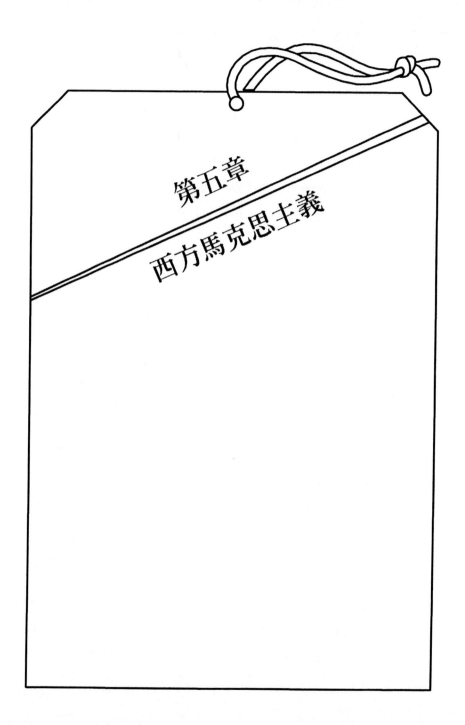

第五章

西方馬克思主義

新批評的主要成員韋勒克曾說，三〇年代新批評的興起主要是為了對抗當時的主導批評理論，其中之一就是馬克思主義文評（Wellek & Warren 1982:88）。隨著六〇年代社會批判思潮的興起，馬克思主義又一次在西方迅速普及，並逐漸從街道走向書齋，從學生運動轉向學術活動，和近三十年出現的其他西方後結構主義批評理論相互結合，成為當代西方主要的文學文化批評理論。

　　馬克思主義批評理論在馬克思主義形成初期就已經存在，一個半世紀以來，馬克思主義的發展不僅幾起幾落，而且本身也經歷著不斷的自我修正，自我更新，自我派生，因此出現過眾多自稱的馬克思主義批評理論版本，要用區區萬字來展現這個龐大的理論體系委實不易，有必要選定一個觀念框架，以便從一個特定的視角來展現它。我們把馬克思主義文評依時間秩序劃分成三部分[1]：傳統馬克思主義文評、早期西方馬克思主義文評，以及當代西方馬克思主義文評。儘管少數理論家可能很難以此來歸類，但這個框架基本可以囊括主要的馬克思主義批評家。

　　傳統馬克思主義文評指自馬克思、恩格斯直到二十世紀中葉這段歷史時期的馬克思主義批評理論，即俗稱的「正統馬克思主義文評」。他們堅持如下的信條：(1)物質第一精神第二（唯物主義）；(2)經濟基礎決定上層建築；(3)階級及階級鬥爭；(4)剩餘價值理論；(5)物化及異化理論；(6)武裝鬥爭理論；(7)最終建立無階級社會（共產主義）（Leitch 1988:6-7）。儘管馬克思和恩格斯是思想家和社會活動家而不是真正意義上的文學文化批評家，但是他們的文學修養卻極好，馬克思對戲劇、詩歌情有獨鍾，在論述經濟政治哲學時常常涉及文藝和文化。如在《神聖家族》

（*The Holy Family*）裡馬克思對尤蘇的小說《巴黎的秘密》進行了著名的「意識形態批判」。馬克思的意識形態概念首次出現在《德意志意識形態》。馬克思本人對它沒有做過詳細的解釋，但已經揭開了它的神秘面紗，揭示了它的階級本質：意識形態是統治階級的價值取向和價值觀念的代表，由統治階級制定，透過他們把握的國家機器灌輸給社會，使之合法、正常、自然、普適而被大眾接受，再轉化成和統治階級經濟基礎相適應的上層建築（法律、道德、行為規範等），透過國家機器加以強制實行。文化是資產階級上層建築的一部分，肯定會參與傳播並強化本階級的意識形態，使讀者在不知不覺中全盤接受，以強化統治者製造的神話，加強它的統治，因此恩格斯把意識形態稱為「錯誤意識的代表」（Mostafa 1991:11-4）。在《巴黎的秘密》中，蘇宣揚資產階級的仁愛觀，以憐憫、仁慈、忍耐掩飾資本主義剝削的實質。此外蘇還暗示，個人可以透過自己的努力來改良不合理的社會，而不必進行劇烈的社會革命，這實際上肯定了資本主義社會的合理性，表露的是資本主義意識形態。這種批評典範此後成為傳統馬克思主義批評實踐的典範。

馬克思關心的是文化文本的內容而不是它的形式，因為文本是意識形態工具，傳播的是社會知識，所以形式只能是從屬、服務性的，儘管馬克思在《政治經濟學批判大綱》（*Grundrisse*）中曾承認文學藝術和經濟的發展水準不一定一致。因此雖然馬恩泛泛談論廣義上的文學藝術，卻對現實主義，尤其是現實主義小說情有獨鍾。恩格斯曾經對現實主義下過定義：真實再現典型環境下的典型人物。他們鍾愛的現實主義小說家包括狄更斯（Charles Dickens）、巴爾札克（Honoré Balzac）、薩克雷（William

Makepeace Thackeray），列寧則喜愛托爾斯泰，因爲他們作品中包含的「政治社會眞理」「比所有專職政治家、社會活動家和道德家加在一起還要多」。

馬恩之後，比較著名的批評家有德國人梅林（Franz Mehring）、俄國人普列漢諾夫（Plekhanov）和列寧。梅林在世紀轉換的十餘年間撰文對德國及歐洲其他國家文學進行了馬克思主義分析。如他曾就當時較爲流行的自然主義發表過數部論著，指出自然主義雖然在一定程度上揭露批判了資本主義社會的冷漠殘酷，卻沒有對這個制度本身進行批判，所以仍然是資產階級文學；無產階級文學要完全站到工人階級一面，以「文學革命」推動社會變革。對於自然主義的審美原則，梅林也予以批判，認爲它逃避客觀現實，由此不足以眞實地反映現實。普列漢諾夫一生著述頗豐，論題涉及文學藝術的大部分領域，其中比較有趣的是他對馬克思主義文學反映論的看法。他主張經濟生活和藝術創作之間有「中間環節」，經濟生活可以影響甚至決定藝術創作，但這種影響和決定往往是間接的、複雜的，不要貿然用經濟基礎決定論來理解文學。評論家曾指出，普列漢諾夫的前後期論述有時不一致甚至相互矛盾，儘管如此他仍然不失爲出色的傳統馬克思主義批評理論家。列寧強調文藝的黨性原則，強調文藝的工具性質，但在蘇俄十月革命後的實踐中採取較爲寬容的態度，使建國初期的蘇聯文學獲得很大發展。到了史達林時代，正統馬評理論逐漸走到極端，尤其是日丹諾夫（Zhdanov）採取高壓政策，使馬克思主義批評理論受到負面影響。其間有一些過渡性人物，如托洛斯基[2]，但總的說來傳統馬克思主義批評理論從這個時期起漸漸僵化，成爲政治生活的傳聲筒。

這個時期的傳統馬評批評家注重用馬克思主義的原理研究具體的文學文化現象，批判非馬克思主義文藝觀，所以總的傾向是具體評論多，理論思考少；批評摧毀多，主動建構少。如梅林著述等身，但專論美學的著作只有一本（《美學簡介》）。普列漢諾夫雖然是少數幾位文藝理論家，但他的論述仍然屬於對馬克思主義理論的具體運用，理論性系統性不夠強，而且不無自相矛盾之處。這個時候現在所稱的「西方馬克思主義」應運而生，其有別於傳統馬評的明顯標誌是：(1)對文化的重視，把文學批評的範圍納入文化批評之中[3]；(2)對哲學的青睞，後者正是西方馬克思主義「理論性」特別強的原因。

　　盧卡奇（Georg Lukács）通常被認為是早期西方馬克思主義第一人。他從二十世紀初開始投身社會主義直至五〇年代，曾在共產黨內擔任過職務，但他對馬克思主義文學批評理論的研究影響最大。作為西馬的開拓者，他在許多方面和正統馬克思主義保持一致（他本人仍然願意和傳統馬克思主義認同），但也在某些方面和後者僵化教條的做法拉開距離。儘管西方學術界有些人把他視作正統馬克思主義而不屑一顧，東歐蘇聯的正統馬克思主義也把他當作異己，他仍然初衷不改，幾十年來基本立場保持不變，這也是他理論的一個特色，

　　盧卡奇堅持馬克思主義審美反映論，認為這是文學藝術的根本所在，1954年他發表《藝術和客觀真理》時仍然堅持他早年的這個主張。社會存在決定社會意識這個馬克思主義原理應用於文藝，就表示藝術屬於社會意識，受制於社會存在，具體表現就是文藝必須客觀再現現實。但是盧卡奇反對藝術再現裡的兩種態度：機械唯物論的反映論和主觀唯心論的反映論。前者是「錯誤

的客觀主義」（false objectivism），後者是「錯誤的主觀主義」（false subjectivism），都把主客體加以絕對分開。前者的典型代表是十九世紀歐洲自然主義文學思潮：「一段現實被機械地再現，難免客觀上的錯誤，而且在要成為藝術品時還要經過觀察者的主觀理解，這個主觀也和實踐分離，和實踐沒有相互作用。」主觀主義則把重心完全放到觀察者身上，把客觀現實的存在依附於主體的存在，如十九世紀德國哲學家利普斯倡導的「移情論」（empathy）：「物體的形式永遠由我來決定，由我的內心活動來決定」，因此「審美愉悅是個人滿足的外在表現形式」，客觀存在也就成了主觀投射的創造物。盧卡奇發表以上見解時，關於文學自然主義的爭論在歐美理論界已成定論，盧卡奇的見解顯然過於簡單化而不合時宜；五〇年代歐美主觀主義文藝思潮開始氾濫，形式主義批評理論占據主導，在這種形勢下批評主觀主義也不會被西方理論界所接受，但這些反而表現出盧卡奇對傳統馬克思主義文藝理論的執著（Lukács 1954:791-807）。

　　盧卡奇認為，文學作品是作者反映現實和超越現實的辯證統一，審美反映是主客體相互作用的能動過程：

> 一切偉大藝術之目標就是提供現實圖景，其中的表象與實際、個體與整體、實在與觀念之間的矛盾得到圓滿解決，在藝術作品的直接感受中雙方和諧地融為一體，使人感到它們是無法分割的整體……只有讀者體驗到發展或變化的每一個重要方面及其全部主要的決定性要素時，只有當不是簡單地塞給他結果，而是引導他直接去體驗這個過程並最終達到結果時，表象和實際的結合才能成為直接的經驗。

也就是說，藝術作品審美價值的實現既要依靠作品本身的藝術構思，也要依靠讀者的積極參與。這種審美反映必須滲透進審美體驗的全過程，因此藝術審美真正體現主客體的相互作用。

　　基於這種認識，盧卡奇對他所認為的反馬克思主義的文學思潮進行了不懈地批判，主要表現在否定現代主義，褒揚現實主義。他認為現代主義文學的錯誤是：(1)對客觀現實的反映不準確；(2)沒有反映客觀現實的整體；(3)割裂主客體的互動關係。「如果只是把諸多偶發細節堆積在一起，絕不會產生藝術必然……細節從一開始就必須精心挑選描繪，使其和整體保持一種有機能動的關係。」盧卡奇批評現代主義，因為這種「不加分辨地、照相似地、武斷地」反映現實是「客觀無政府主義」，其結果就是審美過程受到阻滯，審美價值無法實現。這是「錯誤的客觀主義」，也是變相的「錯誤的主觀主義」，是「帝國主義寄生階段」唯心主義在文藝裡的表現。

　　「現實主義」指十九世紀歐洲批判現實主義，尤其指英國的狄更斯、法國的巴爾札克、俄國的果戈里等為代表的小說家，因為他們具備一種「對社會歷史現實正確的審美理解」。但是對盧卡奇來說社會主義現實主義比批判現實主義還要理想。社會主義現實主義指「以社會主義經驗為基礎的現實主義的形象思維」（高爾基語），是蘇聯三〇年代提出的官方文學藝術標準。盧卡奇認為社會主義現實主義基於社會主義立場，從這個角度展現各種社會內部力量在建設社會主義過程中的表現，因此更具有科學性。相比之下，批判現實主義則由於社會環境的限制，只能以烏托邦式的寄託或鴕鳥般的逃避來消極對抗資本主義社會，雖然具有積極意義，終不免隔靴搔癢之嫌。並斷言，當進入社會主義社

會之後，批判現實主義將逐漸失去其用武之地而演變爲社會主義現實主義（Newton 1988:89-91）。對史達林時代制定的社會主義現實主義創作原則，即使社會主義國家理論界也一直有爭議，因爲它曾給文藝理論造成僵化，給創作實踐造成限制。此外，文藝思潮都是一定社會環境的產物，社會主義現實主義也許適合史達林時代的蘇聯，但不應當成爲文學藝術的理想化通式；而且把批判現實主義放到蘇聯的背景下也顯得可笑。盧卡奇在五〇年代仍然這麼做，可見其理論立場的堅定。

但是，盧卡奇這麼做並不是爲了討好迎合，而是出於批評家的良知。理論界之所以把他視爲西馬理論家，主要是因爲他細緻入微的文本分析、周到合理的論述方式，以及堅持眞理的學術精神。他對社會主義現實主義理論中所謂的「革命的浪漫主義」持有異議，便直言相陳（同上 92）。對馬克思主義感到難以闡釋的文學形式問題也不諱言。馬克思主義認爲客觀存在不依賴於主觀意識，但藝術形式是不是客觀存在，如何理解它和作者主觀意識的關係，這些問題馬克思主義感到較難處理，所以常常只談文學內容，少談或不談文學形式，有時乾脆把形式作爲內容的負面。盧卡奇首先區分形式和技巧，以打消馬克思主義對形式的顧忌：文學形式不等於文學技巧，「技巧」指孤立於現實的文學手法，是近代各種形式主義崇拜的對象[4]，而藝術形式則不僅和內容不可分割，而且本身也是對現實的反映[5]，是另一種意義上的內容，而且是更深層的內容，所以理所當然屬於馬克思主義審美範疇。文學形式既屬於客觀存在，就有其自身的運作規律，作家在創作時必須遵守藝術形式的客觀規律，否則就會出問題。如巴爾札克用短篇小說（short story）特有的緊湊、快節奏來表現突發

性的、情節起伏大的故事，但當自然主義者左拉把巴爾札克的這種形式用於長篇小說時，就不免情節拖遝，給人拼湊感（Lukács 1954:804-5）。

和盧卡奇同時代的還有蘇聯文學理論家巴赫金。巴赫金比較特別：他身居蘇聯，所以顯然不屬於西方馬克思主義，但他的馬克思主義批評理論又不為傳統馬克思主義所接受，因此他的許多作品都以筆名發表，長期不為西方理論界所了解，直到史達林時代結束之後他的重要理論著述才陸續發表，因而名聲鵲起。由於他著述的年代在二十世紀上半葉，所以他的理論話語仍然屬於「經典」馬克思主義批評範疇，但不論是六〇年代蘇聯的官方馬克思主義文藝批評，還是新出現的塔耳圖－莫斯科符號學派（Tartu-Moscow School），尤其是此時西方的結構主義、解構主義、符號學、文化研究、女性主義等「時髦」理論話語，都從巴赫金那裡獲得教益，使他的影響經久不衰。

儘管一些西方批評家認為巴赫金不能算真正的馬克思主義理論家[6]，但這個論斷尚待確實，因為巴赫金本人（至少早期的巴赫金）受到馬克思主義的影響，並且在理論實踐中有意識地加以運用。〈小說中的話語〉一文寫於三〇年代，且作者身分沒有異議，但它是馬克思主義文藝批評理論的極好實踐。小說是一種獨特的文學樣式（genre），但巴赫金對現代文體學對小說話語的界定頗有微詞，認為諸如「形象」、「象徵」、「個性化語言」等術語過於狹隘空泛，沒有揭示出小說的真正文體特徵。巴赫金認為，小說的特徵在於它的話語形式，它和普通語言聯繫密切：

> 普通語言是一個統一的語言規則系統。但是這些系統並不是

抽象的規則，而是語言生活的種種生成力量，這些力量力圖
消除語言所造成的異質性（heteroglossia），使語言─意識形
態觀念統一集中，在一個異質的民族語言內生成堅實、穩
定、為官方所認可的語言核心，或維護業已形成的語言使其
擺脫異質性越來越大的壓力（Bakhtin 1992:667）。

巴赫金解釋道，語言不是抽象的符號系統，而是充滿意識形態內
容，是世界觀的表現[7]。如集權社會便有集權化語言，其職能是
樹立集權的意識形態思維，消除蠻民的對立情緒。小說話語之所
以遭誤解，是因為當時的歐洲社會需要統一集中的語言，只承認
語言的同質性。但是小說語言的特點就是異質性：「除了語言的
向心力，其離心力也在不受阻礙地產生作用；除了語言─意識形
態產生的集中和一致，非集中化、非一致化進程也在不受阻礙地
發展著」（同上 668）。如果說一切話語都因此而具有對話性，小
說話語的對話性則最強烈，尤其表現在語言內部的對話：主題、
形式、段落甚至詞語間的顯在意義和隱在意義不停地發生互動，
產生極其豐富的語義場，並和現實生活中異質的意識形態產生無
數的對話，引出無數的問題。所以小說是無數矛盾觀點的集合
體，小說意義的產生是一個能動過程，而不是靜態的中性表達。

　　這種對話觀及其意識形態涵義（文學─語言─意識形態─國
家政權）在巴赫金1940年出版的另一部著作《拉伯雷和他的世
界》中得到進一步發揮。中世紀法國小說家拉伯雷（Francois
Rabelais）寫四卷本《巨人傳》，利用書中人物的粗言俚語對當時
占統治地位的經院哲學和社會現實進行了極為大膽的嘲弄挖苦。
巴赫金認為拉伯雷和中世紀的社會現象「狂歡節」有聯繫。中世

紀社會認可的眞理由掌握知識的教會把持，唯一容忍的自由就是
「笑」，因此，人們對封建神學意識形態的反抗就集中體現在狂歡
節上。他們把平日不可一世的權力偶像作爲肆意嘲笑的材料，利
用狂歡節期間人人平等的機會對神權俗權表示蔑視。透過狂歡節
無拘無束的開懷大笑，人們不僅暫時擺脫了外部世界強加的壓
力，而且內心幾千年積淤的恐懼也蕩然無存，因此這種笑還是人
們對未來美好社會的一種憧憬（Bakhtin 1989:301-7）。這裡巴赫
金極好地利用了馬克思主義的觀點：狂歡節的「笑」是對中世紀
上層建築的反應，也是中世紀社會現實的產物，只是其間的關係
並非庸俗馬克思主義所主張的直接對應，而是更加複雜曲折；而
且巴赫金的分析也和傳統馬克思主義文藝批評不同，是細緻的、
說理性的學術分析，而不是粗暴的、簡單化的政治批判。

　　當二○年代蘇聯開始實踐列寧式的馬克思主義理論，三○年
代美國左翼思潮蓬勃發展之時，馬克思主義研究也出現在德國，
即1923年成立的法蘭克福「社會研究所」，也就是後來的「法蘭
克福學派」。三○年代之後在霍克海默（Max Horkheimer）的領
導下，雲集了一批理論精英，包括阿多諾（Theodor Adorno）、
班傑明（Walter Benjamin）、弗洛姆（Erich Fromm）、馬庫色
（Herbert Marcuse）等，用跨學科研究的方法對屬於上層建築的
文化領域進行深入細緻的馬克思主義研究。儘管由於政治風雲的
變幻，研究所幾經漂泊，但研究工作一直未停。除了具有西方馬
克思主義細緻說理求實的風格之外，法蘭克福學派的另一個特點
就是「獨立性」。從成立伊始他們就和以蘇共爲中心的傳統馬克
思主義保持距離，對雖持異見但基本上仍維持蘇共傳統的盧卡奇
和義大利共產黨領袖葛蘭西（Antonio Gramsci）[8]也鮮有不同，

甚至偶有衝突，如對現代主義的看法。盧卡奇把現代主義稱爲資產階級的頹廢藝術，評判它抽掉作品的具體內容，逃避時代現實，以藝術形式取代對社會重大問題的反映（Taylor 1977:28-34）。在盧卡奇和同爲西方馬克思主義者的布萊希特（Bertolt Brecht）關於現代主義的論戰中，班傑明顯然支援後者。他指出，藝術形式發展到當代發生了「裂變」，導致古典藝術的停滯，現代藝術的勃興。這是因爲現代主義藝術手法（如布萊希特的「陌生化效果」）會產生震顫，有助於幫助現代人打消由大機器所造成的麻木，在震顫中引發對現代資本主義社會進行反思 [9]。這種主張顯然更加符合後工業資本主義的社會現實，是馬克思主義對新的社會現實進行的思考。班傑明在1934年的一次演講中（〈作爲生產者的作者〉）對現代社會作家的創作進行了類似的思考。他認爲，迄今社會對作家的要求不盡合理：不論資本主義社會還是社會主義社會，首先需要的是作家的服務功能，尤其是後者強調作家的「政治傾向性」，都沒有認識到或有意不願意承認文學創作的特殊性，即文學傾向性：「文學傾向明顯或不明顯地包含在每一種正確的政治傾向之中，占有這個才決定一部作品的質量。」這裡，班傑明從完全不同於傳統馬克思主義文學理論的角度解釋了文學性和思想性的關係，大膽地把「文學性」擺到了突出的位置。他提出一個很有意思的問題：人們（這裡他指傳統馬克思主義及當時的左翼文學）常談文藝與社會生產關係的聯繫，卻忘了文藝生產本身的內部關係 [10]。在當代社會，文藝生產的內部關係體現在工具現代化上，即作家不僅提供生產裝置，而且要透過不斷的手法更新來改進它，這樣才能解放作家的生產力，使革命內容取得預期效果。他以布萊希特戲劇中的蒙太奇手

法爲例，說明作家用技法抓住觀眾比用說教煽動觀眾更加有效（Benjamin 1934:93-7）。

　　跨學科性同樣是法蘭克福學派的研究特色，並因此開了馬克思主義研究的許多先河。以法國理論家阿圖舍（Louis Althusser）爲例。阿圖舍對傳統馬克思主義理論多有「修正」，如馬克思的理論──實踐二元論被更新爲「理論實踐」（theoretical practice），以揭示科學實踐在認識論上的突破；傳統馬克思理論的勞資關係被解釋爲「多重決定論」（overdetermination）（《保衛馬克思》）。但阿圖舍最突出的貢獻是他的「結構主義的馬克思主義」，即用結構主義做觀念框架來闡釋馬克思主義對社會的認識：社會是「包含由一個等級關係聯繫起來的統一結構的複合體」，並且用「結構因果論」來解釋社會的構成，其中用到拉岡的精神分析理論。拉岡本人對社會問題不感興趣，但阿圖舍在〈意識形態和國家機器的意識形態〉（"Ideology and Ideological State Apparatuses" in *Lenin and Philosophy*）中把馬克思主義與結構主義和拉岡心理學相結合，來闡釋意識形態在社會中的運作：意識形態的作用是維持統治階級的生存，但普通大眾爲什麼會心甘情願地對它俯首聽命？這裡阿圖舍把個人看成社會某一階級的成員，表現爲社會結構的一個功能或效果，在某一生產方式中占有一定的位置，是社會眾多決定因素的產物，然後對他加以研究。但普通大眾卻看不到控制自己的諸多社會決定因素，而是覺得自己完全自由，自足自在（self-generating），產生這種感覺的就是意識形態。它使人們對自我懷有虛幻意識，以爲自己與社會有重要聯繫，自己的存在對社會具有意義和價值；我以社會爲中心的同時，社會在很大程度上也以「我」爲中心，使我成爲自

足自在的人。由於這種意識形態無處不在卻又讓人覺察不到，所以我在融入社會、形成自我存在的同時不知不覺地和國家機器捆在了一起。阿圖舍實際上在用拉岡的「想像層」（Eagleton 1985:172），把社會裡的個人比做鏡前的兒童，先和外物認同，然後此外物再以封閉自戀的方式把形象反映出來，給自我滿意的自足形象。但是這種認識實際上是一種「誤識」（misrecognition），因為「我」只是諸多社會決定因素下的非中心功能，但我卻心甘情願用「臣服」換得「臣民」。當然阿圖舍不一定正確，因為個人並非對意識形態的控制束手無策，且他對拉岡的理論也有誤讀。但是把拉岡對潛意識的理解（潛意識並非自我深處的個人欲望，而是外在的無形的無法逃脫的人際關係）和對語言的揭示（潛意識是語言的特殊效果，是由差異產生的欲望過程；語言不是隨心所欲的工具，而是斷裂人的主宰）與馬克思主義相結合並應用於社會構成形式的分析，則是阿圖舍的創造。

阿圖舍的馬克思主義理論影響了一代人，促成了所謂「綜合式」（syncretist）的批評形式，在英國則反映在自稱為「文化唯物主義」的文化研究，代表人物就是威廉斯（Raymond Williams）。關於威廉斯的馬克思主義文化研究將在第十章「文化研究」中予以評述，這裡僅限於他對馬克思主義基本概念的新的理解。對應於「上層建築」的「經濟基礎」（base）是馬克思主義的重要概念，但長期以來爭論頗多，解釋不一。究其原因，一是馬恩本人語焉不詳，二是語言互譯造成含混。傳統之見往往把經濟基礎作為一種封閉自足獨立存在的實體，機械地對應於上層建築，因此導致庸俗馬克思主義的「經濟基礎決定論」。威廉斯認為，馬克思的上層基礎對應論其實是一種比喻的說法，不應

當作為實際存在加以機械理解。實際上雙方之間存在一系列的仲
介，使得雙方關係變得十分複雜。因此威廉斯主張把雙方關係看
作一種能動的互動過程，由具體時空下的諸多因素所決定，馬克
思主義者更應當關注現實中經濟基礎和上層建築各種具體的表現
形式以及影響它們的具體因素，而不要空談抽象概念（Williams
1978:75-82）。對於經濟基礎和上層建築的關係，有些理論家態
度曖昧，有些則閉口不談。威廉斯則認為，「不承認經濟基礎決
定論的馬克思主義實際上毫無價值；容忍對決定論可以不同理解
的馬克思主義則基本上毫無用處。」他指出，馬克思本人對此的
看法也經歷過變化：早期持「科學決定論」，即決定完全由外部
實施，被決定對象無能為力；後期則可能暗示「主體決定論」，
這裡的關鍵是外部的決定力量有多大。「抽象客觀論」主張完全
由客觀外部來決定，主體無法參與，這是經濟主義。威廉斯主張
「歷史客觀決定論」，即人和社會不應對立，社會歷史和人的主觀
共同產生決定作用。也就是說，經濟基礎的決定作用是透過社會
和人來共同實施的；「決定」既是外部社會行為，又內化於個
人，成為個人意志的結果。因此，威廉斯傾向於阿圖舍的「多重
決定論」，即經濟基礎是透過諸多因素來決定上層建築，而且這
些因素是具體可見的，散佈在社會進程的各個方面，既相對獨立
也相互作用、互相影響，絕不應當把它們當成抽象自足的哲學範
疇（同上83-9）。

　　西方馬克思主義和傳統馬克思主義的最大區別，莫過於後者
認為正宗馬克思主義只有一家（常指以蘇共為代表的馬克思主
義），而前者意識到馬克思主義是一門不斷發展的科學。威廉斯
至少相信有三種馬克思主義：馬克思本人的學說、由此產生的種

種理論體系（馬克思主義），及在一定時期占主導地位的馬克思主義（同上 75）。當代美國馬克思主義理論家詹明信持有相似的看法：不同的社會經濟制度、政治制度、社會環境產生不同的思維觀念，不同的社會歷史境況也會產生不同的馬克思主義。因此，「馬克思主義」這個詞應當是複數，正像現實裡存在俄蘇馬克思主義、第三世界馬克思主義、西方馬克思主義等，不存在所謂「唯一正統」的馬克思主義，否認這一點就不是馬克思主義者。馬克思主義的基本原理來自馬克思本人的思想體系（Marxian System），所以是單數，後人對這個體系的發展則五花八門（Jameson 1977:xviii）。在五花八門的西馬理論家中，詹明信一枝獨秀，被認爲是北美近三十年最有影響、最有深度的馬克思主義理論家和文化批評家。他的理論涵蓋面廣，把馬克思主義原理與西方文化結合得頗爲成功，所以被視爲六〇年代之後馬克思主義新的高峰（Jameson 1988:ix）。

　　詹明信的馬克思主義文藝文化批評有鮮明的理論特色。首先，詹明信以馬克思哲學爲指導，提倡文學研究關注人及人的生存狀況，把文學現象和人類歷史進程相聯繫，使文學批評擔負起歷史責任。而當時處於社會動盪的西方知識群正迫切需要了解馬克思主義，作爲改造社會的武器。其次，他汲取了黑格爾和馬克思的辯證統一思想，主張把文學放入產生這種現象的具體社會中，探索雙方內部的複雜關係，恢復馬克思倡導的文學對社會的反映、改造功能。但他也反對庸俗馬克思主義的經濟決定論和蠻橫化，主張把馬克思主義當作世界觀和方法論，尊重文藝的特殊性，實事求是地進行歷史的、客觀的、周全的文學研究。此外，詹明信對傳統馬克思主義的「發生學」（generic）研究方法（即

研究文學的產生和演變過程）表示懷疑：這種方法很難深入人的
內心來分析西方現代、後現代主義作品，也很難和現當代西方其
他批評理論話語形成對話；而由於後工業資本主義意識形態摧毀
了人們的歷史感知能力，人們也不可能把現實有機地構成整體去
體驗把握，因此馬克思主義理論家應當適應新的歷史形式，啓用
新的文學文化闡釋方法，以高度的社會責任感引導人們去追求更
加完美的社會形式（Jameson 1977:xvii-xviii; 1988:132）。

　　《政治潛意識》是詹明信理論生涯轉折時期的代表作。它力
圖用辯證唯物主義歷史地透析文學闡釋，揭示文學閱讀、文本理
解中不可避免的政治性和意識形態性，其中出現的一個重要概念
是「意識形態素」（ideologeme）。現時使用的意識形態觀來自馬
克思、恩格斯把它作爲「錯誤意識的代表」（Rejai 1991:11-14）。
詹明信繼承法蘭克福學派把意識形態作爲社會文化批判對象，同
時把它擴展爲一切階級的偏見，作爲文本分析的對象。他把「意
識形態素」定義爲「社會階級之間基本上是敵對的集體話語中最
小的意義單位」（Jameson 1981:76）作爲意識形態和文本敘事之
間的仲介，使前者在後者中得到體現。也就是說，「意識形態素」
代表文本深層中一個階級對另一個階級最爲細小的批判性思考，
例如《失樂園》中彌爾頓既想證明上帝對人類的公正，又把上帝
描寫成迫害人類的暴君，這就是一個「意識形態素」，表明彌爾
頓對英國資產階級革命的思考。

　　詹明信三十年馬克思主義文藝批評理論實踐的特色最集中體
現在「後設評論」（meta-commentary）這個概念上。它比較完整
地出現在1971年發表的同名論文裡。首先，他提出文學闡釋的
重要性質「自釋性」：「每一個闡釋都必須包含對自身存在的闡

釋，必須顯示自己的可信性，爲自己的存在辯護：每一個評論一定同時也是一個後設評論。」即每一個文學評論都隱含對自身的解釋和證明，說明自己這麼做的動機、原因、目的；因此文學理論首先關注的不是評判該文學評論的正確與否，而是它展示自己的方式。這是因爲闡釋的目的不是追求價值判斷，也不是刻意尋找問題的答案，而是思考問題本身和形成問題的思維過程，發掘其中隱含的矛盾，把問題的實質顯露出來：「在藝術問題上，特別是在藝術感知上，要解決難題的念頭是錯誤的。眞正需要的是思維程式的突然改變，透過拓寬思維領域使它同時包容思維客體以及思維過程本身，使紛亂如麻的事情上升到更高的層次，使問題本身變成對問題的解決。」下面這段話把以上的涵義表述得更加顯豁：

> 不要尋求全面的、直接的解決或決斷，而要對問題本身賴以存在的條件進行評論。想建構連貫的、肯定的、永遠正確的文學理論，想透過評價各種批評「方法」綜合出放之四海而皆準的方法，我們現在可以看出這類企圖肯定毫無結果（Jameson 1988:5, 67, 44）。

所謂「肯定的」文學批評喻指挖掘文本初始意義的努力（如傳統馬克思主義批評理論），而詹明信追求的非神秘化批判性閱讀則是西馬批評理論的總體特點，只是詹明信透過「後設評論」對它進行了明確的表述。「後設評論」不僅揭示出一切文學批評的本質，而且概括了一個新的理論批評模式。首先，它把理論實踐牢牢地限制在文本之內，把分析對象化約爲文本因素，以避免現實中的傳統誤見（如庸俗馬克思主義脫離審美的傾向）。其次，把

批評目標固定在文本之中，把討論範圍限制在「後設評論」層面上，就使詹明信的理論具有更大的相容性，可以更加客觀公正地對待其他批評理論和實踐，承認他們在一定範圍內的合理性。最後，把闡釋對象從闡釋本身轉到闡釋代碼，體現了由表及裡、從現象到本質的批判過程，因此是更深層次的文學批評。

　　詹明信關於「後設評論」的文章後來輯入《理論體系評析》（上下卷），由以文藝理論系列叢書聞名的明尼蘇達大學出版。這部評論集收集了詹明信1971年至1986年間發表的重要理論著述，從不同的角度展示了他一貫的理論指導思想：馬克思主義是文學研究的理論基礎。值得注意的是，該書下卷從文本分析過渡到文化研究，涉及建築、歷史及後現代主義等論題，標誌詹明信理論的進一步發展。「後設評論」的思想也在詹明信的下一部文化研究力作《後現代主義，或當代資本主義的文化邏輯》得到進一步的伸展。在書中，他用一貫堅持的馬克思主義理論方法對當代西方社會文化的各個層面進行解析，建立後現代主義和當代資本主義發展的密切聯繫，並透過後現代主義的種種文化表現揭露當代西方社會的意識形態本質。

　　要對時代作出評判，首先碰到的是時代劃分問題。詹明信認為，時代劃分不應當依據諸如「時代精神」或「行為風範」這些抽象唯心的標準，而應當依靠馬克思主義，把資本主義社會發展放入資本發展的框架中去理解：資本發展造成科技發展，因此可以透過更加直觀的科技發展來透視資本的發展。哲學家曼德爾（E. Mandel）依據工業革命之後機器的發展而提出資本－科技發展模式：蒸汽發動機（1848）、電／內燃發動機（1890）、電子／核子發動機（1940）。與之相對的資本主義發展三階段是：市場

資本主義、壟斷資本主義／帝國主義、後工業／跨國資本主義。
對應於這種資本發展的三個階段,詹明信提出西方資本主義社會
文化發展的三個階段:現實主義、現代主義、後現代主義[11]。在
評述詹明信的後現代主義理論之前,有必要提一下他的文化研究
方法,即「解碼法」(transcode)。當今社會各種文化詮釋層出不
窮,它們實際上都是一種「重新寫作」,用各自的詮釋代碼重新
勾勒社會文化事物。詹明信使用馬克思主義理論對這些文化詮釋
代碼進行對比研究,揭示它們的獨特之處以及理論局限。由此可
見,「解碼法」和「後設評論」的理論基礎完全一樣,只是文本
研究範圍擴大了,從文學文本轉到文化文本 (Jameson
1991:298)。

　　詹明信對後現代社會的關注起始於這樣一些思考:「後現代
社會」是否存在?提出這個概念有什麼實際意義?它反映當代西
方社會的哪些特徵?在詹明信之前一些理論家已經對這些問題作
出過思考。哈山 (I. Hassan) 和德希達 (Jacques Derrida) 等人
從後結構主義角度對西方形而上傳統進行了激烈的批判,雖然他
們沒有使用「後現代主義」這個術語,但已經把它作為新的時代
標誌。克萊默卻竭力為現代主義的道德責任感和藝術豐碑辯護,
抨擊後現代社會道德世風日下藝術淺薄。哈伯瑪斯 (Jürgen
Habermas) 則從社會進步的角度否定後現代主義,認為其反動性
在於詆毀現代主義所代表的資產階級啟蒙傳統和人道主義理想,
對社會現實表現出全面妥協。詹明信認為這些解釋「代碼」在一
定範圍內都有合理性,但是他們有個通病,即或多或少都是道德
評判,沒有從資本發展和生產方式的變化來看待後現代主義的歷
史必然性,把它理解為當代資本主義邏輯發展的必然結果(同上

45-6）。

　　要對當代西方社會進行歷史性思考，就必須對這種文化的具
體表現形式進行分析，以便對當代資本主義發展中出現的後現代
主義文化作出理論描述。以後現代建築為例，其特點之一是「大
眾化」，但它指的不是建築規模或氣派，而是建築的指導思想和
審美傾向。詹明信以一幢現代派建築「公寓樓」為例：在四面破
舊不堪、形象猥瑣的建築的襯托之下，公寓樓鶴立雞群，表現出
格格不入的清高態度，企圖用自己新的烏托邦語言來改造同化這
個它所不屑一顧的環境。而後現代建築「波拿馮契」是幢玻璃大
廈，但和周圍商業中心的環境極其和諧，融入其中構成一幅當代
資本主義商業城市的圖景。它的內部結構和功能也顯露出「大眾
化」：內部設置最大化地便利消費者購物，大樓和城市路面連成
一體，其周身鑲嵌的巨幅玻璃反射周圍的環境，以消除大樓本身
的客觀存在。這些構成一種意識形態手段，即最大限度地迎合人
們的消費需要，最大限度地發揮大樓的消費功能。這種消費意識
在後現代社會的市場運作中表現得淋漓盡致：「市場符合人性」
這個冷戰時期用於和社會主義國家進行對抗的意識形態，隨著後
現代商品化的深入不知不覺成了「真理」。大樓的存在其實是一
個市場經濟符號，表明自由貿易、自由選擇。但是詹明信指出，
資本主義後現代所提供的「自由」其實是種虛幻的假象：不論市
場中的「自由」還是議會中的「民主」都由資本主義意識形態工
具（如媒體）所操縱，大眾的選擇面實際上非常窄。

　　應當承認，詹明信的馬克思主義批評理論對西方社會的分析
深入細緻，其批判力度其他理論話語很難企及。但是，由於詹明
信的社會批判局限在理論層面，和社會實踐拉開距離，因此在一

定程度上削弱了理論的批判作用，並有損於理論本身的邏輯性和可靠性。詹明信本人對此也許是清楚的。他在分析現代主義的反文化衝擊時指出，在後現代資本主義社會，這種衝擊力已經大大減弱，通常只作爲學院式研究的一種方法或大學課程而存在，因爲一切反叛精神都會很快被消費社會吸收同化，變成一種精神商品（Jameson 1988:177）。

　　馬克思主義理論在其歷史發展中經歷過數次大的危機。但每次危機時，馬克思主義文學文化批評理論不僅沒有低落，反而在經歷一段痛苦的反思之後重新獲得發展：二十世紀初第二國際前後正是伊戈頓所稱的「考古型」馬克思主義文學批評理論活躍時期；三〇年代史達林專制時期也正是歐美左翼文學理論（儘管有些左翼理論並不能算是馬克思主義）的活躍時期；五〇至六〇年代歐美白色恐怖時，西方馬克思主義批評理論卻進入新的歷史發展；八〇年代西方保守主義抬頭，馬克思主義再次面臨考驗（Eagleton & Milne 1996:1-5）。儘管由於社會境況的改變馬克思主義的表現形式也會有所不同，但毋庸置疑它還會繼續發展，因爲正如詹明信所言，在有關社會、歷史、文化方面，馬克思的學說是一個「無法超越的地平線」。

1 其他的劃分有：美國當代評論家傑佛遜和羅賓依據馬評的側重點不同而進行的劃分：反映型（reflection）、生產型（production）、發生型（genetic）、否定型（negative knowledge）、語言型（language centred）（Jefferson & Robey 1986:139-163）；或英國馬克思主義理論家伊戈頓依據馬評的側重點和歷史分期進行的劃分：考古型（anthropological）、政

治型（political）、意識形態型（ideological）、經濟型（economic）（Eagleton & Milne 1996:7-13）。這些分類有各自的道理，但爲了敘述的方便，本文採用較籠統但更加簡單的歷史分期。

2 有關托洛斯基見本書第一章「俄蘇形式主義」。

3 這一點在當代西方馬克思主義特別明顯，當然這也得力於其他批評理論有意識地吸納馬克思主義，極大地擴展了馬克思主義文學批評理論的範疇。

4 盧卡奇的這種觀點並不正確，因爲形式主義的「技巧」並不見得和現實完全無關。參閱第一章「俄蘇形式主義」。

5 如小說這種文學形式在十八世紀英國的興起就是當時社會意識形態的反映：從浪漫主義轉向日常生活，從超自然現象轉向個人心理，從誇張想像轉向個人不平凡的生活經歷。這些興趣的轉移和當時正在上升的資產階級力圖打破舊的貴族文學傳統一致，爲小說形式的產生奠定了基礎。自然主義也是這樣，十九世紀後期資產階級的革命性逐漸消失，把社會現狀當作既存事實接受下來，所以就出現只注重表面細節、不顧整體意義的自然主義（Eagleton 1976:24-30）。

6 巴赫金的一些著作用筆名發表，西方和蘇聯對這些著作的真偽一直有爭議，如《佛洛伊德主義批判》（*Freudianism: A Critical Sketch* 1927）和《馬克思主義和語言哲學》（*Marxism and the Philosophy of Language*）兩本著作最能體現馬克思主義的批評方法，但發表時用的是巴赫金同事的名字，蘇聯學者宣佈實乃巴赫金所著，但巴赫金本人至死未置可否（參閱 Latimer 1989: 280）。

7 《文學研究中的形式主義方法》（1928）是當時用馬克思主義方法分析批判俄蘇形式主義的力作，署名「巴赫金」，而歐美學者對此書的作者身分表示懷疑。但書中對索緒爾語言觀的批判（只重抽象的語言系統 [langue]、忽視具體言語表達 [parole]、割斷語言符號和社會現實 [referent] 的聯繫、忽視語言社會異質性等等）和這段引文基本一致。

8 從思想淵源和理論特色上說，葛蘭西（甚至盧卡奇）也可以包括進法蘭

克福學派之列。參閱李英明 1993：18。關於葛蘭西的馬克思主義理論，參閱第十章「文化研究」。

9 「(陌生化效果) 使觀眾在劇院裡獲得一種新的立場……這種立場是他作爲這個世紀的人面對自然界所應當具有的。觀眾在劇院裡被當作偉大的改造者，能夠干預自然界和社會的發展過程；他不再僅僅一味忍受，而是要主宰這個世界。劇院不再企圖讓觀眾如癡如醉，使他陷入幻覺，忘掉現實世界，屈服於命運。劇院現在把世界展現在觀眾面前，以便讓觀眾干預它」(布萊希特：《論實驗戲劇》 1939)。

10 這裡班傑明和英國馬克思主義理論家威廉斯一樣，堅持馬克思主義者更應當關注現實中經濟基礎和上層建築各種具體的表現形式以及影響它們的具體因素。參閱下文威廉斯一節。

11 資本發展的三階段似乎也對應了本文使用的馬克思主義發展的三個階段：古典馬克思主義、早期西方馬克思主義及當代西方馬克思主義。當代西方馬克思主義通常被稱爲「晚期馬克思主義」(late Marxism)，但實際上這是一種誤譯，因爲 "late" 雖有「後期」、「晚期」、「終結」之意，在這裡卻是「最新」、「最近」的意思，所以 "late Marxism" 指的是資本主義的最新發展形態。

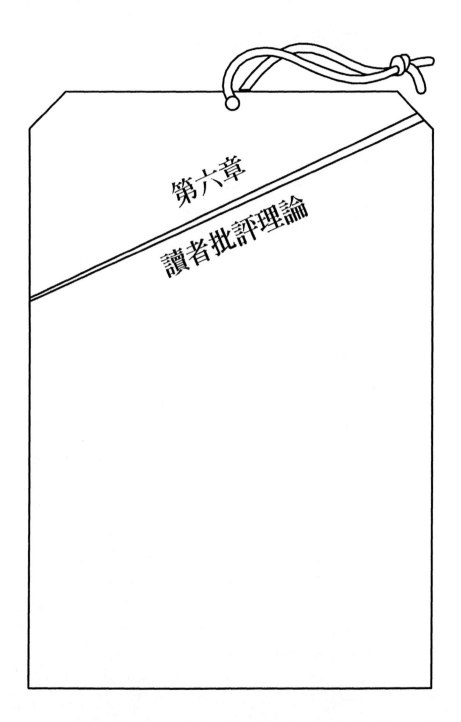

第六章

讀者批評理論

由於特殊的歷史境況（資本主義世界經濟蕭條、階級矛盾突顯、第二次世界大戰等），三、四〇年代是一個向左轉的時代，馬克思主義在歐美獲得了比較大的發展，儘管很多人只是口頭上宣稱信仰馬克思主義。隨著二次大戰的結束，冷戰的開始，馬克思主義的影響在西方急劇下降[1]，這種狀況直到六〇年代中葉起才有了變化，並且迅速蔓延爲全球性的左翼思潮。但是六〇年代馬克思主義在歐美的再度出現卻和三、四〇年代有明顯的區別：左翼運動的主體不是工人而是青年學生，依靠的思想武器不是傳統馬克思主義而是西方馬克思主義，而且在思想淵源與具體實踐中和三、四〇年代的左翼運動幾乎沒有聯繫，令西方理論界感到困惑。一個可能的解釋是，六〇年代的知識界不再熱衷於轟轟烈烈的群眾運動，而是願意進行深層次的理論實踐；雖然仍然以改造社會爲己任，但途徑不是透過激進的公開對抗，而是透過深入的理性思辨，思辨的對象之一就是當代資本主義境況下的人。

　　從關注世界、關注他人轉到關注自我及與他人的關係，是二十世紀的一個變化，這個變化在六〇年代中葉尤爲明顯，表現在文藝文化理論上，就是「讀者批評理論」的出現。讀者批評理論（reader-oriented criticism）是一個涵蓋面非常廣的概念，指在六、七〇年代出現的、以讀者爲主要關懷對象的批評理論。美國批評家愛布拉姆斯（M. H. Abrams）曾根據批評視角的變化給西方批評理論做了一個極其簡單卻很有概括性的圖解。關注作品和世界的批評方法他稱之爲「模仿式批評」，注重作品和藝術家關係的是「表現式批評」，只對作品本身感興趣的叫「客觀性批評」，把重點放在讀者身上的就是「實用式批評」（Abrams 1953:1-19）。當代批評史家愛用這個圖式來解釋當代理論批評視

角的變化，如二十世紀以前的文藝批評多注重作品對世界的表現（模仿式批評）或作品表露作家的個人情感（表現式批評），形式主義批評理論則關注作品本身（客觀性批評），讀者批評理論就是「實用式批評」。這樣描述當然方便，但需要說明的是，愛布拉姆斯的圖式展示的是

西方兩千年文藝批評的歷史，並不局限於現當代批評理論，如「客觀性批評」還包括亞里斯多德的《詩藝》和十九世紀的「為藝術而藝術」。更重要的是，這個圖式提出於1953年，當時形式主義文論雖然已經走完了整個過程，但是讀者批評理論尚待開始，而且這裡的「實用式批評」指教誨式煽情式作品，和當代讀者批評大相徑庭。

這裡還要糾正一個誤解：既然讀者批評是當代批評理論的一個分支，所以有人也許以為以往的批評實踐不談讀者。實際上讀者是文學流通領域裡不可或缺的成分，在西方批評理論中隨處可見。讀者批評理論的興起主要針對形式主義文論的文本自足論，代表的是一個批評思維典範的轉變，而不僅僅只是批評視角的轉移，所以關注讀者並不是當代批評理論所獨有。以形式主義的代表英美新批評為例，新批評的先驅瑞恰慈追求文學的顯在特徵即「文學性」，但他在批評實踐中把這個特徵和讀者的閱讀體驗及他的價值觀念聯繫起來，做法是先使讀者對作品進行體驗，描述自己的文學反應，然後由評論家對這些反應進行分析。由於瑞恰慈把注意力放在了讀者的主觀體驗上，所以對文本中的文學形式並不十分在意，導致後來的新批評家對他多有微詞，尤其不喜歡他

的心理主義印象式批評。瑞恰慈的學生、另一位新批評家燕卜遜的《含混七型》與其說是突出文本，倒不如說是由含混而引出讀者的存在[2]。從這一點來說，新批評倒可以說在二十世紀開讀者批評的先河。其實，讀者在西方語境中的處境並不算差。縱觀東西方文化發展史可以發現，西方文化和東方文化的顯著區別就是關注的重心從情境（context）轉到個體[3]，在這種文化氛圍下，文學批評中的功利因素比中國傳統文學批評要少，如西方批評史上很少出現過像程頤、朱熹那種鼓吹「作文害道」的極端功利主義者。在這樣一種批評傳統裡，評判作品價值便不必依據某種外在的功利標準，反映在意義闡釋中，讀者也被賦予更大的自由。從這個意義上說，新批評對文學語言／非文學語言的區別是對文學的社會功利作用的進一步淡化，也是對讀者作用的進一步突出。

　　但是，批評家一直在談論讀者並不因此說明他們談論的是同樣的讀者、同樣的閱讀過程、同樣的審美體驗。他們和讀者批評理論的區別至少表現在三個方面：

1.讀者觀不同。讀者批評理論討論的讀者通常是具有特定意義和特定功能的讀者，即使泛指一般的讀者，這個讀者也是特定場景中擔負一定責任的讀者；而傳統的讀者卻概念模糊，如柏拉圖的「共和國的公民」、十八世紀新古典主義的「閱讀大眾」，或新批評眼中不加界定的「閱讀者」。
2.閱讀觀不同。讀者批評家的研究觸角伸進閱讀行為內部，探討讀者的閱讀規律以及閱讀行為的本質，如卡勒（Jonathan Culler）論及的讀者閱讀能力、霍蘭德揭示的讀

者心理模型、費許描述的閱讀體驗等；而傳統批評理論則只泛泛論及讀者（和現實的關係或閱讀心態等）。

3.閱讀過程不同。讀者批評家十分注重研究讀者的實際閱讀過程，如布萊希（David Bleich）、伊哲（Wolfgang Iser）、伽達瑪（Hans-Georg Gadamer），而傳統理論僅涉及讀者的「情感」、「反映」或「心情」。

　　美國批評家羅森布拉特（Louise M. Rosenblatt）曾經形象地比喻過這位被忽視的讀者：讀者和作者立於昏暗的舞台上，中間放著文學作品，舞台燈光只聚焦於三者之一，其他兩者被完全淹沒。幾千年來，只有作者和作品輪流受到映照，讀者偶爾在餘光裡閃現片刻，但基本上被淹沒在黑暗中，在舞台上沒有做過主角（Rosenblatt 1978:1）。

　　本章所闡述的讀者批評理論，指以讀者為中心，以當代批評理論為基礎的文藝學研究方法。由於過分專注於讀者，所以它的存在時間有限（時間跨度從六○至八○年代），但由於和各種批評理論相結合，所以涵蓋的內容又非常雜、非常多。本章將討論讀者批評的幾個主要分支：闡釋學批評、現象學批評、接受美學以及讀者反應批評。需要指出，接受美學和讀者反應批評主要是特定地域的批評理論，它們依據的哲學基礎包括闡釋學和現象學，所以在批評原則上和闡釋學、現象學文論非常相似。

　　當代讀者批評的淵源至少可以追溯到兩百年前浪漫主義時期的闡釋學。闡釋學（hermeneutics）是有關解釋的科學，古希臘神話中赫密士（Hermes）是掌管商業和道路的神，兼作「闡釋者」，把眾神的神諭傳達並解釋給凡人。此後闡釋行為[4]主要指

對《聖經》的詮釋，涉及的範圍僅僅是文字學和文獻學
（philology）。在宗教改革中，羅馬教庭和新教爭奪《聖經》的闡
釋權，後者堅持每個信徒都有權解釋聖經（因信稱義）。在這種
背景下，近代闡釋學漸具雛形，其理論奠基人是德國新教牧師施
萊爾馬赫（Friedrich Schleiermacher）[5]。施氏提出了著名的「闡
釋學循環」（hermeneutic circle）以表現理解行為的特徵：部分須
在整體上才能理解，整體也須靠部分才能獲得。正因為如此，後
人的解釋肯定要優於前人甚至優於作者本人，因為後人面對的整
體更大。施氏雖然仍然關注《聖經》闡釋，但他的闡釋已經跨出
《聖經》範疇，使闡釋學成為一門獨立的科學門類。他認為闡釋
學是「理解的藝術」，所以不應當屬於邏輯學、文字學而應當屬
於哲學。理解既要注重語言文字的釋義，又要注重說話時的歷史
時刻，所以語法和心理對闡釋同樣重要。成功的闡釋依賴於闡釋
者的語言能力和對人的理解，即施氏所謂的「語法闡釋」
（grammatical）和「技法闡釋」（technical）。施氏對「技法」（即
作者的「風格」）更加關注，因為風格不僅取決於語言，還受更
大的文化因素所影響（Schleiermacher 1986:73-95）。十九世紀後
期另一位德國人狄爾泰（Wilhelm Dilthey）進一步發展了施氏開
創的闡釋理論，把闡釋目標從文字文本擴展為文化文本。狄爾泰
認為闡釋學屬於人文科學，不能簡單套用自然科學的實證方法，
因為闡釋的對象是人的經驗，而經驗是「思維現實」而非「物理
現實」。狄爾泰把闡釋對象稱為「客觀思維」（objective mind），
意思是被闡釋體展現的是一定時空下為公眾所共有的價值情感體
系，因此闡釋者可以使用「移情」的方法進入闡釋對象的生活體
驗裡（Dilthey 1986:149-59）。後人對狄爾泰多有批評，認為他的

見解心理主義色彩太濃，但狄氏對作者之意的重視一直是經典闡釋學的關注對象（如當代闡釋學家 E. D. Hirsch），更重要的是狄氏的浪漫主義傳統影響了另一位更加重要的當代闡釋學家海德格。

　　儘管施萊爾馬赫和狄爾泰主張成功的闡釋取決於「闡釋者必須在主觀上和客觀上把自己放在作者的位置」（同上 83），而這個闡釋者就是「讀者」，但他們與當代讀者批評的關係並不明顯。闡釋學和讀者的顯在聯繫是由德國哲學家海德格（Martin Heidegger）的「現象學闡釋學」建立的。現象學的一個重要概念是「意向性」（intentionality），即人的意向（心理活動）有指向性，由於意識的指向才使意識對象具有特定的意義。海德格是現象學創始人胡塞爾（Edmund Husserl）的學生，把現象學原理用於闡釋學，產生了有別於以上「方法論闡釋學」的「本體論闡釋學」。海德格發展了胡塞爾的「純粹自我意識」，認為「此在」或「自我存在」（Dasein）是先於一切的真正存在，因為人的思維是不容置疑的，世間萬物都是人的思維的衍生物。但是和狄爾泰一樣，他認為闡釋思維有別於科學思維：科學方法只能認識現象和外觀，不適於本體闡釋，「與一切科學有別，思就是存在的思」。

　　　如果說在存在狀態下「此在」就是存在的「在場」，也就是說世界此在於「此」，它的「存在於此」就是存在於「其中」。後者同樣也「在場」，正如此在也為此「在場」一樣。在這個「為此」裡，「在世之在」被如此展示，這個展示我們稱之為「理解」。在理解「為此」時，基於其中的意義也

同時得到揭示。對理解的揭示，正如同時對「因此」和意義
的揭示一樣，屬於「在世之在」的一部分。世界如此展示自
己，在這個基礎上產生出意義（Heidegger 1927:215-20）。

也就是說，此在的最大特徵是在場性（there）、時間性、歷時
性、歷史性，因此人的理解深深地鑲嵌在歷史和語言之中，任何
闡釋行為都必須顯示這個「此在」中闡釋者的位置（即前理解）
和闡釋者的「在世之在」（being-in-the-world）。他否認了狄爾泰
闡釋學裡的浪漫主義色彩，主張作品不是某個個人意圖或私人感
情的表達，而是對世界的展示。只有詩的思維達到這種境界，最
接近「此在」的存在狀態，因為詩歌語言的實質是「對話性」和
歷史性，而「此在」就表現在延綿不斷的對話之中。從這個意義
上說，詩就是闡釋最完美的表現，對話性也是闡釋本質最根本的
特徵（Heidegger 1951:758-65）。

　　海德格關於闡釋的論述散見於他的存在主義哲學著作中，且
多見於對詩歌語言的討論，所以詩性大於理性，理論的系統性完
整性不明顯。當代闡釋學的集大成者是海德格的學生德國哲學家
伽達瑪。伽達瑪集中在文本闡釋，儘管他的關注包括文化的其他
方面。他接過施萊爾馬赫和海德格的「闡釋循環」論，並且和後
者一樣，認為這個循環並不是闡釋的困境，而是闡釋的必要條
件：沒有整體和部分的這種關係也就沒有闡釋行為的必要。這個
「循環」表明，一切闡釋行為都牢牢地根植於歷史之中，表現為
闡釋者和被闡釋物進行「對話」：「理解在根本上並不等於理性
地進入過去，而在於在闡釋中使現在捲入進去。」伽達瑪認為，
正因為闡釋是歷史行為，闡釋循環中存在矛盾，闡釋對話裡存在

差異，所以闡釋者在進入闡釋行為時肯定帶有「先見」
（prejudice）[6]，也即海德格所稱的「先在知識」（fore-
knowledge），構成伽達瑪所謂的「理解視野」（horizon of
understanding）；在闡釋行為中，闡釋者和被闡釋物間的不同理
解視野交會融合，產生一個個新的理解視野，使闡釋行為不斷延
續下去：

> 海德格描述的闡釋過程是：對前投射的每一次修正都能夠產
> 生出一個新的意義投射，互不相容的投射同時存在，直到綜
> 合意義逐漸顯現，先見（fore-conceptions）不斷被更恰當的
> 見解所取代，闡釋也開始進行。這個不斷的新投射過程就是
> 理解和闡釋的運動（Gadamer 1960:841-51）。

海德格和伽達瑪所稱的「理解視野」在六〇年代被另一位德
國理論家姚斯（Hans Robert Jauss）改造為「期待視野」（horizon
of expectations），並以此發展出一套文學史理論，引起過轟動。
幾乎與此同時，姚斯的同事伊哲也提出了一套以胡塞爾和英伽頓
現象學理論為基礎的文學批評理論，加上他們另外幾位康斯坦茨
大學的同事，形成讀者批評的一個重要分支「康斯坦茨學派」，
即轟動一時的「接受美學」[7]。此時在美國也漸漸形成一批讀者
批評家，被理論界稱為「讀者反應批評」。雙方儘管名稱相似，
但幾乎沒有理論上的承襲或學術上的來往。但由於接受美學影響
之大，加上伊哲是英文教授，七〇年代之後在美國著名學府任教
講學，所以讀者反應批評家開始對他們的德國同行說三道四，引
發一場讀者批評理論的「內訌」，其中隱含讀者批評家之見不盡
相同甚至截然相對的理論主張，並預示讀者批評理論不可避免的

消亡。下面將以伊哲的閱讀理論為框架，以文本和讀者為主題，在與其他各家讀者批評理論的對比中來進一步揭示讀者批評的理論優勢和視角局限。

讀者批評的興起是六〇年代西方社會發展的結果，接受美學的出現也是對聯邦德國社會現實的反應。經濟上，從1948年開始的經濟增長「奇蹟」到六〇年代已經趨緩，1967年終於出現經濟蕭條。政治上，德國捲入「帝國主義」越戰引起知識界的不滿，右翼的「民族民主黨」迅速崛起也使人們對新納粹日漸擔心。這些現實使人們對自己的生存環境日漸關注，也要求敏感的文學能有所反應。但是當時主導德國文壇的是自二次大戰以來的形式主義文評，學者們喜好所謂科學客觀的「內部」研究，而對積極介入社會批評、具有顛覆性的現代主義文學頗不以為然。在這種情況下，人們對象牙塔裡的閱讀欣賞式「說教」越來越不耐煩，開始談論「文學批評的停滯」甚至「文學的死亡」（Iser 1990:5）。此時康斯坦茨大學的幾位年輕教師和學生揭竿而起，明確主張文學批評的客體應該從文本轉向讀者及閱讀過程。姚斯1967年的教授任職演說成為康斯坦茨學派的成立宣言，伊哲的就職演說同樣也引起理論界的轟動[8]。在聯邦德國國內，姚斯的影響大於伊哲，或許因為德國人偏愛他們的闡釋學傳統；但在國外，尤其在美國，伊哲的現象學閱讀理論卻時髦得多，或許伊哲更關注具體的文本闡釋，理論的思辨性少一些。

伊哲的閱讀理論開始於文本觀念。姚斯曾用 T. S. 孔恩的典範論說明讀者批評與舊理論相比有「質的飛躍、關係的斷絕及全新的出發點」（Holub 1984:1）。毋庸置疑，讀者批評確把讀者提到了前所未有的高度，但這不等於一定得淡化文本的作用。伊哲

就在批判文本自足論的同時把文本作爲閱讀理論的基石：

> 文學作品有兩極，不妨稱作藝術極和審美極：藝術極指的是
> 作家創作的文本，審美極指的是讀者對前者的實現。依據這
> 種兩極觀，文學作品本身明顯地既不可以等同於文本也不可
> 以等同於它的實現，而是居於兩者之間。它必定以虛在爲特
> 徵，因爲它既不能化約成文本現實，也不能等同於讀者的主
> 觀活動，正是這種虛在性才使文本具備了能動性（Iser
> 1987:21）。

這裡藝術極是傳統意義上具備形式特徵的文本，這個文本自亞里
斯多德開始，到俄蘇形式主義達到頂點。伊哲對審美極語焉不
詳，把它描述爲讀者對文本的反應、實現，或讀者的主觀性、心
理活動。對伊哲來說以上兩極都不足取，因爲作爲藝術極的文本
是作家創作的結果，作爲審美極的文本是讀者閱讀的結果，兩者
都是終極產品，不足以顯示文學閱讀的持續性、能動性，也說明
不了文本的開放性和讀者的不可或缺性。作爲糾正，伊哲把他的
文本放在以上兩極之間，稱之爲「文學作品」，代表的是文本意
義產生的過程。這裡讀者與文本已不再是獨立的個體，而是合而
爲一，構成了一個互動的整體。

　　伊哲兩極理論的背後隱含著他的現象學文學研究方法論。胡
塞爾把笛卡兒哲學中的「我—我思—我思物」（ego-cogito-
cogitatum）進行了重新解釋：意向性活動不僅說明意向主體
（the intending subject）和意向客體（the intended object）的存
在，而且透過雙方的意向性互動意向主體最終可以揭示意向客體
的本質（Stewart & Mickunas 1974:37）。由於文學閱讀是典型的

主客體間的意向性活動，而現象學所要把握的又是意向性客體的規律、本質，所以胡塞爾之後不少評論家把這種哲學方法應用於文學批評，如英伽頓、海德格、沙特（Jean-Paul Sartre）、杜夫海納、普萊（Georges Poulet）、梅洛—龐蒂（Maurice Merleau-Ponty）及日內瓦批評學派等。伊哲對文本和文學閱讀進行現象學觀照之後提出一個較為具體的現象學文本結構，用以說明文本的現象學特徵。

　　文本的現象學特徵就是它的開放性，為了表明這一點，伊哲對文本進行了現象學透視，從中發現了一個文本的「召喚結構」（appellstruktur）。這個結構由兩部分構成：文本的「保留內容」（repertoire）和文本「策略」。保留內容指文本取自於現實的社會文化現象，尤指在社會中占主導地位的思想體系、道德標準、行為規範，文本對它們的合法性提出質疑，「召喚」讀者對此予以否定。而文本策略則是作品對其保留內容進行藝術加工，即安排文本視角，以便更好地吸引讀者。由此可見，伊哲的文本之所以是一個現象學文本，因為其中不僅有文本結構，還包含有讀者的存在，所以它表現的是文本基於閱讀交流基礎之上的本體性存在９。

　　有評論家認為伊哲的這個文本有形式主義之嫌。但伊哲畢竟和形式主義有明顯區別，他的文本和同樣基於現象學原理之上的英伽頓文本的區別可以說明這一點。英伽頓不滿足於採用真實／想像這種傳統二元思維方式來解釋文本的存在，而是把它作為純粹意向性客體用現象學來描述其存在方式，進而得出一個由不同層次構成的文本結構。和伊哲一樣，英伽頓在文本中給讀者留下了位置，主要表現在該文本的第三、第四層，其中帶有不定點的

被表現客體及其圖式化結構顯然預示著讀者的存在，因爲它們有待讀者去「具體化」。英伽頓沒有說明具體化的確切涵義，它有時指讀者填補不定點的閱讀行爲，有時也指不定點經過填補後的文本。但值得注意的倒是他對具體化的態度：閱讀行爲「侵犯」、「改變」著文本，閱讀後的文本「太多變太複雜」，因此眞正重要的倒是「在具體化過程中表現出的那個文學藝術作品」（Ingarden 1973:336-43, 372）。

　　如果說被英伽頓所嫌棄的具體化兼合伊哲文本模型中的「文學作品」和「審美極」，他所注重的圖式化文本卻正是伊哲模型中文本的「藝術極」。英伽頓之所以鍾愛圖式化文本，是因爲這個文本的各個層次有不同的構成材料、特徵、功能、作用，且各層次間相互關聯、相互依賴、相互影響，構成一個「和諧的複調整體」。實際上複調整體觀是個傳統觀念：亞里斯多德的悲劇六成分論、高乃依的戲劇三一論、黑格爾把純粹理念喻爲和諧的整枝花朵、浪漫主義的「有機整體論」，直至新批評的文本自足論。由此可見，雖然英伽頓反對孤立地看待文本，他的現象學文本觀仍然具有濃厚的形式主義色彩。他把讀者的具體化活動加入到文本之中，從而使胡塞爾現象學中的超驗客體回到了現實，這是他對現象學及文本理論的貢獻。但這種具體化畢竟主觀、凌亂、多變，與「和諧穩定」的文本圖式化結構相比自然處於次要地位。　由此引出的問題是：雖然採用的同是現象學方法，爲什麼讀者在英伽頓的文本裡遭到排除而在伊哲的文本中則成了不可分割的組成部分呢？根據胡塞爾現象學原理，意向性主體在對意向性客體進行觀照時，應當用括弧法把一切與意向性客體本質無關的東西「存而不論」，這樣在意向性活動時意向性主體才不會

扭曲被觀照物的本質（Husserl 1973:5-12）。那麼為什麼讀者被英伽頓作為文本的異質而排除，卻被伊哲當成文本的本質予以保留？答案顯然是雙方對文本的本質有不同的理解，而這種不同只能源於雙方觀照的意向性客體不同。英伽頓的意向性客體是文本本身，因此讀者雖然存在卻非意向性客體的主要成分，因此被「存而不論」；伊哲的意向性客體是閱讀過程的全部環節，透過這個意向性客體再來審視文本，由此讀者及讀者—文本互動便成了伊哲現象學文本結構不可或缺的組成部分。

　　主張讀者—文本雙向互動者遠非伊哲一人，但這種主張常常因人而異，得出的結論也不盡相同。羅森布拉特對自己的「互動閱讀」有個比喻：文本猶如未封邊的掛毯，由讀者牽動其四周的織線來改變它的形狀；霍蘭德也對自己的互動理論有過比喻：文本好比前衛派音樂家手裡的樂譜，由他在舞台上任意發揮。伊哲顯然不會贊同上面的這些比喻，因為在這種雙向活動中讀者的自由度太大，文本的作用太小，在霍蘭德的比喻裡雙向互動幾乎成了單向操縱。義大利評論家埃柯（Umberto Eco）做的另一個比喻對他也許更為恰當：音樂家既不像古典時代那樣對曲譜忠實重複，也非像前衛派那樣完全拋開曲譜，而是像現代派那樣「沿著音樂符號的分佈對音樂形式進行多樣化處理」（Rosenblatt 1978:12, Holland 1988:162, Eco 1984:48-9）。

　　但是伊哲把文本中的「不定性」規定為它的召喚性，很容易使人想起形式主義力圖界定文學本質的做法（如俄蘇形式主義把「陌生化」、新批評把「張力」「含混」等作為文學的「文學性」）。他把文本召喚結構的強弱作為文本藝術性高低的判斷依據，以不定點數量的多少來衡量作品的藝術價值。但是一部作品

中不定點的數量會因讀者的不同而不同，而且不定點填補活動的減少並不意味作品審美效果一定會減弱。此外，文本的不定性專指對占社會統治地位的意識形態進行質疑，因此伊哲輕視消遣性、通俗性、說教性文學，因爲這些文學形式對社會傳統、道德規範多採取順從的態度，從而削弱文本結構的召喚強度。但是，對此類文學形式的界定並不像伊哲想像的那麼簡單。彌爾頓寫作《失樂園》的目的是要「證明上帝對人類的公正」，說教性質顯而易見，但沒有人會把他的史詩歸入「輕鬆文學」；班揚的《天路歷程》雖然宣揚基督教精神，但否定性隨處可見；中國禪詩要表達佛教教義，說教性也不言而喻，但禪理詩說教的背後也不會沒有對時政的針砭。此外，很大一部分文學作品（如古典作品、兒童文學、宗教文學）並不靠由否定性構成的召喚結構來吸引讀者的興趣。

伊哲在文本的召喚結構中突出文學對社會意識形態的否定自然有歷史原委：爲了衝破形式主義文本中心論的藩籬，挽救在德國已瀕於「死亡」的文學研究，伊哲必須呼應法蘭克福學派的社會批判理論，儘可能使自己的研究和當時西方激進的文化運動保持一致。但是把文本中空白的數量和文本社會批判功能的強弱作爲一切文本召喚結構的基礎，並以此作爲文學作品價值評判的依據，則無疑有些矯枉過正；經過伊哲現象學本質還原之後得到的文本「召喚結構」，也由一切文學文本的普遍結構變成特定情境下特定文本的特定結構，這顯然違背了伊哲的初衷。

「隱含的讀者」是伊哲的另一個重要概念，它一經提出便受到理論界的注意，二十年裡對它的爭論一直不斷。儘管如此，伊哲本人並沒有對它作多少解釋；他的一部重要著作的書名就是

《隱含的讀者》，但書中對此根本沒有細談。比較完整的描述大概是《閱讀行為》裡這段話：

> 如果我們要文學作品產生效果及引起反應，就必須允許讀者的存在，同時又不以任何方式事先決定他的性格和歷史境況。由於缺少恰當的詞彙，我們不妨把他稱作隱含的讀者。他預含使文學作品產生效果所必須的一切情感，這些情感不是由外部客觀現實所造成，而是由文本所設置。因此隱含的讀者觀深深根植於文本結構之中，它表明一種構造，不可等同於實際讀者（Iser 1987:34）。

由此可見，隱含的讀者是伊哲用現象學方法對讀者進行現象學透視的結果，表達的是一個現象學讀者模型，一種理論構造，不可把它混同於實際讀者。但是在建構這個讀者模型的過程中實際讀者是伊哲的意向客體，該模型揭示的也是真實讀者的現象學意義，所以它和真實讀者關係密切。隱含的讀者說明的又不僅僅只是讀者，因為伊哲最終的意向客體是文學閱讀本身，即讀者─文本的互動過程，所以該「讀者」必然要隱含文本的存在，這也是它的現象學特徵，這個特徵體現在隱含的讀者獨特的構成上。

隱含的讀者由兩個部分組成：作為文本結構的讀者作用和作為結構化行為的讀者作用。前者是一個現象學文本結構，包括由各種文本視角交織而成的視角網、這些視角相互作用後形成的視角匯合點（即通常所說的文本意義），以及外在於文本、供讀者透視文本視角的「立足點」。從現象學角度看，文本的視角匯合點與讀者的立足點都是虛在的，要靠讀者的「結構化行為」即閱讀行為來加以實質化。由此可見透過隱含的讀者伊哲至少想說明

兩點：文本的存在對任何閱讀行為都是必不可少的；離開了文本，脫離文本─讀者的相互作用，就不足以揭示讀者的本質。

八〇年代讀者批評家的特徵之一便是紛紛建構讀者模型，用來說明各自的閱讀理論，較為著名的有姚斯的「歷史讀者」、卡勒的「理想讀者」、M. 瑞法代爾的「超級讀者」、G. 普林斯的「零度聽眾」、C. 布魯克─羅斯的「代碼讀者」、霍蘭德的「互動讀者」及布斯（Wayne Booth）後於伊哲使用但涵義完全不同的「隱含的讀者」等。伊哲讀者模型的獨特之處在於它超出了普通讀者的界限，不僅依靠現象學在讀者模型中設置了讀者反應的「投射機制」（即讀者的結構化行為），而且還在其中設置了引起讀者反應的「召喚結構」，使召喚─投射互為依託，構成一個有機的整體。由此可見，隱含的讀者說明的是伊哲的整個現象學閱讀理論以及讀者在這個理論中的位置與作用，正如伊哲曾以同樣的方式建構了他的現象學文本，即由藝術極與審美極融合而成的「文學作品」以及由不同的讀者─文本交流模型構成的現象學文學交流理論。因此不妨把「隱含的讀者」作為真實讀者的一種現象學表現，說明的是一般讀者的一種本體存在方式。

讀者模型的較早版本是 W. 吉布森五〇年代初提出的「類比讀者」。他認為真正的作者「既費解又神秘」，重要的倒是文本中「虛擬的敘述者」。吉布森的主張有些近似於新批評的「意圖謬誤」論，不同的是他同時為這個虛擬的敘述者安排了一個聽眾，這位「類比讀者」「主動採納文本語言要求他採納的那一套態度，具備文本語言要求他具備的品質」，因此可以積極介入文本，和虛擬的敘述者形成對話（Gibson 1984:1-2）。「類比讀者」明確提出了讀者的作用，這在新批評仍然占統治地位的年代的確難能可

貴，但更重要的是眞實作者／虛擬敘述者之分導致布斯在十年後提出眞實作者／隱含的作者之分，後者透過文本中表露的信念與價值觀得到表現，而且布斯還根據隱含的作者提出了一個與之對應的讀者：「簡言之，作者（在作品中）創造了一個自己的形象與一個讀者的形象，在塑造第二個自我的同時塑造了自己的讀者，所謂最成功的閱讀就是作者、讀者這兩個被創造出的自我完全達到一致」（Booth 1987:138）。此時布斯並未給這個由作者創造的讀者冠以什麼稱謂，但伊哲在提出「隱含的讀者」時顯然受到布斯的影響[10]，同時卻沒有考慮到這兩類讀者會如此風馬牛不相及。更糟糕的是，布斯在《小說的修辭》1982年修訂版中明確地把這個讀者稱爲「隱含」的讀者，即文本或作者要求眞實讀者必須成爲的那類讀者[11]，給後來的評論家造成理解上的混亂。造成這種混亂的另一個原因是當代評論家對這個術語的濫用，正如後人濫用「期待視野」這個術語一樣，隨意賦予它各種涵義，使它離姚斯初次使用時的本意越來越遠（Holub 1984:69）。

　　伊哲在總結前人的讀者模型的基礎之上並結合自己的閱讀理論提出了「隱含的讀者」，使這個讀者模型具備了某些獨特的理論長處。首先它不再直接對實際讀者本身進行理論概括，而把關注點放在讀者所具有的交流「潛勢」上，因此既擺脫了因實際讀者具有異質性而極難概括這個理論困境，也避免了因此而對讀者進行理想化處理，使隱含的讀者可以用來闡釋一切讀者及其閱讀行爲。其次，它以現象學爲理論基礎，在建構讀者模型時從文學閱讀的整體出發，使讀者成爲閱讀過程中不可或缺的一個因素，同時也使交流過程成爲讀者必不可少的組成部分。此外，由於它的這種獨特構造，使得讀者的地位得到空前的突出，因此對形式

主義的評判也顯得尤爲有力。

　　有意思的是，儘管伊哲竭力要把社會歷史拉進他的現象學讀者，但這卻和現象學本身的要求不符，因爲意向性主體在對意向性客體進行現象學觀照時，應當用括弧法把一切個人情感、他人先見、社會規約「存而不論」，這樣在意向性活動時才不會扭曲被觀照物的「實質」。因此在建構「隱含的讀者」時，伊哲一方面以「保留內容」等方式使它具有社會性，一方面「又不以任何方式事先決定他的性格和歷史境況」。伊戈頓曾指出：「伊哲的確意識到閱讀的社會維面，但卻有意主要集中於『審美層次』」，因此他的讀者並沒有立足於歷史。蘇萊曼也認爲伊哲的讀者「不是具體歷史境況下的個體，而是一個超越歷史的思考者，他的思維活動……不論何地都千篇一律。」她承認伊哲想把歷史拉入現象學模型之中，但結果隱含的讀者仍然只是「隱含」的，而非具體環境裡的實際讀者（Eagleton 1985:83; Suleiman & Crosman 1980:25-6）。應當承認，這些批評是中肯的。伊哲閱讀模型中反映的社會現實至多只是現象學意義上的現實，並不反映眞實的歷史境況；隱含的讀者雖然具有一定的歷史維面，但並不能表現現實中千變萬化的讀者對文本的不同反應。在一次探訪中曾有人問伊哲：「你認不認爲自己太過於專注美學，而不顧政治或政治性不夠？」伊哲辯解到，關注審美本身便是一種政治投入，因爲「我一向把（審美）當成暴露缺失、顛覆僵化、揭露掩飾的利益的一種方式」。實際上伊哲在這裡並沒有直接回答對他的提問，因爲他的現象學方法論使他很難關注文學接受中的具體社會政治因素以及讀者在這種接受中的具體社會存在。

　　二十世紀西方批評理論的一個明顯走向就是向閱讀主體偏

轉，從前五十年的形式主義轉到後五十年的「主觀主義」批評，而處於二十世紀中葉的讀者批評正好是這個轉變的過渡。如果說當今的批評時代是「讀者的時代」，則讀者批評理論功不可沒，因爲「從馬克思主義到傳統批評，從古典和中世紀學者到現代主義專家，幾乎每一種方法視角、每一個文學研究領域都對接受理論提出的挑戰給予回應」（Holub 1984:7）。

1 有人把它歸之於左翼份子對資本主義國家機器實行的白色恐怖的懼怕和對蘇聯史達林主義的幻想破滅，參閱 Leitch 1988:4-5。

2 參閱第二章「英美新批評」。

3 古希臘人雖然也重視國家、群體的作用，但孜孜以求的不是群體賴以生存的基礎，而是使個體生命得以永恆的東西，如畢達哥拉斯的「數」和亞里斯多德的「神」（高旭東 1989:33-4）。柏拉圖確實鼓吹過功利文藝觀，但他的「理念」並非儒家倫理綱常那樣的立國立家之本，而是一種個體素質，一種「引導個體達到其最終頂點」的東西，而且理念觀對西方批評理論幾乎沒有什麼約束力。

4 這裡"hermeneutics"僅僅是「解釋行爲」，因爲闡釋成爲一門科學是近代的事情。

5 施氏的浪漫主義闡釋學成型於十九世紀初，在柏林大學等地任教做講座；他死後由他的學生根據聽課筆記及施氏本人的備課筆記整理出版（《闡釋學和批評》），施氏手稿直到1958年才由伽達瑪的一位學生編輯出版。

6 這裡"prejudice"不等於常見的「偏見」而是「先入之見」（pre-judge），即闡釋者在闡釋行爲（project）開始之前所具有的與之有關的一切理解，伽達瑪還稱之爲「前投射」（fore-project）：「歷史思維總要在他人之見和本人之見間建立聯繫。想要消除闡釋中自我的觀念不僅不可能而

且顯然荒謬。」

7 伊哲本人並不喜歡「接受」（reception）一詞，認爲這個詞更適合姚斯，他本人願意用「effect」（作用、效果）來概括自己的理論（Iser 1990:5）。

8 姚斯的演說是〈什麼是並且爲什麼要學習文學史？〉（"What Is and for What Purpose Does One Study Literary History?"）。正式發表時題爲〈文學史作爲文學研究的挑戰〉（"Literary History as a Provocation to Literary Scholarship"）。此文標題有意模仿德國詩人席勒（Friedrich Schiller）在任耶拿大學歷史學教授的就職演講"What Is and for What Purpose Does One Study Universal History?"席勒的演講做於1789年法國大革命前夕，引起轟動，可見姚斯之用心：他在有意引出聽眾的那個「期待視野」。伊哲的演說於1970年以〈不定性與讀者反應〉（"Indeterminacy and the Reader's Response"）爲題發表。

9 這裡所說的本體存在指的是現象學意義上對應於「表象存在」的「本質存在」。胡塞爾曾對此有過解釋：「一件獨立存在的物體不是簡單的或寬泛的獨立物，不是一個獨一無二的『某處某物』般的東西；而是有它自己恰當的存在方式，有它自己的本質屬性，這種屬性在很大程度上決定了它，因爲它正是如此這般被『自我建構』的（這就是『事物自身的存在』）」（Husserl 1974:53）。

10 伊哲在談論讀者時，借用了布斯的兩類讀者觀（眞實讀者與被創造的讀者），說明讀者與非讀者的區別，以引出自己的隱含的讀者觀。

11 布斯本人承認不懂伊哲的「隱含的讀者」到底爲何物，在八〇年代和伊哲的通訊中仍然把它作爲作者「在文本中預設的那位輕信的讀者」（Iser 1989:59）。

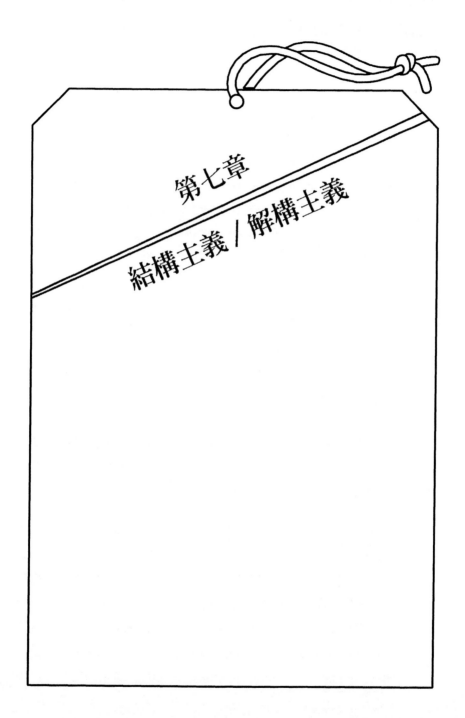

第七章

結構主義／解構主義

六○年代和讀者批評幾乎同時嶄露頭角的是結構主義批評理論。如果說讀者批評的出現似乎比較突兀，結構主義的源頭則淵遠流長。讀者批評一般僅限於文學領域，對人文、社會科學影響甚少，而結構／解構主義則形成哲學思潮，影響極廣。此外，讀者批評的歷史比較短暫，到八○年代已經退出理論舞台，結構主義則仍然存在，而且延伸出的解構主義在八○年代正大行其道，至九○年代依然勢力猶存；而受解構主義影響的一代後結構主義批評理論至今仍然占據西方批評理論的主導。

　　英文「結構」（structure）一詞來自拉丁文 "struere" 的過去分詞 "structum"，意「歸納在一起」或「使有序」，加入希臘文尾碼 "-ism" 把它提升為一種抽象概念

> 結構主義是一個哲學概念，指人文或者社會科學所研究的客體的現實呈關係性而非數量性。由此產生出一種批評方法，研究並顯示構成這些客體或這些客體所具備的各組關係（或結構），辨別、分析這些客體的集合體，其成員間在結構上可以相互轉換。這些集合體共同組成相關學科的研究領域（Caws 1990:1-5）[1]。

　　從以上哲學定義出發，可以說作為一種思維方式結構主義萌芽早就存在。兩千年前亞里斯多德的《詩藝》就可以認為是對文學作品結構的闡釋，霍克斯也以十八世紀義大利思想家維柯（《新科學》）為近代結構主義的代表。當代說到結構主義則主要指以李維史陀（Lévi-Strauss）、惹內（Gérard Genette）、阿圖舍、拉岡、皮亞傑（Jean Piaget）、巴特（Roland Barthes）、戈雷馬斯（Algirdas J. Greimas）等理論家為首的法國結構主義，但是

結構主義理論的代表至少還應當包括俄國的雅克愼、巴赫金，以及美國人皮爾斯（C. S. Peirce）、薩皮爾（Edward Sapir）、喬姆斯基（Noam Chomsky）。二十世紀前，語言研究的對象是語言文字，關注的是「複數」的語言，討論的是不同語言的歷史演變、相互異同，特別是它們的實際使用，因此只能算文字學（philology），而不是語言學（linguistics），更談不上是門獨立的科學。這種語言文字研究比較簡單、透明、封閉，最看重實地語言資料的積累，把語言看作思維的附屬物，反過來作爲語言家思考的自足對象。二十世紀人們對語言的認識發生了質的變化：語言學問題歸根結柢是哲學問題，探討的是意義的本質；語言不再是思維的產物，而是思維的前提，在很大程度上控制甚至決定著人們如何思維。造成這個語言觀巨變的當數被尊爲結構主義理論之父的瑞士語言學家索緒爾。

　　索緒爾學的是印歐語言，專攻梵文及與梵文相關的語言，十五歲即通法、德、英、拉丁、希臘等語言，寫了〈論語言〉一文，試圖從他所熟悉的幾種語言的語音樣式裡提取某些語言共性，但是被老師斥之爲「不知天高地厚」。二十一歲時，他發表頗受好評的論文〈論印歐語系詞根母音體系〉，意識到其實他關注的是「一切母音系統」，這裡結構主義傾向更加明顯。此後索緒爾雖極少發表，但他的研究卻不斷深入。晚年，他在日內瓦大學開設「普通語言學」講座，結構主義思想和方法日趨完善。1916年他去世三年之後，他的兩位學生以他的名義發表論著《普通語言學教程》。這部著作很快被一些理論家接受，首部英譯本出現於1959年，對當代結構主義的興起產生極大作用。它由編者收集曾聆聽過索緒爾講座的一些學生的課堂筆記整理而成，

雖然此書非索緒爾親筆導致觀念的權威性受到懷疑，但是學者們一般相信它是「結構主義基本原則的最佳入門」（Sturrock 1986:4）。

《普通語言學教程》的核心是三大觀念：語言的任意性、關係性、系統性。索緒爾之前的語言觀，一般把語言作為「指稱過程」（naming process），認為語言和現實具有一一對應的聯繫，前者是對後者的忠實表述。也就是說，語言現象是物質世界的機械反映，語言變化取決於客觀現實的變化。索緒爾首先在理論上切斷語言符號和物質世界的聯繫。他把語言符號稱為「能指」（signifier），把與此相對應的東西稱為「所指」（signified），把客觀世界中的對應物稱為「指涉」（reference）。這裡的關鍵是，「能指」對應於「所指」，卻和傳統語言觀重視的「指涉」無關。「所指」指的是「能指」在大腦中所喚起的概念，和「指涉」沒有必然的聯繫。這一點不難理解：同一個指涉（如「電視」）對不同的人群會產生出不盡相同的觀念（所指），在不同語言裡更有不同的表達方式（能指），所以索緒爾提出「語言符號具有任意性」。既然語言符號和外界的聯繫因地域、文化、族群的不同而變化，則研究語言本身的性質就必須排除語言的「指涉」，而專注於語言的能指／所指。

但是，語言符號的任意性並不意味著人們可以隨心所欲地選擇能指，而是要遵從語言內部的一套「遊戲規則」。這裡索緒爾提出「語言（langue）／言語（parole）」的區別。言語指社會成員對語言的個別使用，而語言則是言語活動的社會部分，是社會集團為個人行使言語機能而採用的規約，得到社會成員的一致認可：「它是由每一個社會成員透過積極的言語使用而積累起來的

儲藏室，是每一個大腦，或者更確切的說每一群人的大腦裡潛在的語法系統。任何個人語言都不完整，集體語言方才完滿。」[2]雖然在這裡語言／言語互為前提且聯繫密切，但索緒爾認為並不是所有的語言現象都是語言學研究的對象。他把後者嚴格地限定在語言範圍，理由是語言有穩固的結構性質，可以透過語言要素的相互關係認識語言現象的整體。由此可見，索緒爾不自主地使用了現象學方法，透過「括弧法」先後把物質世界和語言的個體使用「存而不論」，剩下的就是意向性行為的客體本身了。

既然語言的意義和語言外部環境沒有關係，它只能產生於語言內部，索緒爾的解釋是語言意義產生於語言單位的相互作用，即它們各自在語言系統裡的特殊位置，這些位置各不相同，語言意義便產生於這些「差異」的相互制約之中。索緒爾十分重視語言差異的作用。他認為語言先於思維，沒有語言思維只能呈混沌狀態，經語言的梳理方變得清晰有序，梳理的方式便是產生、安排差異：「在語言中，或在任何符號系統中，一個符號與其他符號的區別構成這個符號本身」[3]，從這個意義上說，「語言裡只有差異存在」。索緒爾的差異論是其結構主義思想的基石。它把語言學的研究重心拉回到語言符號本身，從差異出發建立起二元對立，在這個基礎上產生出結構觀[4]，更加重要的是，結構主義的最新發展（解構主義）就是從索緒爾的差異論伸展開的。

索緒爾的一組重要的二元對立概念是「歷時態／共時態」（diachrony／synchrony），即俗稱的「時間／空間」軸：

共時語言學關注的是邏輯和心理關係，這些關係將現時存在的要素連接在一起，在說話者的集體意識裡形成系統。相

反，歷時語言學研究的是依順序發生的要素間的關係，這些
關係沒有出現在集體意識中，相互替代卻形成不了系統。

傳統語言研究遵循的是歷時軸，探討語言現象在歷史發展過程中
的演變及一系列改變語言的事件，積累下龐雜的語言資料，卻很
難形成關於語言的整體理論。索緒爾提倡共時研究方法，即拋開
孤立的語言現象，研究歷史瞬間各種語言所共有的運作規律。儘
管索緒爾並不排除歷時語言學的意義，但是共時態才真正符合結
構主義認識論，因為任何結構都需要一個相對穩定的系統，其各
要素必須同時存在才能共同架構起系統的框架，解構主義也正是
從結構要素的「缺損」入手破除結構主義神話的（de Saussure
1966:13-4, 65-71, 88, 98-9, 120-1）。

　　《普通語言學教程》出版後引起語言學界一定的關注，但是
具有顯徵的歐洲結構主義十二年之後方開始興起（Sturrock
1986:26），這要歸功於布拉格學派，尤其是雅克慎。雅克慎是二
十世紀這個「語言學轉向的世紀」裡「偉大的結構主義先驅者」
（Gadgt 1986:145）：他1915年至1920年擔任莫斯科語言學小組
的負責人，1927年至1938年任布拉格語言學會的副主席，四〇
年代在美國避難時和後來的結構主義人類學家李維史陀共事並引
導後者走上結構主義之路，並從那時起至七〇年代在美國各大名
校講學任教，因此他「比任何個人都更加能體現二十世紀結構主
義的歷史」（Leitch 1988:243）。雅克慎對結構主義的貢獻是多方
面的，其中之一就是應用結構思維繼續早年對文學語言的界定。
汲取索緒爾共時／歷時觀及語言要素間兩大聯繫方式（線性組合
／聯想組合 [syntagmatic ／ associative]，de Saussure 1966:122-7）

的觀點，雅克慎在1956年〈暗喻極與明喻極〉一文中提出，紛雜的文學乃至文化現象後面有一個簡單的抽象形式規則，可以用以解釋人類的行為，這就是人類思維的「暗喻極」和「明喻極」。暗喻極指說話者從不在場的語言代碼中選擇（select）相關的替代語言符號（雅克慎稱之為「相似／相同」[similarity / equivalence]）；明喻極指對已經選擇的符號進行組合（combine）成語言序列（即「延續」[continuity]）。根據這個規則，雅克慎認為可以解釋文學文化現象：浪漫主義、象徵主義是暗喻極占主導，而現實主義則是明喻極占主導；詩歌重暗喻極，散文偏明喻極；繪畫中超現實主義暗喻成分多，立體主義明喻成分多；甚至醫學上的失語症也是由於處理這兩極的能力受到損害所致（Latimer 1989:22-7）。基於此，雅克慎重新提出如何界定文學語言這個老話題：「什麼使一段文字表述成為文學作品？」他的結論便是以下這句名言：「詩歌作用把相同原則從選擇軸投射到組合軸」（Innes 1985:147-55）。也就是說，文學語言在選擇／組合兩方面都體現出「為語言而語言」的特點。

　　儘管早期的結構主義討論集中於語言學、文學方面，索緒爾的抱負卻遠大得多：以語言作為「一切符號學分支的母型」，把結構主義應用於所有的人文、社會科學領域。雅克慎等人雖然對文化有所涉獵，真正樹立影響的當數法國結構主義人類學之父李維史陀。

　　李維史陀採納結構主義有偶然性，即他受到雅克慎的直接影響。但是人類學和結構主義也有密切的內在聯繫：任何原始部落的基本習俗和信念，不論和一般人類社會相似或相異，都具有和其他社會組織的可比性；社會是一個歷時系統，同時可供做共時

態研究，和索緒爾論述的語言很相似；人類學的共時研究具有歷時研究無法替代的作用，人類學家除了要收集大量實地資料之外，更要進行加工分析，歸納出一個基本結構，得出某個結論。「任何人類學事實只有經過記錄後才是事實：它是觀察者經過觀察之後，用該社會以外的語言表達出的『解釋』」（Sturrock 1986:39-40）。而任何闡釋必然具有結構性。

　　李維史陀的結構主義人類學和當時英美人類學的經驗主義傳統有衝突。後者只注重用實地考察資料揭示不同社會形態間的千差萬別，對李維史陀追求的所有文化間的「共性」十分懷疑。但是人類學家一致認為，人類學追求的不應當是千差萬別的社會個人，而是「個體據以聯繫在一起的社會結構」。如當時的一個人類學理論「功能學派」就和李維史陀有異曲同工之處，採用共時研究方法探討具體社會實踐後面的整體社會功能。

　　李維史陀結構主義人類學建立在整體性、系統性之上，類型模式能夠產生可以預測的轉換系列。類型模式的基本運作方式是二元對立，將文化現象進行分解，按二元對立結構框架重新組合，現其本質意義和價值，即文化現象的深層結構。如他將神話分解為神話要素，即神話的最小意義情節或片斷，然後按歷時（故事的敘述順序）和共時（神話要素的組合）進行排列，力圖透過神話表面展示「故事後面的故事」。李維史陀的結構主義思維充分表現在他對音素的理解上。

　　早期結構主義語言學家（如雅克慎）對語音的辨析單位音素（phoneme）十分重視，因為它是語言的基本要素，在此基礎上方構成詞素、單詞、句子、段落及話語。李維史陀對音素也十分著迷，因為音素不僅「基本」，而且是自然（聲音）與文化（表

意）的統一：

> 和音素一樣，親屬關係也是意義因素；和音素相似，親屬關
> 係建立起系統之後才具有意義。「親屬系統」和「音素系統」
> 一樣，建立於思維的潛意識層面。最後，世界上諸多社會相
> 距遙遠且基本上完全不同，卻具有相似的親屬形式、婚姻規
> 則，及存在於某些親屬間的約定態度，這些讓我們相信，親
> 屬關係和語言學一樣，觀察得到的現象來自於那些普遍的觀
> 察不到的規律的作用（同上 44-6）。

所以李維史陀執意要尋找一切人類社會結構的基本單位，這就是
「亂倫禁忌」，而他對古希臘伊底帕斯神話的著名分析典型再現了
李維史陀的結構主義分析方法。伊底帕斯神話包括三個在時序上
相互關聯的故事：(1)腓尼基國王子卡德摩斯捕殺巨龍，建立底
比斯城；(2)底比斯城王子伊底帕斯在不知情中弒父娶母；(3)伊
底帕斯的兩子一女在王位爭奪中的悲劇。李維史陀從三個故事的
表面情節中選擇出十一個神話要素，將其組合成四個縱列（結構
要素），構成兩個二元對立項。經過對這個最後結構如此一番分
析之後，李維史陀的結論是：伊底帕斯神話反映了人類對自己起
源的思考（Rivkin & Ryan 1998:108）。儘管評論家們相信李維史
陀的這種分析「揭示了人在神話創造中的思維過程」，但由於這
種結構主義意義分析放棄了對歷史現實的探究而完全轉到文本結
構之中，所以人們也有理由懷疑，李維史陀最終發現的這個「深
層結構」究竟和伊底帕斯神話有多大必然聯繫，更加刻薄的質疑
是：李維史陀找到的到底是古人的思維過程還是他自己的
（Scholes 1974 :69-75）。

當代結構主義文學研究可以追溯到俄國形式主義對文學內部規律的探求，只不過他們並不是嚴格意義上的結構主義者。但是，當時的俄國理論家卜洛普（Vladimir Propp）雖然並不是Opoyaz的正式成員，卻首先嘗試對神話故事進行結構分析。他1928年發表〈民間故事的結構形態〉一文[5]，對一百個具有明顯奇蹟色彩的俄國童話故事進行分析。他把對故事情節發展有意義、具有相似性的故事行爲稱爲「功能」，透過對童話故事敘事功能的結構分析，他得出結論：(1)人物功能是故事中不變的成分；(2)一個故事中人物可以千變萬化，但其已知功能數量有限；(3)功能的排列順序和後果往往一樣；(4)所有童話故事一共展現三十一種功能，由七種人物角色承擔：反面人物、爲主角提供物品者、助手、公主／被追求者及其父親、派主角歷險的人、主角，以及假主角。不管如何曲折離奇，千姿百態，其基本形態一致（同上 62-7）。這裡卜洛普雖然並沒有像後世結構主義者那樣提煉出童話故事的一套結構，但是他畢竟把文學研究從單個作品擴大到文學體裁，力圖總結出其基本形態結構。此書1958英譯，結構主義者紛紛步其後塵。

　　但是文學結構主義的核心並不在於對具體作品進行文本（索緒爾意義上的「言語」）分析，而是要透過文本分析歸納出一套「結構主義詩學」，即有關文學的「結構主義總體科學」（即索緒爾的「語言」）。詩學這個古老的概念指的是關於文學藝術一般規律的科學（亞里斯多德稱之爲「文學的具體特指」），不言而喻，「結構主義詩學」就是要從結構主義理論出發探尋這個規律：卡勒的一本早期名著（獲1975年全美當代語言學會「洛厄爾研究獎」）書名就是《結構主義詩學》，托多洛夫也是如此（《小說詩

學》，1971；《詩學導論》，1973）。托多洛夫在〈詩學定義〉一文中認為「詩學」的目的是解釋文學的「文學性」，是一門探討文本內在的一般規律和抽象結構的科學（Newton 1988:134-5）。

　　法國結構主義詩學的一個重要方面就是托多洛夫所稱的「敘事學」（narratology，即對敘事作品主要是小說的結構分析），被稱為「結構主義詩學本質的最佳表露」。托多洛夫曾在《十日談的語法》一書裡展示了自己的敘事學模式：正如語法是語言的抽象結構一樣，小說（以名著《十日談》為例）內部也存在這麼一個敘事結構。他把敘事按語言學話語分解成三部分：語義（內容）、詞語（語言）、句法（情節關係），並且繼續以語言學概念進一步逐項細分。他主要關注敘事的「句法」：其基本單位是「短語」，由「主語」和「謂語」構成，再伸展出附屬的「專有名詞」、「形容詞」和「動詞」，以上的語言學範疇繼續上升到句子、段落（五種句子連接模式：靜止、外力干擾、不平衡、相反方向外力作用、恢復平衡）及全文（段落構成方式：連貫、交替、插入）各個層次，均對應於小說裡具體的人物情節。類似托多洛夫那樣把語言學模式近乎原封不動地應用在文本分析中的結構主義者並不多，而且評論家對這種機械套用也頗有疑問，但是托多洛夫的敘事學不失為法國結構主義的一個典型代表（Jefferson & Robey 1986:98-100）。

　　和托多洛夫一樣，巴特也認為語言學和文本分析有深刻的內在聯繫（「敘事猶如一個長句，正像陳述句猶如短篇敘事一樣」），他的早期研究就體現在這個結構主義文本觀上。1964年結構主義剛剛興起，巴特便發表〈結構主義行為〉一文，其獨特之處就是把形式主義和結構主義（甚至後結構主義）因素揉合在

一起。他把結構主義等同爲技法,「結構主義使舊詞換新貌」。
和俄蘇形式主義不同的是,結構或者技法是「分割」和「連接」
行爲,即把客體分爲有意義的單位,再在其間建立起關係。這個
活動表明,結構是後天人們創造的,形式是闡釋活動所賦予的,
並沒有所謂先在的意義(Adams & Searle 1992:1128-30)。身處六
○年代,巴特多少表現出讀者批評的傾向,四年之後發表的文章
〈作者之死〉也宣稱要「以作者之死迎接讀者的再生」。但是這裡
巴特顯然已經超出讀者批評的範圍,強調作品的本體論表現就是
語言符號,象徵的不是「神學意義」(這裡巴特反對把作者比爲
上帝,喻指尼采的「上帝之死」),而是文本套文本的多維空間,
引語相接,永無止境。巴特雖然在突出結構的中心地位,但同時
這種結構性反而凸顯語言的模仿性、遊戲性、無源性,明顯含有
「結構主義之死」的意蘊。結構主義是對現實主義的反撥,巴特
的佳作《S/Z》就是對被尊爲「現實主義大師」的巴爾札克的
小說《薩拉辛》的分析。他提出五大「代碼」:闡釋代碼(創造
並解開謎團)、意義代碼(主題)、象徵代碼(矛盾集合體)、行
爲代碼、指涉代碼(文化背景);然後把《薩拉辛》分解爲一段
段「閱讀單位」,最後把代碼和閱讀單位相連。這裡複雜的是,
閱讀單位有長有短,甚至可以跳躍、重合,可以同時包含數個代
碼;而代碼也可以同時指涉數個閱讀單位,形成一個極其複雜的
文本結構(巴特稱之爲「寫作式 [writerly] 文本」),印證了巴特
所謂「一切皆能指」,揭示出結構的變化、生產要遠遠大於其靜
態的反映功能。

結構主義思維對二十世紀人文思潮有極大的推動,其影響面
之大,影響力之強,很少有其他哲學思想可以與之相比。從根本

上說，結構主義是哲學觀、本體論，而不是單純的分析方法（Caws 1990:xv）。伊戈頓從馬克思主義角度指出，結構主義和現象學一樣，是二十世紀初期西方認知危機的產物，力圖在思維混亂的時代尋找一個可靠、穩定、安全的「確定物」作爲思維的依託[6]。因此，說結構主義害怕社會變化，有意規避社會現實，一頭栽進語言的牢房，以超歷史、超政治、超穩固的抽象結構代替活生生的人與生活（Eagleton 1985:108-15），也不無道理。即使結構主義文學批評也時常顯得機械呆板，涉獵很窄，被稱爲「最有爭議、最不得人心」（Sturrock 1986:103）。所以隨著二十世紀後半葉文化運動的開展，最終爲更加講究人文關懷的理論流派（如文化研究、新歷史主義、後殖民主義等）所取代。

　　結構主義往往對結構持「空間」觀，認爲結構先於文本，其在場性毋庸置疑（Sturrock 1986:141）。但是結構主義內部對於結構的看法也不盡相同。有人指出，早期結構主義持「現實主義」態度，相信任何客體中都客觀存在一個先在的對應結構，後期結構主義則採取「實用主義」態度，把結構看作爲了了解客觀事實而建立的觀念，避免討論其是否眞的客觀存在（Ehrmann 1970:1）。其實後一種態度裡已經孕育當代結構主義的第三種「態度」，即解構主義。人類的解構思維淵遠流長，從古希臘哲人對時空的辯證表述裡便可見一斑，甚至中國古代的老莊、禪宗也如此。近代西方學人維柯曾斷言：「做人就意味著做結構主義者」[7]，意思是人類社會不存在任何先在的模式，完全是人類思維投射的結果，因爲人類有強烈的認知欲望和非凡的建立結構的能力（Hawkes 1977:15）；但是維柯在提出結構觀念的同時也清楚地表明這個結構的主觀性、人造性。即使在索緒爾那裡，語言符號

的任意性、產生意義的差異性，以及結構因素的關係性，這些都
爲結構本身的消解留下了可能。

　　海德格（Martin Heidegger）在二〇年代就對西方哲學裡的
某些傳統觀念進行了「解構」。西方形而上傳統認爲語言表達的
主要形式是陳述性修辭，只有陳述（如科學語言）才能傳達眞
理。受此影響，詩學傳統也認爲文學語言和科學語言的區別就是
陳述的眞僞，如俄蘇形式主義認爲詩歌語言的特徵就是自指性
（self-referentiality）[8]，英美新批評家瑞恰慈把構成詩歌的語言稱
爲「僞陳述」，其文學性的強弱可以靠與日常語言交際功能的偏
離程度來衡量。但是海德格認爲，眞理的源泉不在語言的陳述
性，而在語言所要陳述的事物本身，因爲在語言開始陳述之前，
事物本身就已經被假設爲先在。使用語言進行陳述只是揭示事物
的手段之一，另一些話語手段比它還要有效，如行爲、沈默以及
文學作品。陳述語言敘述業已存在的事物，而文學作品則創造想
像的事物，所以它的揭示更加初始、直接，不能用一般的陳述標
準來衡量（Heidegger 1951:758-65）。

　　六〇年代是法國思想界空前活躍的時代。此時西方生活現實
不能夠再容忍結構主義的保守傾向，結構主義理論裡隱含的自我
顛覆性便得到凸顯，最終導致解構主義批評理論的濫觴。此時傅
柯、德勒茲、巴特等都是人們熟悉的理論家，他們的學說裡「解
構」思維已經非常明確，儘管他們並不使用這個詞。如巴特閱讀
愉悅說、閱讀式／寫作式文本、互文性理論（intertextuality），
都和當時歐美文論界的讀者批評理論有相通之處，只是巴特所突
出的「讀者」是他的五大閱讀代碼的化身，其遊戲性、不定性、
隨意性更大，解構意味也更濃，《S／Z》也是結構主義和解構

主義的混合體（Duffy 1992:63-4）。「解構主義」一詞來自解構
主義批評理論的創始人德希達，解構主義思想也主要出自德希達
六○年代末七○年代初在法國出版的幾部著作（1967年發表的
《論書寫》（*Of Grammatology*）、《語言與現象》（*Speech and
Phenomena*）、《寫作和差異》（*Writing and Difference*），以及
1972年發表的《立場》（*Positions*）及《播撒》（*Dissemination*）
等）。其實，德希達在法國學界的名聲沒有傅柯響，解構主義的
影響也十分有限，主要歸功於七○年代之後德希達主要著作在美
國的英譯[9]，使得美國學術界得以直接接觸他的思想，解構主義
也在美國風靡一時。

　　德希達1967年發表的三部著作奠定了解構主義的基礎，從
質疑索緒爾結構主義理論的一些主要概念入手，層層剖析，逐漸
進入對人們習以為常並且賴以安身立命的一些觀念（如真理、上
帝、權威、倫理道德等）進行解析，最後導致對整個西方兩千多
年形而上哲學傳統的批判。德希達抓住索緒爾語言學的「差異」
說，用解構主義哲學加以重新詮釋，認為不僅語言符號與客觀事
物之間存在差異，而且語言符號本身的能指和所指也非索緒爾所
說的相互對應關係。一個能指（如"cat"）之所以能引出相關的
概念，並不因為有一個和它固定對應的先在所指，而是因為它以
發出一系列和它相連又相異的其他能指（cat的意義在於它不同
於rat，rat又不同於mat……）。換言之，一個能指所涵蓋的（即
所指）其實是無數與它有差異的其他能指，這些差異組成一個個
意義的「痕跡」（traces），積澱在這個能指之中，使它具有無數
潛在的歧義，造成意義的不斷延宕變化[10]。既然語言符號對應的
所指實際上已經蕩然無存，文本的明確意義實際上呈現漫無邊際

的「播撒」狀態，結構主義賴以產生意義的深層結構也就不復存在（Derrida 1968:385-90）。

德希達的解構目標當然不僅僅是結構主義，而是結構主義所代表的西方文化傳統。他認為，這個傳統的思維方式是預設一個「終極能指」，由此出發設定一系列二元對立範疇（正確／謬誤、精神／物質、主體／客體等等），其中的前一項對後一項占統治地位，形成西方文化特有的「邏各斯中心主義」（logocentrism），作為意義自明的純粹工具來維護思想的純潔。因此，結構主義才把能指歸於感覺的、物質的、歷時的，而把所指歸於精神的、共時的。因此，以索緒爾為代表的結構主義思維和西方形而上邏輯觀一樣，都是鞏固西方傳統的工具，本身並不具有任何先在的意義（Derrida 1976:10-18）。德希達1966年在美國約翰斯—霍普金斯大學召開的一次關於結構主義的學術討論會上宣讀了題為〈結構、符號及人文話語中的遊戲〉一文，對解構主義原理做了淺顯的解釋。他指出，結構概念和西方哲學、科學一樣古老。結構總要有一個中心的「在場」（presence），以限制結構內部由索緒爾所說的差異造成的自由遊戲，保證結構的平穩；但是這個中心雖然屬於結構，卻必須凌駕結構內一切其他因素之上，不受結構運轉規則的限制，否則就無法「統領」所有的結構因素。既然結構中心處於結構之外，很快就會因脫離結構因素而枯竭，造成結構的瓦解。

有人對結構主義和解構主義的宇宙觀做了如下的比較：

解構主義	結構主義
無絕對權威或中心	崇尚神或者邏各斯
無預定設計，不停變化	永恆不變，皆神與理性的預定設計
無序，軌跡運動	有序，真善美的運轉
宇宙不可全知，無絕對真理	神全能全知，賜理性，人可用來掌握世界
歧異叢生，相互補充相互轉換	二元對立
無等級的多元世界	一元主導下的等級多元世界

（鄭敏 1997:61）

解構主義雖然力圖打破西方傳統中的「天」的結構（破先驗玄學裡的「永在」主題）和「人」的結構（破人的自我核心，「核心」只是人把自我感覺理性化而已），但是必須指出，德希達並不是「徹底地反傳統」，和當時的激進主義無政府主義在本質上有很大區別：

所以結構唯有在其中心不斷更新，使結構隨之有自我改變的彈性時，才能在更新換代中延續下去。所謂無中心是指無那種以絕對權威自居的中心；所謂承認「結構性」功能是說一切事物總是在新結構不斷誕生中進行生命的延長；所謂解構是說事物總是由於其盲從一個中心的權威，失去更新的彈性而自我解構。凡是結構必有中心，但其中心應當遵守結構的運動規律，不斷發生更新的轉變，所以「中心」實則應當是一系列的替補運動。（同上 56）

也就是說，德希達批判形而上傳統，並不願意以「一元消滅另一元」，重新陷入二元對立模式。他所主張的其實是一種多元主義，使結構成爲一切因素的遊戲場所，矛盾因素互補而非對抗。正是在這個意義上有人主張德希達不是「解構主義」（消解結構），而是「後結構主義」（補足改良結構）：「作爲思想家，德希達把結構主義洞見推到極致，把索緒爾《教程》中缺乏的東西予以補齊，即使德希達不得不先揭露這種缺乏」（Sturrock 1986:163）。

德希達的這個思想在《書寫與歧異》中討論"ellipsis"時可見一斑。"ellipsis"是拉丁文，法文爲"ellipse"，是英文"ellipsis"（不完整）和"ellipse"（不完整的圓）的詞根。德希達以此表示創新和傳統的關係：任何新觀念皆突破傳統，又不斷返回傳統，再次出走……經過「省略」的傳統之圓不斷被突破，已經不是初始狀態的傳統。它有如新舊圓的重疊，雖然是「圓的重複」，卻相似而不相等：「舊圓在時間的流動中……逐漸失去前圓的完整，而成爲不完整的圓的軌跡（ellipse）。因此在回歸中新圓也不可能找到昔日的舊圓，更無法與之成爲同心圓。這裡德希達類採取尼采的超人／悲劇精神，主張去除人們長期形成的心理感情慣勢，破除對並不存在的中心所具有的幻覺，在多變的生存中保持快樂、無羈絆的精神狀態」（鄭敏 1997:58-61）。

德希達的解構思維無疑受到東方智慧的啓發，當代評論家多次指出中國古代哲人也具備「解構」思維[11]。也有人認爲解構思維對當代「搖擺在迷信與砸爛傳統之間」的國人也不無借鑑之處：當「『大國』的亢奮與東方的自卑交替出現在我們二十世紀的民族心靈史上」時，解構主義或許能夠幫助我們走出困境，達

到某種「平衡的心態」（鄭敏 1997:59）。

　　解構主義得以興起，主要得力於美國學界對它的著迷。隨著德希達著作英譯本的陸續出現，一批美國解構主義學者嶄露頭角，成爲批評理論界的「明星」，以約翰斯－霍普金斯和耶魯大學爲中心。隨著米勒和德・曼（Paul de Man）七〇年代初入盟耶魯大學，其英文系一下雲集了數位解構主義大家（另兩位是布魯姆 [Harold Bloom] 和哈特曼 [Geoffrey Hartman]），人稱耶魯「四人幫」，他們的弟子後來也青出於藍而勝於藍，包括現任教於哈佛大學英文系、德希達《播撒》一書的譯者約翰遜（Barbara Johnson）。

　　米勒五、六〇年代曾是美國日內瓦學派現象學批評理論的主將，七、八〇年代以解構主義聞名，至今仍然活躍在批評理論界（儘管他的興趣早已經移往他處）。米勒主要對德希達的「差異論」感興趣，尤其注重差異在語言中的表現；他吸收德・曼的「修辭」理論，把語言符號作爲修辭手法（如隱喻），使之「語義變形而產生出讓人眼花繚亂的效果」（Leitch 1988:275）。以〈作爲宿主的批評家〉一文爲例，有人批評解構主義文本閱讀是「寄生式閱讀」，不僅強取豪奪，而且忘恩負義，最終折殺主人，犯下「弒君罪」。米勒很欣賞這個比喻，但是結果細緻的「修辭學」分析，徹底顛覆了寄生／寄主這個二元對立項。他從印歐語系、法文、拉丁文、中古英語、斯拉夫語等語言裡「寄生」一詞的「痕跡」追尋起，得出結論：兩詞詞根均含近／遠、同／異、內／外、主／僕、食客／食物之意於一身，相互包容相互依賴，實在無法確定到底誰在「款待」誰，誰「食用」了誰。當然，這種分析最終意在說明解構式文本閱讀的合理性：

顯而易見，任何詩歌依賴於它之前的詩歌或將之前的詩歌作為寄生物包容在身，所以具有寄生性，是另一種形式的宿主宿客永恆的顛倒往復。……詩正如其他文本一樣「不可閱讀」，如果「可以閱讀」指的是有唯一確定不變闡釋的閱讀。實際上不論是「顯然的」閱讀還是「解構」式閱讀都不是單義的。每種閱讀的內部都含有自己的敵手，本身既是主也是客，解構式閱讀含有顯然的閱讀，反之亦然（Miller 1977:441-7）。

　　美國批評理論和法國理論的區別之一，就是注重實際文本分析，解構主義也是如此。《新批評和解構主義：兩種詩歌教學觀》便是一例。作者認為，新批評和解構主義的區別是觀念，而不是手法或方法：新批評認為文本中心意義靜態地彙集，各種矛盾最終得到消解；而解構主義則認為，文本中無數結構並存，相互顛覆，所以文本意義不斷展示，沒有最終結果（Debicki 1985:169-75）。文章以詩人薩利鈉斯的一首無名短詩為例，新批評方法注重對沙堆的擬人描寫及這種描述中的暗喻形式，它使詩產生「張力」，待張力消解之後詩歌便進入暗喻層。前半闋沙的流動性喚起一朝三暮四、見異思遷之女郎形象，讀者漸忘沙堆而集中於此女人，被拉進「我」對愛情的悲哀中。因此此詩的「意義」就是時光瞬息萬變，人生飄忽不定。如此解釋雖然可行，但是必須對一些詩歌成分視而不見，如沙子的比喻十分離奇，「我」對現實的感受過於異常，「我」一方面過於嚴肅，近乎浪漫情人般的悲天憫人，但與之相對應的原型意象（大海）卻格外顯得做作，使「我」的可信度大為降低。這時新批評便很為難：真誠的悲哀實在無法和遊戲人生相提並論，由此產生的張力也很難化解。

　　德希達提出解構主義的初衷倒不是爲了闡釋文學文本，而是
要以此積極干預社會政治[12]。美國解構主義確實熱衷於「積極干
預」，但是只限於文本的層面而已，因此批評家紛紛責備解構主
義「虛僞」，因爲它旨在揭露各種唯心主義，自己卻是鼓吹文本
自足論的最大的唯心主義：「德希達所稱的邏各斯中心論的最大
的諷刺在於，它的闡釋（即解構主義）和邏各斯中心論一樣張揚
顯赫，單調乏味，不自覺地編織系統。」理論如此，實踐上也同
樣。傅柯指責德希達「完全陷入文本之中」（使人想起詹明信批
評形式主義陷入「語言的牢房」）：「作爲批評家，他（德希達）
帶著我們進入文本，卻使我們難以從文本裡走出來。超越文本軸
標的主題與關懷，尤其是有關社會現實問題、社會結構、權力的
主題與關懷，在這個曲高和寡的超級語言學框架裡完全看不到」
（Wolin 1992:200-3）。儘管如何使文本批判和文化現實有機的結
合一直是當代西方批評理論的頭號難題，但是左派理論家們力主
「世界、文本、批評家」要三位一體，「任何文字，如果不能和
嚴肅的需求與使用哲學相結合，都是徒有虛名，玩世不恭」
（Said 1981b:207）。

　　對解構主義最爲猛烈的批判來自較爲傳統的批評理論，名批
評家懷特（Heyden White）撰文〈當代批評理論的荒誕派時
刻〉，批評矛頭直指幾乎所有後結構主義流派。「荒誕派」在這
裡指傅柯、巴特，當然也包括德希達和哈特曼。懷特十分正確地
指出，德希達以爲自己的哲學是對結構主義的超越，殊不知卻是
對結構主義的徹底崇拜，成了它的俘虜：結構主義把文本看成文
化的產物，而解構主義則把文化當作語言的產物。懷特對解構主
義方法論頗有疑慮，認爲其「批評的整體輪廓模糊不清」，關注

範圍沒有界定，在研究課題或研究方法上都無視學科界限。「文學批評想怎麼做就怎麼做。本是循規蹈矩的科學根本無規可循，甚至都不能說它有自己的研究對象。」最使懷特耿耿於懷的，就是解構主義這種「奇談怪論」對淵遠流長的西方批評傳統造成的破壞。德希達「攻擊整個文學批評事業」，編出令人眼花繚亂的符號遊戲，使理解無法進行。閱讀原本面對大眾，屬於大眾行為；但是現在文本被神秘化，語言被神秘化，閱讀成為少數智力超群者炒作的資本（White 1977:85-108）。

　　像懷特那樣仍然堅持現代主義，堅持正統文學性的批評家其實並不多，因為西方後現代社會已經把產生這種批評理論的基礎消解了，懷特只是堅持到最後的少數人之一。對解構主義的批判最為有力的倒是馬克思主義批評理論。伊戈頓分析認為，後結構主義（包括解構主義）是 1968 年學潮的結果，是欣快加幻滅、釋放加消散、狂歡加災難的奇怪混合體。學者們無力打破現存社會權力結構，便轉而懷疑、顛覆語言的結構，使用一種「局部的、擴展的、策略性的」鬥爭方式，因為這麼做最安全。解構主義者們反對把他們的局部反抗聯繫成對壟斷資本主義運作方式的總體理解，表面上是因為一旦如此，後結構主義也會變成壓迫性的完整體系。實際上這是逃遁主義，不願正視現實鬥爭，一談真理就斥之為形而上，至多只是採用懷疑策略，實質是無力反抗當代資本主義這個最大的整體主義（Eagleton 1985:142-8）。

　　以上對解構主義或德希達的批評有些不無道理，有些則出於誤解。不容否認的是，解構思維對二十世紀下半葉西方人文思潮的發展起到極大推動作用。德希達說過，「解構不是一種批評方法，批評方法是它的批判目標。」意思是解構主義所要顛覆的是

一切大大小小的權威所做出的決定（批評方法）（Leitch
1983:261），這和自六〇年代起西方社會的破神話潮流
（debunking）完全一致。這也是解構主義「垂而不死」的原因
[13]。今日的確已經沒有多少人會繼續熱衷於談論德希達，但是他
們都清楚，他們所熱衷的更加新潮的理論中，不可避免地帶有德
希達的學說，因爲解構思維已經深入當代人文思潮之中，成爲時
下各種批評理論的一部分。

1 霍克斯（Terence Hawkes）在指出有關結構的定義（完整、轉換、自我調
　節）之後，也指出「結構主義根本上是對世界的一種思維方式，主要關
　注結構概念及對此加以描述」（Hawkes 1977:15-7）。

2 索緒爾喜歡的一個比喻是「下棋」：「（單個棋子的）價值首先決定於不
　變的規則，這些走棋的規律在下棋之前已經存在，下完每一著棋後還繼
　續存在。語言也有這種一經承認就永遠存在的規則，這些原則是符號學
　永恆的原則。」

3 這裡「象棋」的比喻仍然可以說明問題：「棋子的各自價值由它們在棋
　盤上的位置決定，同樣，在語言裡，每項語言要素都由於它同其他各項
　要素對立才具有它的價值。」

4 「語言的整個機制……就建立在這種對立之上。」雖然索緒爾一直用的
　是「對立」（opposition），也沒有提及「結構」（structure）一詞，但是後
　期結構主義的二元對立觀顯然建立在對立概念之上。

5 「形態學一詞表明對形式進行研究。在植物學裡，形態學包括研究植物
　的組成部分及其相互之間或整體的關係，也就是研究植物的結構」
　（Sturrock 1986:116）。可見，這裡形式主義和結構主義已經互爲一體。

6 有人指出，結構主義發生的前提是生活動盪，使得結構差異無法實現，
　所以需要結構進行約束，重新建立秩序，消除動亂（Caws 1990:52）。此

話有一定道理：二十世紀初期和中葉都是生活動盪的時代，結構主義在此時出現顯露出它的保守性。

7 《新科學》（1725）乃是維柯意欲補充牛頓、伽利略，建立「人的物理學」並同時使人文研究科學化的努力。

.8 參閱第一章「俄蘇形式主義」。

9 《語言與現象》譯於1973年，《寫作和差異》譯於1978年，《立場》、《播撒》譯於1981年，尤其是史碧娃克（Gayatri Spivak）1976年翻譯的《論書寫》及譯者前言對美國理論界影響巨大（Leitch 1988:267-8）。

10 德希達造出一個詞彙"différance"。它來自於法文"différence"，意思是「差別」（differ）加「延宕」（defer），德希達以"a"代"e"以表明新詞具有更加主動的意味（Caws 1990:161）。

11 如台灣學者陳松全先生就討論過莊子的語言觀，認為莊子同樣指出語言的指涉虛幻、闡釋的不可窮盡、語言的詞不達義，令古人對此多少有些無奈；同時莊子的語言觀又和德希達有所不同（1998:157-9）。

12 德希達一直強調解構主義者必須持有立場，因為「解構……不中立，而是干預」（Derrida 1981b:93）。

13 約翰遜承認有些人的說法，即解構主義早已「日薄西山」，但奇怪的是，它不僅垂而不死，而且生氣勃勃；原因就是解構主義是關於「死亡」的學說，包括它自己的死亡，而坦承自己隨時會死亡的理論反而比那些總自稱長生不老的理論更持久（Johnson 1994:17-9）。

第八章

女性主義批評理論

六〇年代的政治運動促進了左傾學術思潮在歐美的蓬勃發展，除了馬克思主義批評理論、讀者批評理論、解構主義理論之外，女性主義也是一個主要的文藝文化批評理論。學界一度把"feminism"翻譯爲「女權主義」，這個譯法值得商榷。歐美理論界通常用"feminism"泛指一切爭取、維護女性權益的活動，其歷史跨度延綿數百年，內容非常龐雜，極難準確定義。而中文「女權」的涵義則比較明確，指歷史上女性爲了獲得自身權益而進行的努力，其目標明確，頗有聲勢，湧現過不少知名的女權活動家。確切地說，女權主義眞正興起於十九世紀的歐美，也稱「婦女解放運動」，二十世紀初期隨著女性權益的逐漸落實，女權運動也基本完成了使命。從二十世紀六〇年代開始的"feminism"要求的已經不是傳統的女性權益，其涵蓋面更廣，意義更深，影響也更大。本文的"feminism"主要指當代西方學術界對與女性有關的論題進行的理論思考，故稱之爲「女性主義」，以示和二十世紀初之前的feminism（女權主義）有所區別。

要了解二十世紀西方女性主義批評理論的發展，有必要對當代女性主義的先驅女權主義做個回顧，因爲女性對男權中心主義進行了數百年的抗爭，其事例不僅爲當代女性主義津津樂道，而且爲後者的發展作了必不可少的理論鋪墊。

由於文字記載所限，很難確定女權主義的源頭。現代女性主義的「考古」顯示，女權在世界各地均有跡可循。評論家在紀元五世紀的雅典文學中發現有與男性社會相抗爭的女主角，在中國唐代的詩文中也有類似的女性人物[1]。歐洲女權主義至少可以追溯到十四、十五世紀之交，當時法國女詩人Chirstine de Pisan做長詩，批評男性沒有按照宮廷禮儀和基督教精神來對待女性，並

且分析了敵視女性（misogynist）傳統中的種種謬見。十六世紀
女權主義的一位代表要算著名的荷蘭學者 Desiderius Erasmus。
他認爲女性在一些方面和男性具有同樣的才能，主張不應當在教
育、道德上設立性別雙重標準，這些在當時都是非常前衛的觀
點。當然用現代標準衡量，這些女權先驅的抗爭無足輕重，如 de
Pisan 不可能公開質疑男權中心，Erasmus 也只是在規勸男性給生
來缺少道德的女性多一些教育。十七世紀的法國蔑視女性成爲風
氣，莫里哀（Molière）的戲劇一再譏諷輕薄膚淺故作男人態的
女性人物。但在其他非英語國家，女權主義在繼續發展。如墨西
哥的 Sor Juana Inés de la Cruz 批評教育體制扼殺女才子；西班牙
首位女作家 Maria de Zayas y Sotomayor 寫《情愛示範集》，要求
男性進行改革，教導女性更好地生存；同期西班牙戲劇的一個重
要主題是 "mujer esquiva"，即女主角爲了保護自己的性別身分
而拒絕愛情和婚姻，儘管詞類作品結尾時女主角常常在世俗的壓
力之下而屈服（Seigneuret, 1988:511-3）。

　　相比之下，女權主義的發展更加集中在英語國家。美國當代
女性批評家吉爾波特和姑芭在八〇年代編輯出版了《諾頓女性文
學選集》，收集有十四世紀以來英語世界（主要是英美）女性作
家的作品，並對女性主義六百年的發展做了歷史回顧[2]。從最早
的古英語史詩《貝爾沃夫》到中世紀大詩人喬叟的《坎特伯里故
事集》，其間五百餘年女性文獻尙無跡可查；從中世紀到十五世
紀文藝復興，女性作者依然寥寥無幾，吉爾波特和姑芭所收集的
五位女性作者無論在才華和影響上都遠遠不能和同時代的男性作
家相比。這是因爲封建社會以暴力和戰爭爲特徵，男權中心比其
他人類社會形態更嚴重；女性純粹是男性或男性家族的財產和工

具，俗法、教規都主張對女性嚴加管教，不可能給她們自由表達的機會。隨著文藝復興思想的深入，越來越多的男性開始接受人文學家摩爾（Sir Thomas More）的說法：男女「同樣適合學習知識，以培養理解」。其時越來越多的貴族女性開始受到和父兄相似的良好教育，很多中產階級女性涉足商業、管理，但畢竟還是在她們父兄的監管之下。

十七、十八世紀英國的資本主義獲得巨大發展，封建勢力不斷削弱。1649年英格蘭銀行成立，1694年世界首家股票交易所開張，英國從小農經濟迅速走向工業和大農業。1769年瓦特發明蒸汽機，礦業、金屬加工業獲得發展，城市不斷崛起、擴張。十八世紀初現代傳媒初露端倪，僅倫敦便有出版商上百家，寫作便成為女性嶄露頭角的方式。此時中產階級女性數量增多，受良好教育，寫作不再依賴宮廷而訴諸商業成功，服務對象也從很少的達官貴人轉向平民大眾。當時美國的清教社會雖然是男權為主導，但是在清教教義中男女在信仰上卻是平等的，並且允許女牧師佈道。儘管如此，女性的社會地位沒有明顯的改善。當時的法律明顯偏袒男性，女性被剝奪了幾乎所有的權力。此時雖然女性在婚姻上有了較多的自主權，但婚後仍然是丈夫的財產；而且由於大工業的影響，女性的傳統就業範圍受到擠壓，就業面越窄。文學作品中的女性形象或是輕浮做作甚至下流放蕩，或是恪守婦德、多愁善感，被男權肆意壓制。但是十八世紀後期的兩次大革命（美國獨立戰爭和法國大革命）卻動搖了男權中心的根基，使女性看到了希望；在「自由」、「平等」、「博愛」的鼓舞之下，女性決心以反抗來擺脫「束縛我們發表言論的法律」。

十九世紀是西方女性解放運動自覺興起的世紀，也是女權主

義真正開始之時。這個時期兩大革命的影響逐步深入女性的思維，舊秩序正在無可挽回地沒落，新觀念必將取代舊思維，已經成為歐美社會的普遍共識，爭取「做人的權利」[3]成為女性追求自身解放的理論基礎。十九世紀上半葉歐美宣佈中止奴隸買賣，但私下的販奴仍然如舊，繼而導致大規模的反奴運動，這也極大地促進了女權運動的發展。社會科學的發展也給女權主義提供了契機：達爾文的《物種源始》（1859）打破了人（主要是男人）自以為是的中心地位；馬克思的資本學說揭示了資本主義血腥的一面；尼采動搖了上帝一千多年的統治地位。女權主義的活動主要包括：首次提出「婦女解放」；爭取選舉權、財產權、子女撫養權；爭取獲得更多的高等教育，更多地進入傳統男性的職業（醫生、律師、記者等）；爭取成立工會，保障女性勞工權益。十九世紀中葉「爭取女性權力大會」和「全國爭取女性選舉權協會」在美國成立，「已婚女性財產法案」在美國多個州獲得通過，1882年經過長期鬥爭英國國會終於也通過「已婚婦女財產法」，四年後廢除了對女性具有極大歧視的「傳染性疾病法案」。1833年美國Oberlin學院首先招收男女同校生，其後一批女大紛紛建立，包括哈佛大學的Radcliffe女子學院（1879），課程設置和男校無異；七〇和八〇年代，英國牛津和劍橋大學也設立了多所女子學院。十九世紀還是英美女性文學的黃金時代，湧現出一批傑出的女作家，如奧斯汀（Jane Austen）、勃朗黛姐妹（Charlotte and Emily Brontë）、艾略特（George Eliot）、狄瑾蓀（Emily Dickinson）等。但是，女權運動儘管轟轟烈烈，女性的地位並沒有多少實質性改善。中上階層女性仍然聽從於男性的主導，知識女性的社會地位低下，簡愛那樣的家庭教師和女僕並沒

有多大區別，勞動階級女性的待遇更加悲慘，許多人淪爲娼妓：「妓女不僅被認爲有病，而且被當成疾病的根源；更有甚者，每一個勞動婦女都被當成潛在的娼妓。」

正因爲女性「一無所有」，進入二十世紀時便無所畏懼；相比之下，倒是男性眞正感到了威脅。男性的「焦慮」主要來自現代社會科技和人文思潮的發展。愛因斯坦（Albert Einstein）的相對論對人們（確切地說男人們）長期以爲絕對不變的時間和空間概念提出了挑戰，佛洛伊德對人的內心進行了剖視，人類學、考古學的研究表明父權社會並不是人類固有的社會形態結構，象徵父權的大英帝國在世界各地受到了前所未有的挑戰。此外，第一次世界大戰的殘酷現實還使人們對同樣象徵父權的科學技術產生疑問。面對這種濃厚的懷疑主義傾向，人文學者們（如柏格森、胡塞爾、海德格、維根斯坦 [Ludwig Wittgenstein]）力圖重新界定傳統知識，結果常常事與願違，反而進一步削弱了人類認知體系的穩定可靠性。在主導觀念日漸淡薄的情勢下，極端主義隨之氾濫，如法西斯主義、美國的三K黨等。正是在男性日衰的情況下，女權主義得到了進一步發展。1903年「全美女性工會聯盟」成立以維護女雇員的經濟權益，一九一〇年代英美兩國女性採取了一系列激烈行爲（遊行示威、絕食、破壞建築物等）表達對男權的不滿。一次大戰期間，大量女性加入到就業行列大顯身手，爲戰爭的勝利作出了巨大貢獻，令包括英國首相在內的保守人士刮目相看，同時也使女性更加意識到自己的能力。英美在1918、1920年分別批准了女性選舉法案，經過七十五年的奮鬥女性終於獲得了一場重大的勝利。新的節育科學使女性更容易走向社會，更多的女性接受大學教育，進入職業女性的行列，因此

也更加擺脫對男性的依賴。此時女性的思想進一步解放，自由戀愛甚至性解放成爲時尚。新潮女性的服飾「其重量只有維多利亞時代女性服飾的十分之一」，這當然不僅僅只是身體上的「鬆綁」。

與此同時，女權主義也受到傳統勢力的頑強抵抗。首先，女性仍然受到外部世界的擠壓。戰後許多女性找不到工作，就業前景更加黯淡；工作的女性從事的也是傳統的「女性」職業如教師或護士，但在晉升上卻非常困難，女教授寥寥無幾，醫學院女學生的人數甚至在減少。其次，傳統思想以新的形式繼續對女性施加影響。化妝品、美容院的氾濫「可以把最開放的新女性變相地變爲她維多利亞祖母所期望的那種洋娃娃」，電影女明星的脂粉氣也抵消著女權主義的戰鬥精神。同樣令女性主義活動家沮喪的是，大多數女性選民對千辛萬苦贏得的選舉權並不感珍視，選舉時或由丈夫、父親做主，或乾脆就不登記。令女權主義者更加失望的是，時至今日「反女權主義在知識界竟然是唯一正確的態度」。讓人欣慰的是，當代女性主義同時也進入了新的發展時期。經歷了三〇年代的經濟蕭條和殘酷的第二次世界大戰以後，女性主義對男權世界的認識更加客觀。冷戰、越戰、軍備競賽，和平、裁軍、學生運動，女性主義從一次次的社會動盪裡汲取養分和經驗，執著地追求著既定的目標。二次大戰後，西方女性的法律地位得到了極大提高，這是女權主義多年來取得的最大成績：男女在離婚法案中享有眞正平等的對待，法庭在子女的歸屬上也不得偏袒丈夫；英美在六、七〇年代分別通過墮胎法，給予女性控制自己身體的權力；同一時期，大部分英語國家採納了同工同酬、相等機會法，力圖糾正工作待遇上的性別歧視，美國

1964年的「人權法案」宣佈性別、種族歧視爲非法，1972年的「教育修正法案」敦促大學切實保證男女機會均等，同年最高法院裁決取消各州有關禁止墮胎的立法。同時，各種女性主義組織不斷出現，在美國重要的女性組織包括「全美婦女組織」（1966）和「全美黑人女性主義組織」（1973）。進入八〇年代，女性主義研究或女性研究在美國主要的高等學府中已經成爲常設的重要課程或研究專案。但是，女性同樣面臨困難和問題。二次大戰後女性就業人數成倍增長，但是絕大多數從事的仍然是收入低、社會地位低的所謂「女性職業」（如店員、秘書、女傭）。女大學生人數接近甚至超過男生，但是商業、法律、醫生等行業女性很難涉足。職業女性的家庭負擔絲毫沒有減輕，因此必須承受家庭和社會的雙重壓力。儘管女性主義似乎人人皆知，但是強姦、毆妻、虐子事件仍然隨處可見。性解放、性自由的最大受益者不是女性而是男性，使女性主義活動家意識到「性解放並不等於女性解放」，激進的舉動並不一定會給女性帶來好處。近年來，女性主義活動家十分注重女性草根組織的普及，發揮它們的作用，在各處成立中心，爲女性提供兒童護理、醫療保健以及傷害庇護等服務。但是，令女性主義運動難辦的是，女性本身常常並不一致，如有些女性並不贊成男女平等，因爲擔心女性傳統上享有的照顧和保護會因此減少，所以國會1972年通過的「平等權力修正法案」在1982年的限期內沒有獲得三十八個州的認可，最終功虧一簣（Gilbert & Gubar 1985:9-13, 39-58, 162-83, 1215-38, 1654-76）。

　　和女權運動一樣，女性主義批評理論也是在爭論、矛盾中展開的。理論界通常把當代西方女性主義批評理論分成兩部分：英

美理論與法國理論[4]。美國批評家萊奇把美國的女性主義批評理論的發展分爲三個階段（Leitch 1988:307）[5]：(1)批評階段，揭露男性作品（androtexts）中隱含的歧視扭曲女性的意識形態程式（male sexism）；(2)發掘階段，重新梳理評價（spade work）文學史、思想史，發現歷史上遭到埋沒的女作家、女思想家（gynotexts）；(3)話語分析，把女性主義批評實踐上升爲理論話語，爲女性主義塑造理論身分。這裡的「階段」（phase）可能會產生誤解，把它機械地當成時間順序，其實萊奇談的是美國女性主義批評理論的三個層次，它們同時存在，同時發展，相互關聯，構成一個有機整體。

說到當代英美女性主義理論，不能不提及英國作家吳爾芙（Virginia Woolf），因爲她被尊爲西方當代女性主義的「母親」。吳爾芙是一位走在時代前面的女性，學習當時女性很少觸及的希臘文，任教於倫敦的一所成人女子學院，投身於爭取女性選舉權運動，替著名的《泰晤士文學增刊》撰稿。在她的文學圈子裡，她無所不談，包括爲保守的維多利亞社會所不容的同性戀現象；而且她的確也和一位作家保持有同性戀關係，其名著《歐蘭朵》和《自己的房間》都與此有聯繫。《自己的房間》被評論家認爲是當代英語國家裡第一部重要的女性主義文獻。吳爾芙在文中假設莎士比亞有一位同樣才華橫溢的妹妹，但是這位女莎士比亞的命運肯定無法和她的哥哥相比：她不會被鼓勵接受教育，十幾歲便會被要求出嫁，儘管她不顧父親的軟硬兼施，逃到倫敦的某個劇院，但男性根本不會允許她施展才能，結果爲劇院經理誘姦，懷孕後自盡，埋屍郊外。吳爾芙藉此指出，女性在心智上和男性完全平等，但是在男權的壓迫下，無法培養自己的才能，即使具

備才能也沒有用武之處。在以〈女性的職業〉爲題的演說裡，她把男性眼裡的女性稱之爲「屋子裡的天使」：「要有同情心，要溫柔嫵媚，會作假，善於使用女性的各種小手段。不要讓其他人看出你有思想，最要緊的是，要表現得純潔。」吳爾芙奮起「自衛」，殺死了這位象徵男權的「天使」。但是同時她不得不承認，在現實中這個「天使」其實很難殺死，她的陰影將長期籠罩在職業女性的心頭，因此吳爾芙宣稱「殺死『屋子裡的天使』是每一位女作家職業的一個部分」。在演說裡，吳爾芙還提及另一個女性主義理論感興趣的話題：女性的特殊體驗。她指出，女性的思維、感受、激情等等和男性不同，但是男性卻不允許女性表達自己的體驗，而且這種禁令已經成爲一張無形的繩索緊緊地束縛著女性，女性尚沒有有效的辦法掙脫它（Woolf in Gilbert & Gubar 1985:1376-87）。

對於二十世紀上半葉的人來說，吳爾芙的言行舉止可謂大膽，但九〇年代的女性主義認爲，她的反抗仍然屬於「十九世紀閨房爭鬥」，直到六〇年代女性主義才進入「初級游擊戰」階段，打響第一槍的人中就有米蕾（Kate Millett）。米蕾1970年發表《性別政治》（*Sexual Politics*），此書被譽爲當代美國女性主義批評理論兩部標誌性著作之一，米蕾也被稱爲「美國女性主義批評最著名的母親」（Leitch 1988:305; Todd 1988:21）。米蕾的著作是她的博士論文，現在看來，她的行文並不十分嚴密，處處顯露出稚嫩的痕跡，也有批評家認爲根本就不屬於學術論著。但是這是向男權社會發起的正面攻擊，在當時實屬難得，而且措辭之激烈，評判之不留情面，都是前所未有。其次，米蕾的評判涉及面廣，從文學到社會思潮直至西方文化的各個面向，明確地把性別

問題和政治鬥爭聯繫起來，突破了當時的形式主義批評範式。此外，米蕾的批評矛頭直指當時得到男權主流公認的文學大家（D. H. 勞倫斯、亨利‧米勒、諾曼‧邁勒、讓‧惹內），從其貌似的偉大中揭示其中隱含的種種觸目驚心的壓制，把所謂後期現代主義（high modernism）的黃金時代稱爲「反動時期」。她還對所謂的男性理論權威（如佛洛伊德心理學）提出挑戰，對他們的「主導敘事」（master narrative）不屑一顧。最後，米蕾反對改良主義，直言女性必須發動一場「史無前例的社會革命」，爲其後的女性主義（尤其是激進女性主義）批評開了先河。以她對勞倫斯的批評爲例，她指出，雖然勞倫斯透過男女自然的情愛來批判工業文明對人性的摧殘，但與此同時，卻把所謂的男女自然之情建立在男權主導之下，使女性實際上受到物欲社會和男權倫理的雙重壓迫。在《查泰萊夫人的情人》裡查泰萊夫人完全在情人梅勒斯的主導之下，是陽具權威的附屬物；在《兒子與情人》中，勞倫斯透過保羅和他身旁的女性的關係，勾勒出佛洛伊德所描繪的圖景：女性都是陽具羨慕者，她們的身分依賴於男性，一切活動服務於男性，本體存在取決於男性（Millett 1977:238-57）。米蕾令人信服地說明，生理性別（sex）不等於社會性別（gender），人們習以爲常的女性性別角色絕不是天生的，而是男權社會共謀的結果。這是當代早期女性主義最直接的表露。

　　當代美國女性批評理論另一部標誌性著作就是前文提及的吉爾波特和姑芭1985年編輯出版的《諾頓女性文學選集》。有感於至今尚無一本女性文學選集，她們選擇了十四世紀至今英語國家一百七十多位女性作家的五百餘篇詩文，工程浩大。其中既有早已功成名就的大家如勃朗黛、狄瑾蓀，也有一些鮮爲人知的「善

本」作品，甚至打破傳統文學史的評判標準，「發掘」出一批爲
男性傳統所不容的女性作家。其次，編著對所有的入選作家都做
了評價，新作家的評價當屬首次，經典作家的評價不乏新意，所
有評價都出自女性主義的角度。另外，這部著作首次勾勒出一個
清晰的、獨立存在的女性文學文化傳統，這是《選集》最大的功
績。當然此書也有不足之處，如全書採用時間順序進行編排，以
衝破男性文學史的編排方式，但是純粹的時間順序並不表明女性
特徵。此外，《選集》最有分量的部分是十九世紀，其他部分尚
嫌匆忙、膚淺，而十九世紀女性文學也是男性傳統中的女性文學
主體，反映出女性文學的研究仍然過於依賴男性傳統，尚待繼續
深入。

　　如果說米蕾對男權的攻擊尚嫌簡單，蕭沃特（Elaine
Showalter）無疑是美國女性主義從游擊戰轉爲正規戰最重要的批
評家。她提出了一些女性批評的策略和方法，爲美國女性主義批
評所承認，如在《建立女性詩學》（1979）中提出的「女性批評」
觀（gynocriticism），即把女性作家之作和女性經驗相聯繫，由此
探索適合於女性研究的理論和方法；而《荒野裡的女性主義批評》
（1981）也再次要求建立女性研究理論。批評家一般認爲，美國
女性主義批評一直注重實踐性，反對法國女性主義過於重視理論
而忽視女性的現實處境。但是法國女性批評畢竟影響太大，蕭沃
特的「理論轉向」或許可以說明美國學者態度的變化，而〈展現
奧菲麗亞：女人、發瘋，及女性批評的責任〉一文則顯示出後期
美國女性主義注重理論與實際的結合。奧菲麗亞是莎士比亞悲劇
《哈姆雷特》裡一個不起眼的女性人物，曾和哈姆雷特王子訂
婚，由於王子爲了復仇而裝瘋，故意疏遠她，導致她精神崩潰溺

水身亡。法國女性主義的闡釋是，從外在思想、語言、性別身分上奧菲麗亞都表現爲「零」：瘋癲、不連貫、沈默、流動、表明負面、否定、空缺、不在場；這是男性話語對女性的典型表現。蕭沃特並不滿足以這種抽象歸納。她指出，雖然奧菲麗亞很少爲批評家關注，卻是一個最引人注目的莎劇人物，她的原型長期以來在英國文學、繪畫、通俗文化中得到最爲廣泛的表現。如伊莉莎白時代瘋女人在舞台上的典型展現是：穿白衣、戴野花、披頭散髮，口唱小曲。白色既表示處女般的純潔，也和男性莊重的黑色服飾形成對照。野花則是天眞爛漫和下流淫蕩的結合，披頭散髮象徵發瘋或被姦淫，都有違於主流社會的道德規範。甚至投河自盡也非女性莫屬，女性的「流動性」（乳汁、淚水、例假等）都和水、死亡有邏輯關係。從十七世紀開始舞台上就把女人瘋癲視爲女性天性的一部分，但到十八世紀此舉被認爲有傷風化，因此奧菲麗亞的語句被依照男性的新標準進行了刪節纂改。十九世紀浪漫主義時瘋女人又受青睞，當時英法等國對瘋癲和女性性特徵的關係極感興趣，甚至當時瘋人院也研究奧菲麗亞，以此獲得對瘋女人的認識。此時奧菲麗亞從瘋女人的典型歸納上升爲瘋女人的一般表現，成爲男性社會衡量女性精神病的標準，如Jean-Martin Charcot首先使用攝影機研究女精神病人，他提供的瘋女人照片就是奧菲麗亞的翻版。由此蕭沃特進一步提問：「奧菲麗亞是不是代表全體女人，她的瘋癲是不是代表這個悲劇乃至整個社會對女人的壓迫？……她是不是瘋女人或女人瘋的文本原型？最後，女性主義應當怎樣在自己的話語裡去表現奧菲麗亞？對於作爲戲劇人物或女人的奧菲麗亞，我們的責任是什麼？」（Showalter in Newton 1992:195-209）

以蕭沃特爲代表的美國女性主義把理論、文本、實際三者結合得比較緊密，在批評實踐上最爲實用。以莎士比亞的另一劇《泰特斯安德洛尼克斯》爲例，這是莎氏的早期悲劇（1592），劇中大量渲染兇殺、強姦、殘身、焚屍，在所有莎劇裡血腥味最濃。劇中的兩位女性主角形象可怖：拉維尼亞遭遇之慘，塔摩拉心腸之毒，皆令人髮指。前者是美麗善良、逆來順受女性的典型，具備男性所要求女性具備的一切「優秀」品德：當父親不顧婚約將她送給國王時，當國王故意當面和別的女人調情時，甚至當她遭到野獸般的強姦時，她都默默地忍受。但是強暴者仍然割去她的舌頭，使她永遠失去開口的可能，因爲喪失說話能力的女人更接近父權社會的理想女性。和拉維尼亞相反，塔摩拉則是男性傳統中妖婦的化身。她工於心計，野心膨脹；她是寡婦，自然就淫蕩多欲；爲了私欲，她可以藉最殘忍的手段摧殘拉維尼亞。但是這樣的人不能作爲女性，所以莎氏把她寫成「兩性人」，可以不需要依賴男性而存在。她的自給自足打亂了男性生活結構的秩序，對父權制度構成挑戰，引起男性的恐慌。結果可想而知，男性收回王位，回復了羅馬原來的秩序，塔摩拉最終也難逃拉維尼亞的下場，成爲男權的犧牲品。

　　和英美女性主義相比，法國女性主義傳統思辨性更強，雙方的區別可以用她們對「婦女」一詞的理解來加以說明。英美女性批評注重的是一個個活生生的女性：她的困難、痛苦、實際經歷；而法國女性批評研究的不是社會上的女人（women），而是這個女人在「寫作效果」裡的反映（woman），即寫作中反映出的女性觀[6]。法國女性批評受到後結構主義批評理論的影響，關注於如何顛覆、打破男權話語，認爲英美傳統過於膚淺，難逃男

權主義的羅網。需要指出，女性主義對「理論」始終持有戒心，因為「理論」是男性色彩非常濃厚的詞語，長期以來被男權所壟斷，藉以顯示女性的低下。因此英美女性主義批評不大情願和具有男性話語特徵的各種當代批評理論靠得太近。法國女性批評充分意識到這一點，但採取的策略完全不同。她們我行我素，似乎不屑和法國之外的同行進行交流。英美女性傳統對法國學派的做法頗有微詞，但是法國女性主義的影響畢竟太大，很多美國女性批評家對法國理論趨之若鶩，所以法國理論在英美女性批評理論中十分重要。

　　七〇年代較有影響的法國女性主義批評家是伊蕊格萊（Lucy Irigaray）。她是心理學家，獲哲學、語言學博士學位，曾師從法國著名心理學家拉岡，德希達的解構主義哲學對她也很有影響，但她只是汲取其中的某些見解，同時對這些男性學說頗有保留。伊蕊格萊關注的中心是西方形而上傳統如何建構「女人」。她認為，西方的主導話語（master discourse）對女性的態度十分虛偽：一方面把女性當成負面因素，作為自己的反面；一方面又竭力抹去女性和男性的差異，以男性來代表女性，使之完全失去自己的身分。為了揭示被男性權勢所掩蓋的女性特徵，伊蕊格萊十分注重「女性語言」（parler-femme），即由女性身體所傳達出的女性特徵，她1977年的著作《這個性別不只一個》便是一例。西方哲學傳統裡，總是讚美以陽具為代表的男性，女性則依其性特徵被定義成「缺乏」、「不存在」，她的肉體存在只是為了顯示男性的在場。伊蕊格萊指出，為了證明女性的存在，就必須使用完全不同的話語來定義女性特徵。她認為，和男性專注於一點不同，女性的特徵就是「發散」：不僅她在性生理上如此，在思維

上也是發散式，說出的話充滿差異，意義的表達更加微妙，因此男性認為女性邏輯混亂，詞不達意，把這些看成是女性的弱點，殊不知女性的天性就是多元性、複數性，反對二元對立，喜歡處在邊緣地帶，是男性主宰欲的天然對立面，難怪要遭到男性的擠壓（Irigaray in Gunew 1991:204-11）。伊蕊格萊的評判既犀利又俏皮，但是顯而易見她使用的仍然是德希達式的男性理論話語，這是不是反證了「女性依賴男性」的論題？另外，伊蕊格萊竭力要建立女性特徵，這也是在重複著男性的二元對立說。或如一位批評家所言，她「質疑心理分析的性別歧視語言，卻沒有檢討一下自己的語言，不是也深深地根植於同樣的心理分析」（Todd 1988:60）？

　　八〇年代法國女性主義論壇的主將非柯莉絲多娃（Julie Kristeva）莫屬。柯莉絲多娃是語言學家和心理學家，關注寫作主體的政治涵義，批評所謂連貫不變的語言系統，力圖打破象徵父權的「象徵秩序」，手法就是依賴她所謂的「符號域」（semiotic domain）。這個觀點在《關於中國女性》一書裡得到很好表述。柯莉絲多娃1974年訪問大陸，回來後寫成此書於當年出版。這不是典型的法國女權理論著作，而是訪問觀感；但在浮光掠影的印象之間，透露出作者對女性主義的理論思考。柯氏首先把中國看作一個「他者」，西方社會對這個異己視而不見，甚至採取壓制的手段，以保持自己的主導地位，而中國的崛起正是要顯示「他者」的存在，向壓迫者提出挑戰。柯氏顯然把中國女性主義化，以突出女性主義的政治涵義。她進一步比較了中西語言的差異。中文是象形文字，和西文相比更加直觀，蘊涵的歷史積澱更多，觸及的心理層次更深[7]。中文是辨音文字，幼童對聲

音最敏感，因此中國兒童進入意義／社會層面更早；此時的幼童（半歲）對母親的依賴仍然十分強烈，所以母親對兒童的生理心理影響更大，母親在社會的角色和作用也更大。據此柯氏猜測中文也許具有某種前伊底帕斯、前象徵的「語域」（register），這正是法國女性批評家超越佛洛伊德男權主義的做法。柯氏另一個有意思的表述是對半坡遺址的觀後感。半坡位於西安郊區，是八千年前的文化遺址，七〇年代開始展出。柯氏對當時的母系社會尤感興趣，稱之爲人類的「黃金時代」，不厭其煩地列舉女性在當時的中心地位，津津樂道於房中術、女同性戀等現象。這裡柯氏也許犯了「時代錯誤」（anachronism）：當代人的感受未必符合原始社會的實際。中國的男權思維由來已久，母系社會的現實豈能代替？而用八千年前的社會來解釋當代中國，就更容易出現謬誤。柯氏造訪時大陸正是文化革命的一個特殊時期：毛澤東夫人江青正出於政治目的宣揚女性至上（半坡遺址當時也服務於這個目的），這和西方的女性主義十分不同。據此推斷中國女性已經擺脫了傳統的束縛[8]，盡情享受著「性愉悅」（jouissance）[9]，則相距實在太遠（Kristeva 1977:12-5, 55-65）。

　　法國女性主義的另一位活躍人物是西蘇（Hélène Cixous）。她的主要著述寫作於六、七〇年代，八〇年代被介紹入美國學術界，影響至今不衰。西蘇受到法國後結構主義的影響，但是和伊蕊格萊和柯莉絲多娃一樣，她對德希達、巴特和拉岡只是利用而非贊同。在三位法國女性批評家裡，西蘇的本質論（essentialism）傾向也許最重，即專注於尋找女性獨有的性特徵，以此區別於男性。《美杜莎的笑》是她的名著[10]。西蘇承認追求女性的本質會陷入男性形而上傳統的二元對立，但申辯道當今女性有必要知道

自己的特徵，並且利用這個特徵反擊男權的壓迫。為了和二元論有所區別，她用德希達的差異論重新界定了女性的「性區別」：這個差別不是女性主義通常所說的男性對女性的謬見（對立面、否定、缺乏），也不是某些激進女性主義主張的和陽性格格不入的純粹陰性的外部表現，而是一種本體意義上的差異，即解構意義上的feminine as différance。這裡，女性被定義為男性傳統的「他者」（Other），身處幾千年男性所精心構制的思維結構的邊緣，其象徵就是多元、複數、發散，隨時從事著顛覆男性中心的活動。她從女性的生理結構、思維特點、表達方式為例，說明女性性快感（jouissance）的他者性、包容性、政治性。也就是說，西蘇的女性不是簡單的否定男性，而是男性他者的擴展、延伸，其作用是打開男性的封閉結構，從內部消解男權主義（Cixous in Adams & Searle 1992:309-20）。儘管西蘇有意識地使用「女性寫作」方式進行表述，她的理論仍然過於誇張，鼓動宣洩大於理性思考；也有學者指出並不是所有女性都喜歡「性愉悅」，而且這種愉悅和現實女性權益也沒有明顯的直接關聯（Eagleton 1986:205-6）。但是西蘇的「女性身體寫作」和柯莉絲多娃的「符合寫作」一樣，確實有助於揭示女性作品的獨特表現。

　　顯然，以上三位法國女性主義理論家的主張有很大的一致性，但她們之間的差異也十分明顯。其實法國女性主義內部充滿爭論，如有些人指責以上三人的理論過於晦澀而且很難實證；美國批評家更是評判法國理論故弄玄虛，游離於社會歷史之外。進入八〇年代後，西方女性主義批評家一直試圖綜合這兩種女性主義批評理論，使評判男權話語和具體女性體驗相結合。

以上對女權主義發展歷史的回顧表明，女性的地位、身分問題有著深刻的文化背景，而且由於各種文化間的巨大差異，要使女性整體現狀得到改變需要漫長複雜的過程。此外，女性權益的獲得也不是線性發展，不是隨著時間的推移、科學的進步、認識的提高就必定不斷改善。毋庸置疑，女權運動的確取得了明顯成績，女性地位是在逐漸提高，女性意識確實不斷深入，其影響滲入到其他的人文研究領域[11]；與此同時，對女性的歧視、排擠也總是以新的形式出現，有時甚至比舊勢力有過之而無不及[12]，如以往很少介入政治的宗教六〇年代起一改慣常做法，以政治組織的形式（如美國極端保守的「道德大多數」和反對墮胎的「生命第一」）參與大選，影響極大，有些人甚至不惜採取暴力恐怖手段（如暗殺實施墮胎的醫生、炸毀其診所），導致有些女性批評家對女性主義的前景非常悲觀。因此，我們至多可以說儘管女性主義在艱難地向前邁進，它的發展是一條螺旋型的軌跡，充滿迂迴和曲折。但是毋庸置疑，隨著時代的進步，女性主義的發展更加平穩、成熟。女性不再會爲一時的勝利沾沾自喜，也不會爲不斷的障礙垂頭喪氣。八〇年代西方社會爭取婦女權益的大規模運動已經罕見，女性主義也因此失去了基礎，缺乏促動力（Collier & Geyer-Ryan, 199）；和其他西方批評理論一樣，關注女性問題的主角由社會活動家轉到大學教授，大學成了女性主義可以施展的唯一領域。但是和其他後結構主義批評理論略有不同的是，當代女性批評理論不僅僅只是「紙上談兵」。接受過女性主義批評理論薰陶的一代大學生（尤其是女大學生），其女性覺悟空前挺高，進入社會後自覺或不自覺地成爲女性主義的實踐者。她／他們堅韌不拔，執著追求，推動著西方社會女性意識的一步步深

入，實實在在地造福著廣大女性。這是女性主義批評理論最大的
功績和收穫。

1 實際上女權主義是西方傳統的產物，放到其他文化傳統中進行類比須十
　分小心。如中國唐代之前的文獻中也不乏對女性的褒揚，甚至中國傳說
　裡造人的神祇也是女性（女媧），但這些現象都有複雜的歷史文化背景，
　其涵義也許和女權主義的實質相差很遠。

2 吉爾波特和姑芭的這部作品被很多女性主義批評家認為是當代西方女性
　主義發展最有影響的兩部作品之一（另一部是米蕾 [Kate Millett] 的《性
　別政治》，見 Leitch 1988:307）。它不僅挖掘出一批遭到埋沒的女性作
　家，而且把六百年的女性創作進行了歸類梳理，建立起女性主義發展的
　脈絡，並依賴《諾頓選集》在學術界的地位來擴大影響。

3 這裡指美、法思想家所提倡的 "the Rights of Man"，即做人的基本尊嚴
　和基本生存權力，它和當代西方社會的「人權」概念有所不同。

4 其實當代女性主義批評理論百花齊放，很難進行歸類：「對那些想尋找
　單一政治立場或一致的女性主義操作方法，甚至於只想把女性主義講清
　楚的人來說，這種多樣化確實讓他們頭痛。」以上的分析主要為了便於
　討論，但缺點是：英美／法國這種區分把豐富的女性理論簡單化，如法
　國的女性批評家並不都屬於所謂的「法國女性理論」，少數裔和異性戀女
　性理論也顯然被排斥在外（Eagleton 1992:2-4）。

5 當代英國女性主義批評理論同樣也具有這些特徵，只是更加多樣化，因
　此也更難歸納。

6 「法國理論強調的不是文本裡的性別，而是性別中的文本。法國人談論
　『女性寫作』（l'écriture féminine）時，她們談的不是吳爾芙和蕭沃特力圖
　揭示的女性寫作傳統，而是某種寫作程式，這種程式會消解固定意義。」
　（同上 10）

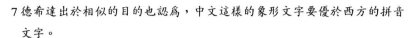

7 德希達出於相似的目的也認為，中文這樣的象形文字要優於西方的拼音文字。

8 中國封建社會歷史長，對女性的摧殘也嚴重，如「纏足」歷時一千餘年，民間有各種形式的「賽腳會」，其對女性生理心理禁錮的程度實屬罕見。清人入關後朝廷曾明令禁止，但終是「唯一無效的聖旨」，可見此傳統的頑固性。

9 這是法國女性批評家愛用的心理學詞彙，涵義很多，除了感官上的性愉悅外，還指政治、經濟、社會地位等象徵層面上自發產生的愉悅。英語沒有與之對應的詞。

10 希臘神話中美杜莎是海神 Phorcys 之女，因得罪智慧女神 Athena 被變成怪物，蛇髮銅爪，凡人見到皆化為石塊，後被英雄 Perseus 割下頭顱。基督教傳統中美杜莎代表惡魔，是絕對反面的象徵。人類學家認為她表現人類從母系社會到父系社會的轉折時期的心態：男性對女性感到既新奇又恐懼，把她視為神秘莫測的大海或威力無比的自然。佛洛伊德曾寫《美杜莎之首》（1922），把她視為對男孩進行閹割懲罰的女性。此外，美杜莎常戴著面具，所以無法進行表徵，是被掩蓋的「存在」（Cf. Brunel 1992:779-87）。

11 在 1999 年 9 月 27 日哈佛燕京學社的一次儒學討論會上，杜維明先生提到，近二十年東亞文化價值觀的地位在西方上升，和女性主義有密切聯繫，因為同情、群體、情理這些東亞文化特徵和女性主義者揭示的女性特徵一致，和代表男性強權的基督教文化傳統（理性、個人、法律）不同。因此六〇年代興起的女性主義思潮是當代泛文化研究的重要資源。

12 美國有影響的女性主義組織 Feminist Majority Foundation 主席 Eleanor Smeal，1999 年 10 月在哈佛大學的演講中承認，反女性主義「回潮」（backlash）在今日達到登峰造極的地步，令美國女性主義組織不得不花費巨大的資源來重新實施女性主義幾十年前的做法：保護女性的人身安全。

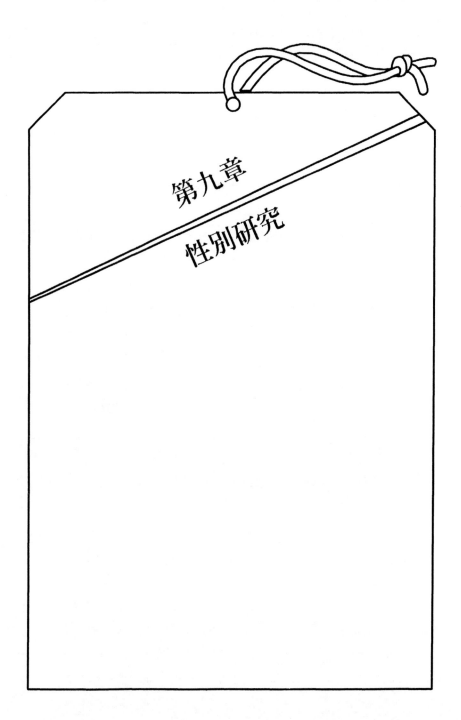

第九章

性別研究

轟轟烈烈的女性主義發展到今天，已經平靜了許多，遠不如當初那般喧鬧和咄咄逼人，更多地具備了主流理論的那種周到、平穩和深邃。如果說六○、七○年代熱衷爭取女性權益、挖掘女性代表，八○年代津津樂道法國女性「理論」，相比之下九○年代則顯得沈悶。如果尚有一些新的聲音，那就是性別研究或「同性戀文化」。

　　「性別研究」範圍很廣，涉及的學科很多，這裡只把它限制在文學文化的層面上。性別研究的重要分支包括女性研究（women studies）和女性主義研究（feminism），但這裡我們進一步把論題集中於「同性戀文化」，即圍繞男性同性戀（gay）、女性同性戀（lesbian）以及所謂的「怪異戀」（queer，酷兒）而產生的文化想像和與此相關的理論。男、女同性戀（又稱男、女同志）歷史悠久，歷代對男同性戀多有記載；女同性戀則相對受到冷漠，處於無人問津、任其存在的狀況。「怪異論」是男女同性戀近十餘年的新發展，是同性戀理論性的典型表現。十年以前，同性戀理論只能歸屬於女性主義研究範疇之下；今日它雖然和女性主義仍有千絲萬縷的聯繫，但已經異軍突起，成為一門相對獨立的理論體系，是女性主義最為活躍的理論延伸。

　　儘管今日同性戀文化對女性主義多有微詞，但是不可否認，它的崛起首先要歸功於後者的普及和深入。女性主義的一個重要論點是「反本質論」（anti-essentialism），即反對個人身分由某些固定不變的「本質」所決定，反對把由千變萬化的社會因素構成的人化約為由某些生來具有的生物因素控制的人。同性戀則牢牢抓住了女性主義的反本質論，揭示同性戀在各個歷史階段如何被異性戀所定義，性正常／性變態如何產生並服務於統治階層，揭

露異性戀社會所「自然化」的種種性偏見實際上是意識形態神話，是政治控制工具，以還其社會屬性。其次，女性主義（尤其是法國女性主義）對語言的關注也使同性戀文化獲益匪淺。拉岡關於語言的論述使得女性主義得以區別「自我」（selfhood）和「主體」（subjecthood）：如果說自我尚有某種穩定的常態，主體則是語言的產物，是社會符號的建構，因此時刻處於變化之中。在對自我身分的界定中，同性戀理論採用了和女性主義幾乎相同的語言。柯莉絲多娃曾說，「如果婦女可以發揮作用，這種作用只能是否定性質的：拒絕現存社會裡一切有限的、明確的、結構化了的、充滿意義的東西。」而同性戀理論比女性主義更加需要否定性，並把它作為自己身分的特徵，如「怪異」就被解釋為「任何反、非、抗（contra-, non-, or anti-）異性戀的表述」（Ormand 1996）[1]。在實踐上，女同性戀和女性主義一道評判「時髦的」男性話語，指出男性所謂的解放女性策略（性解放、性自由等）只不過是對女性另一種名義的奴役和控制，並建立各種社會救援機構對受害女性提供幫助（Raymond 1989:149-53）。在文本分析上，同性戀理論著力於挖掘異性戀文本中暗含的同性戀表露，以及這種表露所採用的一些特別的主題、視角、手法，特別關注文本對性本身直接或間接地反映。這種策略也和女性主義如出一轍。

正因為同性戀理論和女性主義如此相通，八○年代時同性戀文化仍然廣泛以「同性戀女性主義」（lesbian feminism）自稱。但是也就在這個時期同性戀文化發現自己和女性主義的隔閡越來越大，並最終導致雙方分道揚鑣。同性戀一直聲譽不佳，世人對此敬而遠之，女性主義急於樹立正面形象，所以不願和前者有太

深的瓜葛（Morris in Zimmerman & McNaron 1996:167）。這個解釋固然有道理，但雙方的分歧還有更深層的原因。首先，同性戀理論不僅不忌諱談論「性」，甚至把性作為最最重要的觀念加以突出，並且批評女性主義力圖抹去女性的性特徵（de-sexualization）。其後果是，同性戀文化越過女性主義的兩性平等，轉而追求一切性平等。毋庸置疑，女性主義是批判兩性不平等的有力武器，但在解釋同性不平等方面則無能為力，在和男權主義抗爭中一直以邊緣身分自居的女性主義確實不知道如何處理女性內部的邊緣問題。其次，同性戀理論從鼓吹同性互愛，到爭取同性平等，最後批判同性間的性壓迫、性歧視。對女同性戀來說，壓迫歧視既來自男性話語霸權，也來自異性戀話語占主導地位的主流女性主義本身。這裡的主流女性主義，指白人中產階級異性戀女性。為了加強自己在和男性話語對話中的地位，主流女性主義竭力擴大其理論的涵蓋範圍，做法就是認同男性後結構主義理論話語，抹去理論話語中的性別區別甚至性存在。其後果就是降低乃至抹殺女性同性戀文化，如八○年代女性主義的重點是種族和階級，不提同性戀；九○年代初，法國出版了女性主義力作《歐洲性別史》（五卷本），但是其中竟然沒有任何地方涉及同性戀，令同性戀者大失所望（Hoogland 1995:469-73）。有時女性主義也會把同性戀文化帶上一筆，以顯示其「大度」，但至多只作為女性主義一個不起眼的分支，藉這個「他者」顯示女性主流本身。佛洛伊德曾說過，為了成功地壓抑某個內容，意識採用的防衛策略是容忍這個內容的暫時存在：

　　為了獲得預期的否定效果，意味著在壓抑之前讓被遺棄的心

理材料得到口頭或情感上的表達，儘管這種表達是透過否定性語言進行的。因此，遭壓抑的潛意識內容會既被否定又得到肯定……。這種雙重壓抑策略極好地說明了過去八到十年間同性戀文化在女性主義理論實踐框架之內的不同遭遇（同上478）。

實際上男性話語對女性主義採取的就是這個抑制策略，現在女性主義則把它反過來用於同性戀文化。同性戀理論和女性主義的另一明顯差異就是雙方文本解讀策略的不同。同性戀理論的做法是把文本「怪異化」，揭示貌似異性戀的文本實際上暗含同性戀內容；女性主義文本解讀卻不會把文本「女性主義化」。它只是揭示文本中的男權話語，很少觸及文本裡的女性感觸。

儘管女性主義的策略和同性戀理論有所不同，它仍然竭力把後者視為同一戰壕的戰友，以免鷸蚌相爭漁翁得利；而同性戀文化對此並不領情，因為它正憑藉拉大和女性主義的距離來樹立獨立身分。但是雙方的區別或許並沒有那麼大。美國杜克大學同性戀理論家塞基維克（Eve Kosofsky Sedgwick）就主張女性主義和同性戀文化相互依存，其共通之處遠遠大於表面上的分歧（Rivkin & Ryan 1998:677）。

同性戀常常被稱為病態、性變態、精神異常、行為／思維障礙，甚至犯罪。受這種意識形態影響，很大一部分同性戀者也這麼看待自己，並且懼於社會壓力而藏身於密室（closet），不敢公開自己的性身分，因此其真實情況一直鮮為人知。當代同性戀理論的發展，得力於傅柯的三卷本力作《性史》。《性史》首先點出了一個世人皆知卻久已忘卻的事實：同性戀源遠流長，是人類

社會獨特的文化現象，並不是現代人類學家、精神病學家、法律專家所稱的「異端」或「變態」。傅柯之前，也有人類學家和性學學者討論過同性戀的發展史，表述過和傅柯相似的看法[2]，但是傅柯以後，人們似乎突然意識到自己所習以爲常的異性戀社會其實並不那麼單純[3]，自己所熟悉的歷史人物中竟然有這麼多可能是同性戀者：統治者（英皇愛德華二世、詹姆士一世、法皇亨利三世、普魯士王弗里德力克、拿破崙）、政治家（培根）、藝術家（達文西、米開朗基羅、莎士比亞、拜倫）、科學家（凱因斯、維根斯坦）；當代名人裡也不乏其人：毛姆（Somerset Maugham）、福斯特（E. M. Forster）、桑塔亞那（George Santayana）、柴可夫斯基（P. I. Tchaikovsky）等。

　　傅柯不僅揭示歷史上一直存在同性戀這個事實，而且說明這個事實也是社會意識形態的產物：「我們不應當忘記，有關同性戀的心理學、精神病學、醫學範疇到了對同性戀進行特徵區別時才出現——維斯德法1870年關於『相反性感情』的著名文章可以作爲同性戀的產生日期——依據不再是某類性關係，而是某種性理智、某種自我顛倒男女性別的方式」（Foucault 1981:43）。也就是說，過去社會輿論只把單個的人對照於某些孤立的性行爲，1870年起社會體制則以一整套性行爲來界定某一類人，這就是現代同性戀科學的開始，也是同性戀成爲獨立的社會現象範疇、同性戀者具備某種身分的開始。

　　　同性戀不僅古已有之，而且表現形態各不相同，人們對它的
　　　看法也因時空而變化：同性戀貫穿於整個人類歷史，存在於
　　　各種社會形態，發生在各個社會階層和民族，經歷過某種程

度的贊同、不置可否，直至最野蠻的鎮壓。但是變化最大的
是不同社會對同性戀的看法、賦予同性戀的意義，以及從事
同性戀活動的人對自我的認識（Weeks 1972:2）。

傅柯指出，人們習以爲亙古不變的「性」其實並不是一個常數
（constant），而是不同歷史時期人們的獨特體驗，隨歷史形態變
化而變化，最能說明這一點的是古希臘的同性戀現象。古希臘人
酷愛美，尤其崇尙人體美，優美的形體和該形體的性別沒有直接
的聯繫。因此男女兩性對古希臘男人同樣具有吸引力，其性選擇
往往表現成熟男性所具有的品格和情趣。古希臘人當然也認識到
性的兩重性，提倡高尙的性追求，崇尙有自制力的男性，譴責完
全基於肉慾之上的性誘惑，不論這種誘惑來自於哪個性別。對於
同性戀（主要是男同性戀），古希臘社會採取的是認可的態度，
不論是宗教、法律還是社會都承認其存在，儀式上有表現，文學
裡有歌頌。當然也有人不贊成，但至多只是譏諷挖苦，談不上壓
制。當時頗受非議的同性戀現象是「狎童」，主要原因是古希臘
社會不欣賞男童的「被動性」，認爲這種品質不應當屬於男性；
而家長和教師也感到有責任保護男童不受欺騙，但是這和心理
「正常」與否沒有關係。此外狎童也有一定的規範，不可亂來：
男童須具備男性的優良品質，不應當女性化；雙方關係應當建立
在公開自願的基礎之上，成年人沒有權威，少年有充分的選擇甚
至拒絕權，連暴君尼祿也不例外（Foucault 1985:187-200）。有人
指出，古代社會的社會秩序意義遠遠大於性別的象徵意義，性行
爲只要符合個人的社會角色就無人追究，因此從現代人的眼光
看，古人幾乎都是「雙性戀者」（bisexuals）（Abelove & Halperin

1993:422）。總之，古希臘社會同性戀文化很普遍，在文獻裡多有表現，是一種複雜的社會文化現象，並不是簡單的「變態」論可以一言蔽之。

　　和主體感受一樣，客觀世界對同性戀的理解也經歷了歷史變遷，這是傅柯要闡述的一個更加重要的事實。柏拉圖和亞里斯多德都記述過同性戀，傾向於把它作爲先天的作用，和同性戀者本人無關。但二世紀古希臘醫生Soranus已經把同性戀看作疾病，是性異常的表現。中世紀神學家認爲人一旦染上同性戀就不可自拔，而且會傳染給周圍的人，所以要特別小心。當代保存的同性戀歷史資料顯示，十五到十七世紀有幾百萬寡婦、老處女在教會的反巫術浪潮裡被處死（同上 23），足見懲罰之嚴。學術界關注同性戀始於十九世紀。由於歐美資本主義工業的飛速發展，城市化的速度前所未有，性取向多元化也越來越明顯。當時城市妓女已經普遍，賣淫成爲一種職業，由此引發的社會問題引起學者的關注，男妓的存在也引起爭論。一八八〇年代巴黎的同性戀者達七千餘人，雖然只占巴黎人口的千分之三，卻有聚會，有行話，對社會造成不安。其實「同性戀」這個詞也是這個時期匈牙利人Karoly Maria Benkert首先使用，並很快被科學界採納。十九世紀是科學迅速發展的世紀，醫學、社會學對同性戀表現出興趣。十九世紀後半葉柏林精神病學家Carl Westphal是這方面的先驅。他對兩百多例病案進行了研究，從醫學科學的角度得出和柏拉圖、亞里斯多德相似的結論：同性戀是先天的，不應當把它看作罪惡；他還主張同性戀者只是精神「紊亂」，而不是精神「錯亂」。同期法國精神病學家Jean Martin Charlot試圖醫治異性戀，但收效甚微，因此得出結論：同性戀乃遺傳缺陷，無法治療。因此此

時醫學界認爲，解決同性戀只有求助於社會體制，即精神病院或監獄。顯然，這個結論已經超出了同情的範圍，爲今後對待同性戀的體制化打下了基礎，也爲後人解釋同性戀定下了基調。Charlot 的同事 Cesare Lombroso 以進化論爲依據，認爲同性戀者屬單性繁殖的低級動物。他透過丈量罪犯、妓女、白癡、「性變態」等的頭顱、體態、性器官，得出結論：這些人在生理構造上有相似性。Richard von Krafft-Ebing 的《變態性心理》是當時最有影響的專著。他認爲性的功能只能是繁殖，除此之外便是濫用，同性戀便是無法自制的病態，其墮落程度和殺人食人者相同。二十世紀同性戀研究繼續發展，但以上對同性戀的見解依然占據著主導。如佛洛伊德從防止亂倫的角度出發，雖然認爲同性戀屬正常現象，是所有人童年時代必然要經歷的階段，但是仍然把無法超越這個階段的成年同性戀者歸之爲病態（Bullough 1979:5-11）。

　　二十世紀中葉開始資本主義消費文化得到蓬勃發展，推崇個性化的時代風尙使同性戀作爲一種生活風格得到越來越多的承認，但是六〇年代的社會批判思潮（法蘭克福學派、女性主義、後結構主義等）、群眾抗議運動（反越戰、學生遊行）以及反傳統的前衛派文化對同性戀走出「衣櫃」起到決定性作用，其標誌就是 1969 年美國「石牆酒吧」事件。「石牆酒吧」（Stonewall Inn）[4] 位於紐約市喜來敦廣場東側的格林威治村克里斯託福街。此地區乃紐約同性戀者的活動區，入夜後穿著怪異的「街頭女王」（street queens）在昏暗的燈光下聚集，引得路人側目。1969 年 6 月 27 日午夜，紐約市警察局公共道德處的七名警官來到酒吧，以店員無證售酒爲名欲行拘捕。當時同性戀者對當局的這種舉動

習以爲常，一般忍聲吞氣、逆來順受。但是這次卻不同：同性戀者並沒有知趣地散開，而是聚集在酒吧門口圍觀；當一名男性裝扮的婦女開始與警察扭打時，人群激憤，扔酒瓶石塊。增援的警察打開消防龍頭鎮壓，一連兩晚雙方嚴重對峙。

　　歷史上紐約市和同性戀並沒有什麼聯繫：美國的男同性戀發源地是洛杉磯，六〇年代學生運動的中心在舊金山。但是紐約卻是美國前衛文化的中心[5]，在電影、繪畫、戲劇上新招迭出，尤其是在反抗傳統蔑視權威方面常常有驚世駭俗之舉，其文化中心就是格林尼治村。當然石牆酒吧事件受到當時的文化大氣候影響：1968年法國爆發大規模學生運動，美國也出現反越戰爭民權的高潮，如4月23號哥倫比亞大學的學潮，及是年夏天美國民主黨全國大會時芝加哥發生的嚴重騷亂。石牆事件並不是一件純粹的政治事件，同性戀者也沒有統一的規劃和明確的鬥爭綱領。但是學者們一致認爲，它是同性戀文化首次公開反抗異性戀文化的歧視和侮辱，成爲當代同性戀運動劃時代的象徵[6]（Dynes 1990:1251-4）。石牆事件之後，美國乃至西方世界的同性戀組織迅速發展，開始影響主流社會並漸漸成爲不容忽視的政治力量，紐約也因此成爲當代男同性戀運動的發源地，那裡每年6月的最後一個星期天都要舉行遊行以紀念「石牆日」。

　　不論是男同性戀還是女同性戀，共有的一個特點就是很難就其本質舉行歸納。理論家曾對兩詞的涵義進行過界定，對男女同性戀的特徵進行過爭論，但至今仍然是各執一詞，莫衷一是[7]。評論家們意識到，同性戀者各人有不同的「風格」，每個時代的同性戀文化也會因時代氛圍不同而有差異，所以不可能建構出亙古不變的所謂同性戀核心。因此Nicole Brossard便提出一個女性

主義的「詩性建構」以代替本質論建構：

> 有此樣的女同性戀，有彼樣的女同性戀；有此地的女同性
> 戀，有彼地的女同性戀。但是女同性戀的核心首先是具有感
> 染力的形象，所有女性都以此自居。女同性戀是一種精神能
> 量，它使一個女性所能具備的最佳形象具有活力和意義。女
> 同性戀者是表達婦女屬性的詩人，只有這個屬性才能使女性
> 群體具有真實感（同上 xviii）。

男女同性戀的理論困境或多或少反映了他們目前的處境：沒有明
確的理論身分，必然會使同性戀運動走向停滯乃至被異性戀文化
所淹沒。但是九〇年代以來出現了一個新的同性戀理論，即「怪
異論」；雖然從性行爲上說「怪人」和同性戀並沒有明顯的差
異，但至少在理論上具備了鮮明的特徵。

　　「怪異」的英文 "queer" 原義是古怪、難過、不適，港台諧
其音而稱爲「酷兒」，但在大陸「酷」字已經被青少年用指英文
"cool"，因此學界沿用其原義「怪異」。雖然酷兒理論興起於九
〇年代，但是把同性戀稱爲 queer 則要早得多：七〇年代出版的
著作裡就稱同性戀的別稱是 "queer"，有學者指出二十世紀初有
些男同性戀者就以此自稱。因此「儘管在很大程度上『同性
戀』、『男／女同性戀』及『怪異』這些詞可以表現同性性關係
概念的歷史延續，但詞彙的實際使用有時會比事件的發生時期略
早或略晚」（同上 73-4）。儘管如此，此一時彼一時，今日的
「怪異論」已經成爲一套在西方主流思想界占有一席之地的理論
話語，昨天的 queers 遠遠不能和它相提並論。

　　有些批評家對 gay、lesbian、queer 不加區分，認爲它們只

是名稱不同，沒有實質區別（Rivkin & Ryan 1998:678）。如有人認爲「在實踐上，幾乎所有以這個標籤（怪異）自居的人都可能是男／女同性戀社會的一部分，不管他們如何地反對後者」這種看法有一定的道理，因爲男／女同性戀和怪異者一樣，把自己看成是「古怪的主體」（eccentric subject），「一個存在於界限之間的主體，相對於白色、西方、中產、男性中心而言，他們是邊緣、離心的」（Munt 1992:7）。固然三者的指涉都是同性戀，但是大部分評論家仍然傾向於三者並不是同謂語（Jagose 1996:74）。如女同性戀就堅決拒絕把她們等同於男同性戀，因爲在同性戀領域裡，占主導地位的是男同性戀，自古以來異性戀社會關注的也是男同性戀，女同性戀則相對處於被淹沒的狀態沒沒無聞[8]，因此女同性戀在理論、表現、策略上都有意擺脫「女性主義和男同性戀的雙重壓迫」（Wilton 1995:1）。怪異論顯然得益於同性戀的理論建樹，如女同性戀曾經經歷過理論的困惑，不知如何在理論上歸納五花八門的女同性戀實踐，並且最終認識到，「也許更恰當的做法是把女同性戀的本質理解爲活動，而不是範疇，即『les-being』[9]而不是『lesbian』。可以肯定的是，稱謂政治是女同性戀研究的關鍵。它不指供理論研究的『女同性戀』抽象範疇，而指那個多重、變化的具體過程，在這個過程裡女同性戀軀體在社會和自我之間的滲透鏡中存在並發揮著作用」（同上49）。怪異論汲取了這個理論，因此並不在意理論的完美，而注重實踐和理論的結合。但是怪異論並不會把自己等同於男／女同性戀，而是在竭力突出自己獨特的身分[10]，至少在理論實踐上。

雖然如此，要在理論上界定「怪異」仍然很難[11]。理論界對「怪異」常有兩種理解：有時指同性戀的某些特別方式，如雙性

戀或其他一些非傳統的性行為；有時又統指對所有現存性別秩序的反抗[12]。理論界則多從後者來界定怪異論，如有人稱它是「對性和性別以及雙方內在關係的假設和現存觀念進行顛覆」的理論；也有人認為「怪異活動家和怪異理論都有意打破性的本體範疇，並且為了這個目的有意識地採用戲仿的辦法，不僅遊戲男女能指，而且遊戲表達界定性身分的各種情愛行為。遭到顛覆的不僅是男／女二元對立，而且是同性戀／異性戀二元對立」（同上35）。用通俗的話說，怪異論的實質就是「怪」，就是無法用傳統語言進行表述，就是什麼也不是。它也反映了理論家的無奈：怪異論是一個不得不說但又說不清楚的概念。也有人把「怪」歸結為一點：反抗。

> 對「怪」的偏好代表了一種想要歸納的大膽衝動。它擯棄忍聲吞氣的邏輯或簡單的政治利益表徵，對正常王國採取更加徹底的反抗。……人們對已經被廣泛認可且界定清楚的學術概念「男女同性戀研究」感到擔心，不僅需要針對怪異者的理論，而且想使這種理論本身怪起來。對學者和活動家來說，「怪異」不僅和異性戀，而且和包括學術活動在內的「正常」相對立，所以具有批判銳氣。……堅持「怪異」，其揭示出的暴力場所不僅只是缺乏容忍，而是指向正常化所涵蓋的廣大領域（Warner 1995:xxvi）。

怪異論的這種理論特徵和後結構主義如出一轍，實際上怪異論就是後結構主義理論在性別理論上的應用、反映。一位身為同性戀者的評論家喜歡稱自己是"dykonstructionist"，即女同性戀者（dyke）加解構主義（Munt 1992:xvi）。怪異論喜愛解構主義

的方法，往往從異性戀話語中讀出同性戀蘊意。如佛洛伊德的性理論異性戀色彩相當濃，但是同性戀理論家塞基維克就指出，佛洛伊德其實已經說明，男同性戀的基礎是異性戀（即由男孩戀母而致），而男異性戀的基礎是同性戀（男孩與父親相認同）（Sedgwick 1985:23）。美國加州柏克萊分校理論家巴特勒也用後結構主義解構性別裡的自然／文化二元論，指出所謂毋庸置疑的兩性生理差異（自然）其實是人們主觀建構的結果（文化）：「性別表現之外不存在性別身分；人們常說性別表現後於性別身分，其實正是性別表現從行為上構成了性別身分」（Butler 1990:8-25）。

　　儘管怪異論對後結構主義十分青睞，但後結構主義理論本身的矛盾性使得怪異論理論家不得不對它小心翼翼。如後結構主義力圖消解二元對立，尤其主張消解對立面之間的價值判斷。但是完全取消性行為中的價值判斷並不是怪異論的本意，因為性行為中肯定存在權力關係，取消價值判斷則無助於保護弱者，況且人們對乖張的性舉止本來就有厭惡感，不會贊成在性行為上為所欲為。有些怪異論者仍然主張二元對立，爭取同性戀身分，以便和異性戀完全平等，因為讓已經「邊緣化」的同性戀再主張「多價主義」，無異於自我消亡。為此有些同性戀理論家竭力想建立一套同性戀經典（Morris 1993:173）；一些同性戀者甚至不惜矯枉過正，拚命宣揚同性戀至上論，成為「大同性戀主義者」（queer chauvinists）。更有遠見的同性戀者則擺出超脫的姿態，放棄本質主義／消解主義之爭，把目標定在人類大同的基礎上，力圖溝通各種性傾向之間的交流和對話，最終達到性傾向間的完全平等。因為從後結構主義推出去，當代後現代社會的一切理論話語（包

括後結構主義理論、當代女性主義理論，甚至怪異論）都是異性戀理論話語的延伸，只能反過來加強異性戀的統指地位。從更實際的角度來說，怪異論汲取後現代理論的特點，把表徵作為審美／文字遊戲而不是政治鬥爭，以解構、顛覆、消滅各種既存概念為己任，樂此不疲。這樣做使怪異論帶有後結構主義理論的艱澀以及同性戀語言的神秘，即使同性戀者也難以進入，更不用說為普通讀者所理解了。因此有人預言：真正的同性戀解放之日就是同性戀的消亡之時（Simpson 1996:46-54）。言下之意，同性戀本來就是異性戀為了壓制、清洗而臆造出來的理論話語，偏見的消失也就等於同性戀的消失。這個理想也不是那麼不可想像，古希臘社會不就是一個很好的例子？

　　同性戀文本分析是同性戀批評理論的主要部分。同性戀文本分析的特點主要有兩個：一是建構主義（constructionists），即性別傾向是後天形成，性別特徵是社會建構的產物；二是「解構主義」，即從異性戀文學經典裡讀出同性戀意蘊。必須注意的是不要把這種閱讀策略簡單化，同性戀文本閱讀不僅僅只是改變文本的屬性（identity）：

　　把諸如《嘎文爵士和綠色騎士》進行怪異化始於該政治行為（同性戀批評）本身的涵義。作為建構主義我們認為嘎文爵士和綠色騎士都不是同性戀者，同性戀這個詞和他倆沒有關係；與此同時我們會詳細勾勒他們的同性戀舉止，因為這些舉止使他們看上去像是同性戀者。透過這種行為我們使西方經典的規範性變得可疑，我們使製造經典的人們接受，在他們（或我們）的體制裡或在他們本身，存在著某種「怪異」

的東西（Ormand 1996:16-8）。

也就是說，怪異論並不急於下同性／異性的結論，更不會據此進行價值判斷，而是打破兩者間的二元對立，把異性戀文本「怪異化」，或者顯示其中存在的性別鬥爭，使之「陌生化」。對非同性戀者來說進入同性戀文本批評可能會有困難：同性戀批評在很大程度上依賴批評者對同性戀的個人體驗，這種體驗非同性戀者很難把握（Zimmerman & McNaron 1996:46; Wilton 1995:132）。因此雖然同性戀理論家意識到需要動員廣泛的非同性戀群體參與同性戀的行列（Wilton 1995:7-8），同性戀批評仍然很難普適化[13]。迄今以怪異論重讀經典最有影響的是塞基維克的《男性之間：英國文學與男性同性社會欲望》。此書透過對莎士比亞、威徹利、斯特恩、丁尼生、艾略特、狄更斯等名家作品的解讀，展示傳統社會中存在的「男性同性社會欲望」（male homosocial desire），其表現方式就是「同性戀恐懼症」（Sedgwick 1985:1-5）。

　　同性戀者現在有了自己的出版園地，也時有佳作問世，詩集《共同語言的夢想》就是一例。〈母獅〉描寫了一隻被囚母獅的境況：「在她胯下金色的皮毛裡／湧動著一股天生、半放棄的力量。／她的腳步／被困。三平方碼／覆蓋了她的全部空間。／在這個國度，我得說，問題永遠是／走得太遠，而不是／循規守距。你有很多山洞／崖石沒有探過。但是你知道／它們存在。它高傲、脆弱的頭／嗅著它們。這是她的國度，她／知道它們存在著。」（Rich 1978:21）書中還收集了二十多首情愛詩，表達了女同性戀獨特的性愛體驗和視角，但同時又不乏含蓄，給人以審美

愉悅。但是和同性戀理論相比，同性戀文學創作總體上層次比較膚淺，大多局限在純粹各人情感的流露，很難和異性戀社會形成交流，也沒有形成如同性戀理論那般的影響，至今仍然停留在同性戀的「衣櫃」中。

　　同性戀是一個具有普適性的文化現象，而且歷史悠久，但是真正把它作為一種人文現象在學術層面上加以系統的研究，則是近十幾年的事情，而且其研究視角完全是西方的。但是任何人文現象都和歷史的發展有密切聯繫，所以西方同性戀理論很注意研究古代文明社會，如古希臘、古印度，也包括中國古代社會。眾所周知，中國典籍裡有大量關於同性相通的描寫，尤其是有關男同性戀的記載。美國漢學界認為，中國同性戀是一種文化景觀，從「龍陽」、「斷袖」的傳說到《肉蒲團》、《金瓶梅》、《紅樓夢》一直如此，而同時代的西方一直視同性戀為犯罪或精神病。明末清初話本小說《品花寶鑑》被認為是世界最早的同性戀作品之一，其藝術價值雖不如《紅樓夢》甚至《金瓶梅》，但文化意義卻毫不遜色（史安斌 1999:6）。作為文化現象，十九世紀初開始於廣東的「抗婚族」也引起西方的興趣。百年間，順德、南海、番禺等養蠶地區出現「自梳女」，即年輕女性結成關係密切的群體，到了婚嫁年齡時參加一個梳頭儀式，在神像及證人前起誓終生不嫁；另一些人雖然行正式婚禮，但不圓房，婚後三天返回娘家，就此一去不回（「不落家」）。與此相關的其他一些風俗也引起同性戀家的注意：這些地區女性不纏足，溺棄女嬰的情況很少，女性地位很高。這裡「先天大道」教派的勢力很大，主張男女平等，信奉觀音娘娘，一些地方教會完全由女性掌管，宣揚抗婚可嘉，鼓勵無夫無婆無子的女性社區生活。當地的「女

屋」、「女宿」、「寶卷」（專為女性閱讀的書）成為這一文化的
特徵（Abelove & Halperin 1993:240）。「抗婚族」現象對中國社
會的性別研究無疑很有意義，但和當代的同性戀理論有多大關係
仍有待挖掘，不必匆忙為之歡呼。很明顯，抗婚現象的出現與普
及和十九世紀西方資本的影響有直接聯繫，當時那裡幾十家蠶繭
工廠只招收未婚女性，男性去南洋做工後當地的事務也落入女性
的身上（Wolf & Witke 1975:67-75）。由此觀之，中國古代社會的
同性戀在本質上和古希臘社會的「狎童」現象一樣，至多只能說
明同性戀「古已有之」，和今日作為文化批評理論的同性戀理論
幾乎沒有相通之處，對當代同性戀研究來說津津樂道於此似無必
要。

　　近代中國史上一個引人注意的「女同性戀」人物是秋瑾，引
人注意的原因並不在於她是同性戀者（或者她根本就不是），而
是因為她在中國近代史中占有的重要地位。八國聯軍入侵及義和
團起義失敗後，越來越多的中國留學生來到日本留學，二十世紀
初時達萬人，而女學生僅百人，且大都集中在 Aoyama 女子技
校，有極強的女性群體意識。1903 年她們成立了純女性組織
「互愛社」（Mutual Love Society）[14]，其成員之一就是女「劍俠」
秋瑾。1903 年在赴日之前秋瑾曾和丈夫在北平短住，此時秋瑾
遇詩人、書法家吳哲英。兩人很快成莫逆之交，相見恨晚，秋瑾
很快與夫離異，次年正月初七她和吳正式發誓結拜成為終生知
己，並曾賦詩一首（"Orchid Verse"）以紀念。結拜後的第二天
秋瑾便以男裝向吳哲英辭行，並將自己部分出嫁時的嫁妝（鞋、
裙）送予後者以為留念，因為她決定「從今以後只著男裝」。
1907 年秋瑾被清政府殺害後，吳哲英冒死收屍厚葬之。曾有人

以爲秋瑾是女同性戀者，理由有三：秋瑾和吳哲英的誓盟類似於女同性戀之間的「默契」（female bonding）；秋瑾的〈蘭花賦〉和上文提到的「自梳女」社團「金蘭花社」（Golden Orchid Society）有脈承關係；秋瑾對男權極其厭惡，當時東京中國女留學生編輯的雜誌《新中華女性雜誌》（*New Chinese Women Magazine*）曾專門介紹歐美著名女性，其中的很多人（如小說家艾略特 [George Eliot]、護士南丁格爾 [Florence Nightingale]、聖女貞德 [Joan of Art]）都是女同性戀者（Zimmerman & McNaron 1996:160-4）。對於秋瑾是否爲同性戀者，中美研究民國史的專家持謹愼態度。不僅因爲同性戀研究尚沒有進展到傳統學科的地步，而且僅憑以上的依據並不足以證明秋瑾有同性戀經歷。最重要的是，只有弄清了秋瑾的性身分和反清鬥士身分之間的必然聯繫，她是不是同性戀者這個論題才具有現實意義。

　　1949年以後大陸不再把同性戀作爲社會問題予以關注，原本尚顯在的性別問題也很快被掩蓋了[15]，偶爾出現同性戀現象也一律歸之爲「資本主義腐朽影響」。八〇年代之後大陸對性別問題的談論逐步開放，民衆的認識更加客觀，如手淫不再作爲必須矯正的生理疾病，備受司法界和市民關注的「紅蝙蝠」一案，後來也因爲「找不到充分的法律依據」而被司法機關撤案[16]。但是社會對同性戀的認識和容忍度尚不能和歐美相比，《同性戀在中國》的作者和出版社一審敗訴就是說明[17]。近年大陸有關同性戀的書籍漸漸增多，但大多以獵奇的心態表現同性戀，目的也只是爲了營利。比較有深度的表現倒是電影界。陳凱歌的《霸王別姬》再現了東方男性間生死相依、矢志不渝的情愫。被稱爲中國第六代導演的張元拍攝的《東宮西宮》則「深刻表現當代大陸同性戀

人的生存困境」。東宮西宮指北京天安門兩邊的人民文化宮和中
山公園，據說是同性戀者活動之地。故事講一個同性戀作家出入
其間，常受警察騷擾，最後竟愛上一個多次訓斥凌辱他的警察。
此後他故意去兩宮從事「流氓活動」，盼望能遇見那位警察，最
後終於如願以償，誘使警察和他做愛。西方有人對這部電影頗為
賞識，認為張元「從控制／被控制的角度暗喻社會的專制和人性
的扭曲」這一西方時髦主題。但是此片與其說是反映大陸同性戀
的「生存困境」，倒不如說是為了投西方話語之所好。影片對異
性戀的反映不僅流於膚淺，而且違背常理：一個對同性戀非常鄙
視的異性戀警察怎麼可能在一夜之間數小時之內突然被「勾引」
成同性戀？[18] 相比之下，倒是《霸王別姬》和某些台灣電影在這
方面的表現更加實在。

在後現代主義思維典範的影響下，泛政治化文化評判已經成
為西方批評界的時尚，使得當前成為「男女同性戀研究的黃金時
代」（Wilton 1995:1）。這裡，也許 Jagose 對怪異論的看法適用於
同性戀批評理論整體的現狀。她認為，怪異論的真正身分只能是
關係性的，其理論也「只可意會不可言傳」（largely intuitive and
half-articulate），只可自指不可他指，所以時髦性大於理論性。
正因為如此，有些民眾對怪異論頗為反感，也有人認為怪異論自
居邊緣，終成不了氣候。更尖刻的批評是：怪異論的出現其實是
資本主義全球化影響的結果，其成功之日就是開始衰敗之時，因
為進入資本主義主流話語意味著脫離社會實踐，受益的只是少數
「終生教授」（Jagose 1996:96-8, 106, 110-27）。但是和女性主義一
樣，同性戀理論確也為同性戀者爭得了一定的「人文關懷」。如
經過長期爭論，法國議會兩院 1999 年 10 月通過「公民互助契

約」，重新定義「家庭」的內涵：不拘性別，只要成對同居，均可視為家庭，從二〇〇〇年起依法取得減稅及享受社會福利優待。德國同性戀者受到鼓舞，也要求德國政府效仿法國的做法。但是篤信天主教的法國人大多數對此不以為然，擔心出現「父母難辨、六親難分」的尷尬局面，右派政黨揚言若上台將廢棄這項「醜陋」的法律。美國賓西凡尼亞大學校長出席同性戀社團活動，許諾為同性戀者爭取更多權益；但當為教師配偶提供免費醫療保險時，又宣佈此項政策不適用於同性戀者（史安斌1999:6）。無論如何，同性戀批評理論是二十世紀末西方文藝文化批評理論的一個亮點，並將伴隨西方社會進入二十一世紀，其理論得失尚有待進一步的考察。

1 因此，在女性主義的發展後期及同性戀理論的發展初期，有人在一定程度上贊同本質論，以保持女性身分不會被男權話語（或同性戀身分不會被異性戀）所同化。但是這種本質至多只是女性主義／同性戀理論的一種運作策略，和男權話語裡的兩性本質論完全不同。

2 如Vern L. Bullough 七〇年代後期發表的《同性戀史》（*Homosexuality, A History*）就對自古希臘以來西方社會的同性戀發展及西方教會、國家對同性戀策略的演變進行了非常仔細的梳理。

3 有學者認為，人類中的50％具有完全的異性戀性取向，4％具有完全的同性戀性取向，而餘下的46％則處於兩者之間，性取向隨時會改變（Rivkin & Ryan 1998:694）。而美國著名性學家Alfred Kinsey在四〇年代就發現人生來就具有同性戀傾向（Simpson 1996:38）。

4 該酒吧名字取自美國內戰南方將領Thomas Jonathan Jackson，他在戰場上勇如「一堵石牆」且多次取勝，最後被自己士兵誤擊而亡，成為傳奇

式人物。

5 具有反叛精神的藝術家（Bohemians）產生於十九世紀三○年代的法國，五○年代傳到美國時，其落腳點就是紐約的格林尼治村，那裡也是二十世紀二、三○年代美國「嬉皮派」（hips）的中心。批評家認為格林尼治精神就是今日美國消費資本主義的精神本質（Cowley 1934:55-9; Frank 1997:232-5）。

6 有人把紐約「震驚同性戀世界的槍聲」形容為「髮卡落地，聲震世界」（Jagose 1996:30）。

7 出於無奈，有人只好採取類似費許「闡釋群體」的辦法：「我對二十世紀二○年代以後的女同性戀的定義是：如果你說你是女同性戀者，你就是（至少對你自己而言）」（Munt 1992:39）。

8 法國女性主義理論家伊蕊格萊根據英文 homosexuality（同性戀）造出一詞 "hom(m)osexuality"：希臘文的 homos（相同）被法文 homme（男人）所取代，意指同性戀實際上成了男同性戀的代名詞（Hoogland 1995:471, 479）。

9 這是文字遊戲（word play）：哲學意義上的 "being" 指事物的本體存在，但其一般意義指事物的具體物質存在。這裡兩層意義都有，但主要指後一種意義上的存在，或指本體存在依賴於物質存在，即女同性戀的具體肢體語言要比抽象理論語言更加重要。

10 曾有人說，怪異論是男／女同性戀理論和後現代文化評判理論結合所產生的「野孩子」，所以不願意承認前者是自己的父親。此話雖屬調侃，卻也不無道理。關於怪異論和後現代理論的關係參閱下文。

11 實際上似乎簡單的同性戀界定同樣困難。一般人認為同性戀就是「同性間的性吸引」，但是作為理論界定這個說法則過於模糊，例如有很多男性有家室，愛妻、子，只是非常偶然地和其他男性有性交往，他們堅決拒絕承認自己屬於同性戀（Jagose 1996:7）。

12 Jagose 也有相似的看法：「近年來『怪異』一詞的涵義和以前不大一樣：有時統指處於文化邊緣的性別自我形象的整體，有時又指從傳統男

女同性戀中發展出來的一個新的理論模式」（Jagose 1996:1）。

13 女性主義批評也存在這個問題，很多女性批評家否認男性批評家甚至非女性主義的女性批評家有權力進行女性主義批評。但是其同性戀批評在限制上似乎更加嚴格。

14 這裡的中文名稱皆譯自英文。

15 如廣東上了年紀的「自梳女」被作爲「舊社會」遺留問題由地方政府收養，「拒婚族」這個文化現象也很快銷聲匿跡。

16 1998年11月26日夜，成都市警察突擊檢查了「紅蝙蝠茶屋」，當場抓獲正在交易的男同性戀者數人，成爲大陸「首例」因同性間性交易而遭司法追究的案例。

17 1993年2月14日，方某在某歌廳採訪了名爲「男人的世界」的文化沙龍活動，並把有關細節收進了《同性戀在中國》一書，其中稱「這家歌廳經理是一位三十多歲的男同性戀者」。儘管方某辯稱同性戀是一種個人生活方式，不是不道德或犯罪，但該經理否認自己是同性戀，並稱受到極大精神壓力。而法院一審認爲同性戀目前在大陸仍然被認爲是性變態行爲，不被公眾接受，因此作者和出版社對該經理名譽造成侵害。

18 在哈佛時我曾問過張元關於大陸同性戀發展的現狀及他對作爲文化現象的同性戀的看法，但他語焉不詳。

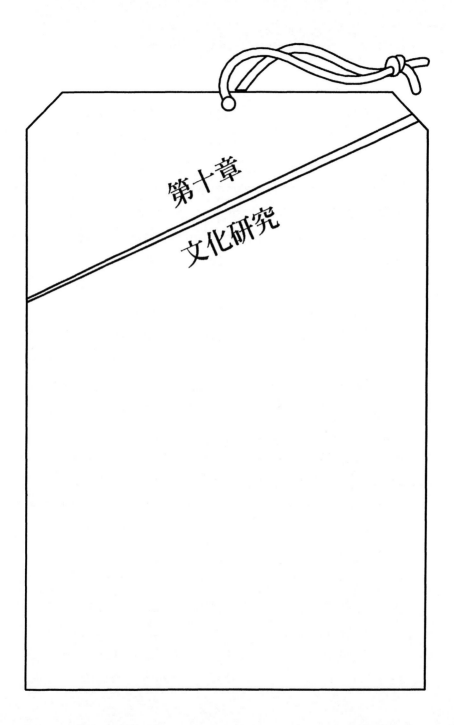

第十章

文化研究

　　「文化研究」（cultural studies）是當今風靡西方文藝理論界的批評流派。和其他批評「理論」相比，它並沒有一套現成的理論，即使所謂的「文化研究理論」大都也是舶來品。但是由於它的研究客體是文化現象，而文化現象可以包含一切社會現象，所以作爲批評流派的文化研究（有學者認爲目前的文化研究涵蓋面太廣而已經不能被稱爲「流派」）不確定性更強，更加難以界定、歸納 1。 "culture" 一詞最早用於中世紀，意爲栽培作物，養殖牲畜；之後不久，它又指教育人的德操，陶冶人的思想。由於它幾乎牽涉到社會的各個面向，所以似乎「文化無處不在，無處不是」（Baldwin et al. 1999:6）。

　　實際上文化研究的初期倒是和俄國形式主義相似，具有清晰的目標、明確的對象、介入的人員有限、研究圈子也相對固定，這就是始於五〇年代英國的文化研究。這種研究以1964年伯明罕大學「當代文化研究中心」（Center for Contemporary Cultural Studies at University of Birmingham，簡稱CCCS）的成立爲標誌而達到鼎盛期。1972年CCCS脫離英語系而獨立，專致於文化研究，同時「中心」以模版印刷方式出版的研究成果《文化研究論文集》（stenciled *Working Papers in Cultural Studies*）逐漸引起歐美學術界注意，影響日增。《論文集》創始時的抱負並不大，只是爲了顯示「中心」的學術面貌。時任「中心」主任的豪爾（Stuart Hall）在創刊號「前言」裡表示，這本期刊不是文化研究領域的正式期刊，刊出的文章也不算完整的研究成果，只能是階段性研究報告，連期刊本身也不是正式出版物，只供同行間交流。現在重讀豪爾的前言，倒也有一些有趣的發現。首先，豪爾對「文化」進行了界定。他承認，「討厭的是，『文化』是人類

科學裡最難以把握的一個概念。」但是他取威廉斯的文化觀：
「文化是人們體驗和處理社會生活的方式，是人類行為中包含的
種種意義和價值，間接地體現在生活關係、政治生活等之中。」
他同時承認「文化研究」尚無定論：「『文化研究』太雜，很難
界定，任何單個小組、傾向或出版物都無法統領這個領域。」但
同時他也宣稱，《論文集》的目的就是要劃出界定清晰的研究領
域，發展出一套文化研究的方法（CCCS 1971:5-7），儘管三十年
之後這個目標反而越來越無法達到。

　　八〇年代是文化研究轟轟烈烈大行其道的十年。為了更好地
爭取研究崗位和經費，CCCS 轉為研究教學並重的「文化研究
系」，同時招收研究生和本科生。1984 年「文化研究學會」
（Cultural Studies Association）在英國成立，同時歐洲的文化研究
開始普及，在美國文化研究也方興未艾。進入九〇年代，文化研
究已經成為主流學科，因此鼓噪冒進少了，深思熟慮多了，看上
去更加成熟了幾分（Storey 1996:55-60）。

　　今日的文化研究是西方後現代資本主義商品社會的產物。但
是其初始發展卻是英國社會獨特的文化現象[2]。英國社會向來把
文化等同於文明，所以對自己悠久的文化傳統極為自豪與重視，
自十九世紀以來文化人一直在積極倡導「文化與文明」，如文化
大家阿諾德在著名的《文化與無政府狀態》中就竭力維護貴族經
典，以抵制迅速蔓延的「市儈（philistine）文化」。阿諾德的文
化精英主義在二十世紀上半葉得到繼續。當時英國的市民階層繼
續增加，影響一步步擴大，通俗小說、流行樂曲、女性雜誌、商
業電影充斥，使精英階層更加擔心其道德影響。在這種背景下，
以著名評論家李維斯伉儷（F. R. & Q. D. Leavis）為首的一批文

人以《細察》（*Scrutiny*）雜誌爲陣地，主張以高雅文化的審美情趣教育薰陶社會大眾，以框正市井文化的不良影響[3]。這種批評居高臨下，把大眾文化看成「只能用來遭受譴責，用來顯示這樣那樣的不足」；一言以蔽之，這種批評是「有文化階層對沒有文化階層的『文化』所表述的話語。」

　　二次大戰以後情況發生變化。英國經濟復甦，國有大企業代替了小作坊，勞動生產率大幅增長，白領／藍領間的收入差距逐漸縮小，英國步入現代資本主義消費社會。實行福利制度之後，低層社會逐漸步入小康，越來越多的普通人轉變爲「文化人」，尤其是工人接受成人教育，中下階層家庭子女憑藉獎學金進入高等學府。隨著教育的普及，李維斯等人倡導的文化精英主義受到懷疑，在學校通俗文化和精英傳統之間的衝突越來越明顯。五〇年代後期電視機開始出現並很快普及，加速了通俗文化對社會的影響力，表現之一就是 1960 年「全英教師聯盟大會」。會議主題是「大眾文化與個人責任」，英國文化研究的代表霍格特（Richard Hoggart）和威廉斯（Ray Williams）在會上做了主題發言。會議主張對大眾文化進行「引導」，雖然這種說法仍然懷有歧視性，但是卻表明主流文化對大眾文化積極作用的承認。尤其重要的是，大眾文化已經作爲一個不容忽視的社會現象，列入主流文化的議事日程（Turner 1990:41-6）。

　　霍格特和威廉斯被視爲英國文化研究的奠基人。他們出生工人家庭，屬於二次大戰後憑才華進入大學的「獎學金子弟」，畢業後長期從事成人教育，對工人階級的文化生活有比較深入的了解，這些對他們形成文化研究理論有直接的關係。霍格特雖然從事文化研究的時間不長（1968 年辭去伯明罕大學教授轉到聯合

國教科文組織任職），但他是文化研究的第一人[4]，協助創辦
CCCS並成爲其首任主任，至今仍然被尊爲「此領域的權威」
（同上 51）。《有文化的作用》出自霍格特本人對工人社區的第
一手觀察，以及他對成人學生的了解；其中對工人生活的紀實性
描述和對工人階級文化狀況的分析，都是此前的文化專著所鮮爲
觸及的內容。霍格特在反映工人社區的落後面（貧困、愚昧，甚
至暴力）的同時，也大量觸及大衆文化（廉價雜誌、街頭小報、
流行音樂、通俗小說、酒吧、俱樂部、體育）在工人生活裡的作
用。他並不簡單地對這些現象加以批評，給出價值判斷；而是把
它們聯繫在一起，揭示由它們所構造的工人家庭關係及社區精神
面貌，並且力圖說明工人文化和工人生活之間千絲萬縷的複雜聯
繫。霍格特對工人文化積極肯定，但對產生這種文化的背景卻持
否定態度，認爲大衆文化層次低，不足以提高勞動階層的審美層
次。流露出李維斯的文化精英主義，尤其表現在此書的後半部
分，反映出「作者對自己曾經屬於的那個階級懷著矛盾心理，及
他現在所加入的那個理論傳統的局限性」（Turner 1990:48-50）。
儘管如此，這部著作「給戰後有關文化的變化對工人階級生活、
態度造成的影響的討論指出了新的方向」（CCCS 1971:5）。

　　和霍格特不同，威廉斯一生致力於文化研究，對英國文化研
究有著持久的深遠影響，《1780至1950間的文化與社會》是當
代文化研究的另一部開創性著作。開篇伊始，威廉斯在四個層次
上[5]對「文化」進行了定義。他從十八世紀後期的英國社會開
始，詳細分析了近兩百年英國現代史上數十位哲學家、文學家的
思想，由此揭示「文化」這個概念是如何從「思想狀態」、「藝

術總體」過渡到當代社會的文化涵義，即「物質、心智、精神的整個生活」。威廉斯首先強調「全部」，把昔日對文化的理解從思想、藝術推廣到人類生活的一切領域，期望籍此來「描述和分析（這些觀念的）龐大複合體，並解釋其歷史形成」。威廉斯顯然在使用馬克思主義的批評方法。但是和傳統馬克思主義不同的是，他不認爲屬於上層建築的文化可以被忽略：「文化遠不止是對新的生產方法或對新興工業本身的反應。它還關注在此過程中形成的種種新的個人及社會關係。……文化顯然還是對政治、社會新發展的反應。」此外，威廉斯關注文化的「物質性」，主張研究現實社會生活裡活生生的文化事件及社會成員的生活經歷，「我發現自己對研究現實語言義不容辭，即研究具體個人使用語言賦予體驗以意義。」最重要的是，威廉斯對李維斯的文化精英主義公開表示懷疑。他反對把文化僅僅限於文學藝術經典，反對以文學修養的高低劃分文化品味乃至社會地位的高低，主張文化體驗要遠遠超出文學體驗（Williams 1958:xvi-ix, 252-8）。

　　儘管威廉斯對李維斯的文化精英主義提出了批評，但是《文化與社會》裡的英國文化還是圍繞著英國的文化名人展開的。三年後的《漫長革命》則把討論的範圍進一步擴大。威廉斯提到現代英國社會所經歷的三場影響深遠的革命：民主革命、工業革命、文化革命[6]。人們對前兩場革命談論得比較多，但是對文化革命的意義則認識不足。他認爲這三場革命相互影響相互契合，共同形成一場「漫長的革命」，積澱在我們的意識之中，影響甚至左右著我們的一言一行。「我認爲我們應當努力去全面地把握（社會變化）過程，把新的變化視爲一場漫長革命，以便理解當前的理論危機、歷史眞實、現實狀況，以及變化的實質。」他關

專章論述了六○年代的英國社會，尤其是當代媒體對文化的巨大影響（Williams 1961:ix-xiii）。對媒體的關注繼續體現在第二年出版的《六○年代的英國：溝通方式》。"communication" 原意是「交通」，威廉斯意指「觀念、訊息、態度得以傳播的機構和形式」，近乎等於今日的「資訊業」，是「不斷形成並改造社會現實的一個重要因素」[7]，並且再度批判把資訊降為附屬成分的庸俗經濟學觀點（Williams 1962:10-12）。

　　進入七○年代以後，以威廉斯為代表的早期英國文化研究逐漸為歐美理論家所重視，文化研究之風漸盛[8]，但是兩者間的區別也日益明顯，理論界曾經用「文化主義／（後）結構主義」（culturalism／[post] structuralism）以示區別。「文化主義」一般把文化看作人類全部生活的總和，採用社會學、歷史學、人類學的方法進行研究，尤其重視描述普通生活中的具體事例。（後）結構主義則把文化現象看作半自足的文本，可以進行符號學分析，揭示其中的意識形態性。文化主義方法雖然成果顯著，但是理論家一直批評它缺乏明確的方法論和認識論，只能在文化的周邊轉圈子，造不成大影響。六○年代結構主義興起，被文化研究所採用，把研究的重點從五花八門的文化表象（內容）轉移到文化的深層「結構」，認為文化表象皆產生於文化形式。後結構主義則質疑結構主義（如社會階層—觀念意識的機械對應），更加注重意義產生的具體境況及其複雜性；由於不同意義之間的相互混雜、相互作用，社會意義的產生具有偶然性和不定性，不一定對應於（也許根本就不存在這個「對應」）某個相應的社會政治經濟結構。

　　七○年代起後結構主義對文化研究的影響越大，法國文化研

究表現得最突出，其代表之一就是提出「文化資本」概念的社會學家布迪厄（Pierre Bourdieur）。布迪厄認爲，在現代社會僅僅靠物質資本的占有來區分社會階層已經很困難，以此分析權力分配更顯不夠。他主張，和物質資本相似，文化也是重要的資本形態，可以依據對文化的擁有來劃分社會階層。特定的文化階層有特定的文化世界，並形成特定的文化觀，布迪厄稱之爲「習性」（habitus），習性的不同可以反映文化觀的不同，乃至階級觀的不同（Baldwin 1999:39-41, 355-6）。在〈如何成爲運動迷？〉一文裡，布迪厄把運動看成滿足社會需求的「供應」，探求這種需求的產生及其生產關係。他首先區分遊戲與競技。前者的從事者爲「運動者」，一般是工人階層，後者才是「運動迷」，是中產階級的專利。體育作爲中產階級的社會需求始於十九世紀末。它脫離原來屬於平民的遊戲性、業餘性，開始具備物質資本、象徵資本、文化資本。首先，從事體育必須具備相應的物質基礎，否則無法消費昂貴的體育器材和用品。一些體育專案被有意賦予象徵意義，如網球、高爾夫球、帆船、馬術，都是所謂的「貴族」運動，反映運動家的社會地位。最重要的是體育中的文化資本。體育已經成爲中產階級培養其接班人的工具：體育迷必須懂得遵守競技規則，培養頑強的求勝精神，不怕失利，勇於競爭。此外，體育也是控制青少年最經濟的方式，讓他們宣洩多餘的能量，不致對社會秩序造成大的危害。同樣道理，企業也會爲工人提供一定的體育便利，以疏導暴力傾向：「工人階級或中下階層運動者帶入體育行爲中的『興趣』和價值觀一定和體育職業化要求並行不悖……和從事體育運動的合理化要求相一致，這些要求透過追求最大的特定效益（以「獲勝」、「稱號」、「記錄」來衡量）及

最小的風險（顯而易見這本身就和私人或國家體育娛樂業的發展相關聯）來實現」（During 1994:339-50）。

　　但是文化主義卻一直抵制（後）結構主義傾向，認為後者只注意抽象的「結構」，容易陷入結構決定論，忽視現實中的人及人對結構的反作用（Baldwin 1999:30-1）。但是八〇年代起文化主義／（後）結構主義之分越來越模糊，尤其是雙方都對義大利馬克思主義者葛蘭西[9]產生興趣之後（Agger 1992:9-11）。葛蘭西強調文化具有「物質性」，主張深入探討「由歷史所決定的全部社會關係」（Gramsci 1971:133），因此得到文化主義的欣賞。同時葛蘭西又充分挖掘文化物質性的本質所在，探討意識形態形成發展、發揮作用的機制，和（後）結構主義十分契合。葛蘭西指出，歷史的發展不僅僅只是受制於經濟基礎，統治階級的權力不僅僅只是透過國家政權施展。他認為，意識形態具有物質作用，可以對人施加重大影響，並且透過人來影響歷史的發展。他借用義大利文藝復興時期政治學家馬基維里（Niccolò Machiavelli）的觀點，說明權力所維護的不僅僅只是國家政權，更重要的是維護既成觀念體系，維護由權力關係所產生的社會關係；統指過程是統治階級施加觀念影響的過程，因此反抗統治階級首先要反抗其觀念生產部門，包括教育文化部門。葛蘭西的一個重要概念是"hegemony"（影響力）[10]：「獲取贊同，依靠建立領導的合法化以及發展共同觀念、價值、信仰、意義——即共同文化。」葛蘭西關注的問題是：墨索里尼法西斯主義明顯荒謬，為什麼可以獲得義大利的舉國贊同。他的結論是，法西斯依靠的是暴力專制（即國家專政機器）加思想箝制（即意識形態灌輸）。既然贊同可以獲取，也就可以打破，所以葛蘭西對知識份子，即當代馬基維

里式的「王子」）寄予希望（同上 129），要他們引導[11]大眾奮起反抗法西斯的思想統治（即葛蘭西式的「被動革命」[12]）（Baldwin 1999:106）。文化研究採納並擴大了hegemony觀；葛蘭西的所指只限於統治／被統治階級，當代文化研究則包括更廣，如性別、種族、身體、愉悅等（Storey 1996:10）。

八〇年代之前，文化研究基本上以英國模式為主導，反映的也是大眾／工人文化。進入八〇年代之後，由於消費文化的全球化擴張，文化研究很快傳入其他國家，並且因境況不同呈現也不同。美國的文化研究出自英語系和傳播系，八〇年代「火爆」，涉及廣告、建築、時裝、攝影、青少年等眾多領域，雖然在大學裡尚算不上主流，但是影響之大前所未有，成了「所謂『批評理論』在各種學術組織中的最新表現」。有人認為這和雷根主義保守回潮有關（在英國則是稍早的柴契爾夫人的保守主義）。之前美國學者關注多元文化和睦共存的理論框架，此時則需要反擊階級、性別、種族中日益增多的不平等現象，所以向英國的批判傳統靠攏。但是美國文化研究已經脫離了英國傳統，豪爾曾對此提出過批評：極端的職業化、體制化；追隨後結構主義把權力文本化、形式化；學究味太重，從「文化實踐」（cultural politics）變為「文化理論」（politics of cultural），批評家也成為資本主義社會中複製資本主義文化和社會關係的「職業管理階層」的一部分（Storey 1996:144, 291-7）。

理查德‧歐曼是美國文化研究／美國學研究（American Studies）的重要代表，他探討當代美國消費文化，尤其是揭示資本主義意識形態如何起「煽情」作用，至今仍然影響很大。《英

語在美國》寫於七〇年代，旨在揭露資本主義文化「不露痕跡」地爲資本主義意識形態服務。歐曼既承英國文化研究之傳統而注重文化具體表現，又露後結構主義之端倪而探討文化「霸權」的形成過程，把當時的社會動盪歸之於「負責傳播知識文化的機構」，認爲美國大學英語教學並不是培養人文精神，而是在培養資本主義商業文化的繼承人。他以美國大學常用的十四本寫作教材爲例，指出寫作課並不要求學生進行思考，只要求熟記硬背寫作規範，絕對服從寫作技法，實用功利性第一，把學生培養成國家、階級的使用工具。課本不僅把學生作爲無階級、無性別、與世隔絕的學習者，而且選用的範文竟包括越戰時五角大樓的文獻，作爲學生臨摹的標準（Ohmann 1976:1, 93-4, 146-59）。如果說以上的分析還停留在批判的淺層次，歐曼的近作《製造銷售文化》則更加深入，這裡的問題是：「文化製造者了解我們些什麼？他們如何利用這個了解來估計、塑造、產生我們的欲望，以達到讓我們消費商品或消費體驗的目的？」歐曼最關切的，就是消費文化如何在不知不覺中煽動起消費者的消費欲望。以廣告爲例，成功的廣告並不是推銷商品，而是讓消費者自己產生消費欲望，其慣常手法是首先挑起消費者對自己消費現狀的不滿，然後把這種不滿轉換成「缺乏」或「缺憾」，最後產生強烈的消費欲望。當這種欲望發展到一定階段時，便會使消費者產生物我不分的感覺，把消費作爲生命的一部分。如曾有一位老婦找到可口可樂公司，含著眼淚質問爲什麼四十年喝不到可口可樂。其實可口可樂一直有，只是外包裝發生了變化，但是此事卻表明，可口可樂已經成爲老婦人生活的一部分，「失去可口可樂無異於失去她的一部分青春」（Ohmann 1996:224-34、9）。

文化研究在美國的最新發展之一，就是「媒介研究」
（agency studies）。所謂「媒介」，即「透過施展權力而達到目的
的人或事物」，在批評理論中，「媒介研究」的客體就是當代資
本主義消費文化下產生「權力」的各種批評理論。顧名思義，
「批評」理論產生的權力應當和資本主義國家機器及其意識形態
產生的權力相對抗，以質疑後者的合法性，揭示其非「自然
性」。但是後現代理論近十幾年提出的問題是：批評理論眞的能
做到這一點嗎？一些批評家（尤其是馬克思主義者）的回答是肯
定的。如葛蘭西就寄希望於「有機知識份子」來打破法西斯主義
的「霸權」，美國文化理論家薩伊德也提出相似的「世俗／業餘
知識份子」作爲反抗性的代表（Said 1985:13-4），詹明信同樣倡
導「後設批評／代碼」來表示獨立於商品化之外的眞正批評理
論。但是後結構主義理論對批評的有效性持否定態度：既然資本
主義意識形態無所不在，既然任何批評理論都和消費文化息息相
關，任何批評最終都只能落入資本主義的文化邏輯，成爲其「同
謀」（Belok 1990:7; Foucault 1972:228-9）。批評理論因此陷入兩
難的境地，出現某種「危機」。有感於此，費斯特（Joel Pfister）
覺得有必要對後現代批評的有效性進行探討，尤其是批評的正面
作用。如通俗文化雖然有麻痺作用，但同時也是自我表現的手
段；黑人文化追求逃脫，卻也是一種精神解放與反抗。最重要的
是，因懼怕「同謀」而無動於衷不可能產生社會變化：「爲了有
效地組織起一個團體或社區群體，不僅僅只是幫助其成員瓦解敵
對群體的力量，還需要有效地聚集力量，激發鬥志，鼓起勇氣，
這麼做不僅靠群體的反抗力，而且靠群體的凝聚力。」這麼做的
實際意義還包括，可以讓學生們跨出「同謀批評」的局限，創造

性地組織實際批評（Pfister 1999:25）[13]。

　　由於後結構主義、後現代主義理論的影響，當代文化研究的泛文化傾向越來越明顯。這裡文化被作爲文本，文化研究成了文本閱讀。任何文本閱讀都涉及知識問題，傅柯指出，知識首先是人們在話語實踐中使用的言語，展示說話者（知識擁有者）在某個領域裡享有權利，能把自己的概念完整地融入已有的知識系統，供話語進行使用。傅柯著重論述了知識的主觀、人爲、片面性，表現在知識經過精心的系統化、結構化、成形化之後，被冠之爲「科學」，而知識的謬誤越少，科學性越強，它的意識形態性可能也越強。透過分析西方歷史上知識產生的過程，傅柯得出結論：知識話語得力於科學的權力和眞理的威嚴，眞理也借助知識的制度化、系統化強化自己的霸權。後殖民主義理論[14]利用傅柯的知識權力論對新老殖民主義霸權話語對東方文化的壓制、誤現進行批判。薩伊德認爲東方主義對東方文化和東方人的暴力歪曲來自西方歷史悠久的所謂「正規」、「純學術」的東方學研究機構。它借助「科學性」對東方文化和東方人進行了幾百年系統、「縝密」的研究，慣用的手法是從零星觀察（typycasting）上升到民族、文化的整體特徵（types），然後不失時機地作出價值判斷，形成西／東方高／低、優／劣的思維定式（stereotype）。新歷史主義則不承認歷史可以完全客觀再現，即使是純粹的歷史事實，它在歷史中的實際表現、作用以及和現實政治的聯繫仍然有待歷史學家去闡述。因此任何對過去的「眞實表述」都只是建構（construction）而不是「發現」（discovery），而主觀建構不可能是永恆不變的眞理，背後總隱含有建構者的意

識形態目的（Veeser 1994:14-20）。因此新歷史主義學者注重對客體文本進行深入挖掘，往往從文本輝煌的表面揭示出它深層隱含的觸目驚心的事實。下面以兩個具體事例來說明當代文化研究的「文本」分析。

威廉・西德尼・波特（筆名歐・亨利 [O Henry]）是二十世紀初美國文壇上一位顯赫一時的人物，其作品銷量數千萬冊，影響力經久不衰，被稱為「美國最偉大的短篇小說家」。在波特數百篇短篇小說中，〈麥琪的禮物〉尤其膾炙人口，在煽情效果上居所有波特浪漫故事之首。但是它揭示的遠遠不只一個動人心扉的愛情故事。從文化研究的角度出發，可以發現波特最大的成功，在於把一個個看似微不足道的生活細節描寫拼接成美國社會的全景圖畫，透過一個個小人物的個人遭遇，揭示出美國社會發展的深層機制。[15]〈麥琪的禮物〉創作、發表於二十世紀初，而處於世紀之交的美國社會正經歷著一場深刻的社會變革，其標誌就是商業文化的蓬勃發展。這種發展正從十九世紀末的潛移默化變得轟轟烈烈，其影響滲透進美國社會的各個方面，對美國人的觀念、心態、行為形成了巨大的影響。[16]

從消費文化的角度看，〈麥琪的禮物〉是一個送禮的故事。但是，男女主角為什麼要送禮？給誰送禮？送的什麼禮？這些問題背後隱藏著深刻的社會因素，反映了特定歷史時期美國資本主義商業文化發展的一個重要方面。西方比較文化學者認為，東方文化是所謂的「高語境」文化，看重人際間的禮尚往來（Bond 1991:49）。這種看法值得商榷，因為西方文化並非總是輕視禮品，而且世紀之交時禮品餽贈本身也發生了質的變化。長期以來，禮品的流通範圍在西方只限於關係密切的親朋好友之間，其

作用僅僅是加強小集體中的感情紐帶。但是隨著十九世紀末美國資本主義的發展和消費文化的興起，禮品很快成了商品，走進了百貨公司，並且具備了商品的一般屬性：禮品自身的商業價值首次超越了感情價值，流通領域逐漸擴大，並且具備了一般商品所帶有的自由性、解放性，成了一件「令人興奮的消費品」：「商品的興奮性就是選擇的興奮性，就是從單一乏味中解脫出來，品嚐由生活的多滋多味帶來的興奮」（Leach 1984:326-7）。

禮品觀念的現代化使節日餽贈具有了新的意義，最明顯地表現在購買行為本身被賦予了政治色彩。由於當時的美國社會貧富不均、階級差異十分明顯，對商品的占有便在很大程度上成了社會地位的反映。為了縮小現實中的階級差異，消費行為被塗上了烏托邦色彩，使人產生出「商品面前人人平等」的虛幻，似乎透過購物實踐可以縮小實際生活中存在於權力、地位、收入等方面的不平等，透過消費重新確立自己的存在。在二十世紀初資本主義消費意識形態的影響下，個人透過消費行為建立起來的身分似乎比透過實際生產關係而建立的身分更加重要。[17] 從這一點出發，可以更好地理解黛拉在和小商販為了一分兩分錢討價還價時會為這種「過度節儉」的行為而羞愧得「面紅耳赤」，更好地理解黛拉時時出現的強烈的「消費」衝動。

在所有消費行為中，女性的聖誕購物在十九世紀末具有非同尋常的意義，因為此時聖誕消費已經成為「女性的專職活動」（Waits 1993:81, 119），女性的消費心理也發生了變化：消費行為中理性成分所占的比重越來越小。女性消費時與其說憑理智購物，不如說憑感覺享受，因為她購買的對象除了消費品之外，還包括消費品給她帶來的虛榮和消費行為裡蘊涵的興奮。而且，十

九世紀九〇年代流水線生產的女性用品開始充斥消費市場，這些商品價格低廉，極大地滿足了低收入階層女性的虛榮心。

對女性來說，爲丈夫購買的聖誕禮物舉足輕重，但由此也常常引發夫妻矛盾：當時美國婦女大都是家庭主婦，耶誕節禮物（包括妻子給丈夫的禮物）都由丈夫出錢購買，這往往使妻子感到難堪，因此有些妻子便爲此出去打工掙錢，而這又有失丈夫的臉面，造成家庭不和，社會輿論也不支援。[18]黛拉和吉姆的送禮行爲則與眾不同，他們在送禮的同時承受了巨大的付出：黛拉剪掉了受人羨慕的長髮，吉姆則賣掉了值得誇耀的金錶。兩件物品本身儘管有一定的使用價值，但從消費文化的角度看其消費價值要遠遠超出有限的交換價值。黛拉的長髮是當時女性引以爲豪的性特徵，是有閒階級女性不惜金錢精心呵護的對象；而且黛拉剪去長髮之後把自己打扮成一幅頑童形象就更加有違時尚（慈母型女性形象）。[19]吉姆的金錶則是男性的重要標誌，象徵男性的穩重、智慧和自信。在二十世紀初性心理身分已經進入消費市場成了重要的商品之時，黛拉和吉姆爲對方犧牲的就不只是屬於自己的兩件孤立的物品，而是當時極受重視的「心理自我」[20]。

世紀之交時，美國社會的家庭理想正被消費文化重新定義，〈麥琪的禮物〉則可以看成波特對商業文化下家庭倫理價值觀念的一種思考，從一個側面反映了有些評論家所稱的資本主義消費文化的一個特點：以消費促家庭和睦，以購物促夫妻關係。吉姆和黛拉代表的既不是十九世紀後期大工業生產文化所標榜的「品德」（無私奉獻、個人犧牲、勤奮工作、做人楷模），也不是二十世紀初壟斷資本主義消費文化所倡導的「個性」（追求享受、虛榮和個人成功）。也許正因爲吉姆和黛拉透過物質消費表現出來

的依然是那份眞情、那份摯愛，才使〈麥琪的禮物〉長期以來受到美國讀者的青睞。

　　以上的分析「文化主義」的色彩較重，下面以後結構主義方法對香港「回歸」大陸進行分析。大陸的英文報刊一般把「回歸」譯成 "return"。這個詞在香港的語境中除了有「主權移交」、「領土返歸」之外，還有重要的政治涵義，即指歸還被他人非法強占的財產，或被強盜奪走的財物（*Oxford English Dictionary* 1989年版）。這種用法在當今政治生活中屢見不鮮：一些國家要求「歸還」被舊日西方列強掠走的珍貴文物，或者要求把在異國的戰犯、罪犯、難民等遣返原在國接受原在國的法律處理，使用的都是return，它表示使用者認爲自己在法律上對所涉及的客體享有無可爭辯的擁有權，並在許多情況下隱喻對方繼續保持它屬於非法或不正當。

　　但是西方媒體談到香港回歸時常常使用另一種譯法："revert"。這個詞在很多方面和return相吻合，都有「返還」、「返回」到原來狀態的意思，但作爲法律詞彙，它還指「捐贈者捐贈的財產到了捐贈者與接受者商定的法律期限後返還給財產的原捐贈人或他的財產繼承人」。因此，revert在香港的語境中就有了如下的政治涵義：英國對香港的占有是基於大英帝國和清政府「共同商定」的結果，不論是占有還是「交還」都是履行法律義務，是值得稱道的遵法守法行爲。這樣一來，「南京條約」的締結就成了中英雙方的「自願」行爲，香港就成了中國對英國的「餽贈物」，近代西方列強對中華民族百多年殖民主義般的壓迫歷史就被一筆勾銷。更有甚者，根據「南京條約」等不平等條約，香港、九龍屬於永久「割讓、放棄」給英國，九七年該歸還的只

是它「租借」的新界地區，所以香港的回歸反倒成了不合法的要
求。這也是《大不列顛百科全書》對「香港」詞條解釋的涵義；
The World Book Encyclopedia（1981年版）則把香港稱爲英國作
爲鴉片戰爭的戰勝國根據「南京條約」從清政府手中「接受」
的，九龍是它爲了「進一步解決與華貿易紛爭」的產物，只有新
界才是「租借」的；*Collier's Encyclopedia*（1979年版）在「香
港」詞條下對鴉片戰爭隻字不提，有的倒是這樣的描述：當時的
英帝國外交大臣帕默斯頓輕蔑地稱香港爲「貧瘠之地，幾無一房
一屋」，但二十世紀卻成了「極其繁榮的商業中心」。

　　由此可見，對香港回歸的不同「譯法」已經超出了純粹語言
學意義上的詞語理解和翻譯技巧範疇，實際上反映了不同的文化
觀和意識形態立場，是當代「翻譯學」（translation studies）的研
究領域。[21]revert這個能指含有特定的意義「軌跡」，一般的詞源
學詞典都會告訴我們，其詞根在拉丁語詞源中喻指「光輝的頂
點」、「榮耀的中心」，自然使人聯想起老殖民主義者對殖民業績
的吹噓[22]；而在日爾曼詞源中它含有「交上厄運」、「走下坡
路」，似乎暗示香港的未來。當代後殖民理論主要代表薩伊德對
新老殖民主義強勢話語對第三世界弱勢話語的意識形態扭曲和暴
力再現做了廣泛的揭露。他認爲東方主義對東方文化和東方人的
暴力歪曲主要來自兩個方面，即歷史悠久的所謂「正規」、「純
學術」 的東方學研究機構和當代西方的新聞媒體，後者在「新
聞自由」之下對東方文化的各個面向做了大量意識形態歪曲，以
服務於西方霸權的國家利益和全球策略，並從實踐上強化東方學
的「學術研究成果」（Said 1981:26, 47, 142）。

　　西方媒體當然知道return的道德涵義。希臘要求索回英國十

九世紀末掠走的「艾爾京雕像」，美國制定「美洲原住民墳地保護及文物返還法案」（NAGPRA），直至納粹掠奪的一萬多件文物物歸原主，使用的都是"return"。對非西方，他們則實行另一種標準。列強掠奪的中國文物被作爲八國聯軍向中國索要的「戰爭賠償」，至今仍然堂而皇之地陳列在西方的博物館裡；但是前蘇聯作爲戰爭賠償「沒收」德國文物卻是「掠奪行爲」。薩伊德對西方的新聞媒體有過尖刻的評論：「伴隨著這種媒體宣傳（coverage）的，是大量的掩飾遮蓋（covering up）」（Said 1980:xii）。它是已經系統化、「科學化」了的東方主義思維定式向大衆進行灌輸的媒介，以便讓學科優勢轉化爲文化的普遍意識。

　　汲取文化研究的理論，當代翻譯學對文化問題十分關注。歐洲翻譯學會是歐洲聯盟的政策諮詢部門，關注如何在不同語言的交流中維護文化傳統和本民族「身分」。小國對文化問題尤爲敏感。以色列耶路撒冷希伯萊大學從八〇年代起把原屬於人文學科掛靠於應用語言學中心的翻譯專業歸入社會科學的傳播系，在辦學層次上從本科上升爲博士。他們相信，「不論出於何種意圖，一切重寫都反映了某種意識形態和詩學，正因爲如此它操縱文字材料在特定的社會以特定的方式起作用。重寫就是操縱，服務於權力。翻譯的歷史也是文字創新的歷史，是一種文化對另一種文化的形成施加暴力的歷史。但重寫還可以壓制創新，實施扭曲、遏制，（透過翻譯）外來影響可以滲透進本土文化，向它挑戰，甚至顛覆它」（Lefevere 1992:xi-1）。

　　進入九〇年代，文化研究的一個明顯傾向就是國際化。八〇年代後期在美國創刊的雜誌《文化研究》編委會便由國際學者組

成，其宗旨是「促進本領域在世界範圍的發展，使不同國家不同學術背景的專家學者相互溝通」。文化研究的國際化是對文化全球化的反應：隨著資訊科技的發展，不同文化間的交流、碰撞日益頻繁。西方文化政治界對未來感到憂心忡忡者大有人在。哈佛大學教授亨廷頓（Samuel P. Huntington）就預言，世界主要文化體系（伊斯蘭教、儒教、基督教等）難以和睦共存，即使同一國家內部的不同文化族群也很難相容，因此未來的衝突將是不同文化、文明間的衝突（Huntington 1993:39-49; 1996:218-45）[23]。也有學者（如哈佛大學教授杜維明）認為，亨氏誇大族群分歧，忽視了不同文化的溝通和交流。

　　文化研究的興起時間不長，儘管至今依然方興未艾，但是由於後現代社會的不斷變化，由於與之相關的批評理論的發展，更由於文化研究自身的種種原委，已經有學者指出其式微的先兆。如日益明顯的國際化令英國學者不安，擔心廣泛的體制化之後文化研究會脫離與現實文化政治的密切聯繫，陷入象牙塔之中，失去其原有的銳氣（Adler & Hermand 1997:25）。有人擔心，一些人對文化研究趨之若鶩只是趕時髦，在舊內容上貼新標籤，並不進行認真的學術研究[24]。也許我們可以說，在世紀交替之際，學者們正冷靜地反思文化研究四十年的理論實踐，力圖使它在新世紀有更好的發展，因為大家似乎有一個共識：「文化研究不是某種固定不變、可供重複使用的方法，學習以後可以應用於任何文化領域。文化研究是各種社會、文本努力的歷史總和，以解決政治和文化意義中存在的種種問題」（Storey 1996:280）。既然人類在新世紀必將遇到大量新的社會問題，文化研究也將擔負起歷史賦予它的責任。

1「文化研究與眾不同，不是一個學術分支。它既沒有表述嚴密的方法，也沒有界定明確的研究領域」（During 1994:1）。這個說法不嚴密，因為後現代主義批評理論的許多流派（如女性主義、性別研究、新歷史主義）都具有這個特點，其原因可能是為了防止被主導意識形態所吸納成為其同謀。但是和其他批評理論相比，文化研究的確內容更加龐雜，表現更加紛繁。

2今日作為批評理論的文化研究和六〇年代伯明罕「研究中心」的文化研究已經相去甚遠，儘管後者依然活躍，而且在觀念方法上雙方有相通之處。

3「在任何歷史時期，文學藝術鑑賞取決於極小部分人。他們雖然人數極少，卻能量巨大，能夠憑藉真正的個人反應作出第一手判斷。猶如紙幣一樣，其價值取決於占比例很少的含金量，這一點是人們的共識。語言就在他們的維護之下，高尚的生活就取決於他們不斷變化的詞彙，缺少它就無法區別良莠。我說的『文化』就指對這種語言的使用」（李維斯：《大眾文明與少數文化》，Williams 1958:253-4）。

4學界通常把霍格特1957年發表的 *The Uses of Literacy* 和威廉斯1958年發表的 *Cultural and Society 1780-1950* 作為文化研究的起始（Turner 1990:12）。

5數年後在《漫長革命》中威廉斯進一步把文化歸約成三個「總體範疇」，其定義更加詳細（Williams 1961:41-2）。豪爾在《文化研究論文集》創刊號上借用的就是文化的這個定義。

6有意思的是，六〇年代正是全球範圍（尤其是西方和中國）文化革命起始的時代，儘管威廉斯所謂的「文化革命」和後來的社會動盪並不是一回事，但是雙方無疑有著密切的邏輯聯繫。

7加拿大傳媒學家、文化批評家麥克魯漢（Marshall McLuhan）也在此時提出著名的「地球村」概念，其原始意念在威廉斯的早期著述中均有表述。

8通俗文化之普及與強盛是一個主要原因，如五〇年代出生的「電視一代」

此時正進入青年。

9 葛蘭西是義大利共產黨創始人之一，1924年擔任黨的主席，1928年被墨索里尼判刑二十八年，1937年在國際壓力下被假釋，同年病逝。在法庭上，法西斯公訴人對法官說：我們必須讓這個大腦停止二十年。但是獄中九年恰恰是葛蘭西思考最富成果的九年，留下三十二本通信集。由於獄方審查，葛蘭西無法清楚、完全、自由地表露觀點，儘管如此，他的著述也已經極大地發展了馬克思主義理論，被譽為「二十世紀最偉大的馬克思主義作家」。

10 正如傅柯的"power"一樣，hegemony 的英文翻譯和它的原意也有不同：它既指一般意義上的「在政治經濟方面尋求領導地位」（俗稱「霸權」），又含「引導」、「抵制」之意（Gramsci 1971:xiii-xiv）。

11 在義大利文裡「引導」（direction）和"hegemony"是同一個詞根。

12 「影響力的獲取不是靠消滅對手，而是靠把相反的觀念輸入具有影響力集團的政治群屬之中。」（Turner 1990:212）

13 Joel Pfister: "Complicity Critique"。頁碼係指費斯特所贈手稿，原文刊登在2000年《美國文學史》雜誌。

14 後殖民主義可否列為文化研究的一個分支尚有爭論，但由於它探討的是「從殖民接觸初始開始的整個殖民過程中的所有問題」，而且獨立後的前殖民地仍然「以這種那種方式受著新殖民主義公開或暗裡的主宰」，所以後殖民主義揭示的是主導／從屬文化間的控制與反控制（Ashcroft et al 1995:2）。

15 〈麥琪的禮物〉收錄在1906年出版的小說集《四百萬》中。書的扉頁上對書名做了解釋：常人看到的只是紐約四百個達官貴人，而波特關注的卻是構成這個資本主義大都市的四百萬市民。

16 耶魯大學歷史學家阿格紐認為，美國消費文化始於十九世紀八○年代，此後至二十世紀三○年代發展成都市商業文化，三○年代後則演變為大眾消費文化（Brewei & Porter 1993:33）。而世紀交替則是這種發展的關鍵時期，不僅明顯地表現在經濟從匱乏到消費的轉移，而且人們的思想

觀念也發生轉變（Heinze 1990:33）。

17 「相對於人們無力控制的、範圍大得多的生產制度而言，透過消費而建立的身分更加有力，更易於爲個人控制」（Miller 1995:42）。由此可以認爲，「我消費故我在」的後現代資本主義消費意識形態在波特的時代已具雛形。

18 這種家庭衝突的突出表現也許就是當時令很多店家頭痛的所謂「太太偷竊」事件。儘管中產階級主婦在商店行竊的動機多種多樣，但心理學家認爲這不乏是她們對自己經濟地位低下的一種下意識流露（Abelson 1989:165-71）。

19 青春浪漫性感的少女形象到二十世紀二〇年代才成爲美國廣告媒體的時尚（Waits 1993:95）。

20 有學者指出，美國人對心理（尤其是性心理）身分的意識及關注始於二十世紀頭十年（Pfister & Schnog 1997:167-75）。

21 譯界對「翻譯學」尚無定論，甚至對它是否是一門獨立的研究領域也看法不一。有學者認爲它始於七〇年代（Dollerup & Loddegaard 1992:93），有的認爲是八〇年代（Lefevere 1992:xi），但可以肯定的是它的出現和後現代理論在時間上同步，是文化研究對翻譯本身的思考。

22 殖民的結果便是殖民地的「輝煌」：英國首任駐埃及總督克羅瑪勳爵就被下院稱讚爲在任期內使埃及「從社會、經濟衰敗的最低谷一躍成爲東方國家中經濟、道德光復的絕對唯一典範」（Said 1979:32）。這裡的邏輯是，沒有殖民主義的「幫助」，「愚昧」民族將不可能發展。

23 二十世紀末期的一次東西方文化衝突是對《魔鬼詩篇》的爭執。英籍印裔小說家魯西迪（Ahmed Salman Rushdie）的這本小說1988年一出版便獲西方評論界好評，說它「立於兩個世界之間鼓勵雙方的融會；（魯西迪）想藉此規勸雙方人民向對方敞開胸懷」（Edmundson 1989:66）。結果卻完全相反：此書「在西方引起對回教徒空前的誤解與敵意」，伊朗精神領袖發出對魯西迪的追殺令，抗議浪潮中眾多回教徒傷亡，而西方政府與媒體針鋒相對，造成雙方關係空前緊張。溫和的回教學者抱怨西

方拒絕「從回教徒的角度」理解回教徒的感受（Ahsan & Kidwai
1991:25-30），而西方大眾也認爲回教徒固守成規陋習「冥頑不化」。至
今這場「回教徒和西方自由文化的衝突」仍無和解的跡象。

24 「在所有從七〇年代起席捲美國的人文思潮裡，沒有哪一種思潮像文化
研究那樣被研究得如此膚淺、如此投機、如此輕率、如此脫離歷史」
（Storey 1996:274）。

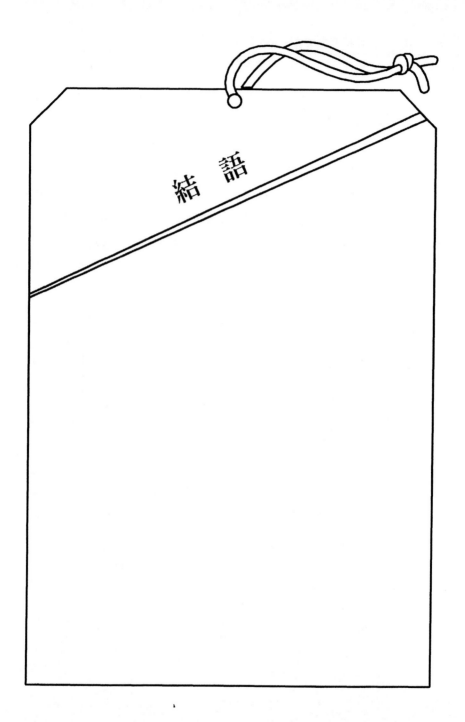

結 語

二十世紀西方批評理論龐大而複雜，涵蓋的範圍越來越廣，論及的問題觸及現當代西方社會生活的每個角落；並且由於它的泛文化傾向，使它自身的輪廓越來越不清晰，對它的理論界定、評述越來越困難。這種情況對現當代西方批評理論內部的各個流派也是如此。如果說俄蘇形式主義、英美新批評尚能較容易地進行理論歸納，其後的諸流派則見解紛呈，各執一詞，莫衷一是，很難找到能為各方所接受的「基本觀點」，甚至常常連所謂的代表性人物都難以確定。如說到後殖民主義批評理論自然使人想起薩伊德，但薩伊德也只是後殖民主義問題討論中的發言者之一，甚至眼下很多人也許並不認為他會比其他後殖民主義理論家更加重要。理論家個人也是如此。他／她的理論視角經常變換，此一時彼一時，已經無法用某個單一的「主義」對他／她進行理論概括。如卡勒就從結構主義過渡到解構主義及後現代主義，米勒也早就結束了解構主義著述，伊哲雖然仍然堅持他的「讀者反應」批評，但他有關讀者反應批評的理論建樹早在八〇年代就已經停止。

　　這些現象說明，「批評理論」在不斷發展更新，要想完整地把握或者抓住某種理論既無必要也是徒勞。之所以如此，主要因為批評理論的功能是提供思考的可能性，一旦思考近乎完滿，就意味著一種批評理論接近消亡，將要被另一種批評理論所取代。卡勒在一部批評理論史的結尾說：

> 理論提供的不是一套解決問題的辦法，而是繼續思考的前景。它要求致力於閱讀，挑戰先見，質疑思考的出發點。……
> ……它是不停的思考過程，不因某個簡短介紹的結束而結束

（Culler 1997:122）。

　　這也是本書結束時作者對讀者的企求：二十世紀批評理論大大開闊了人們的思想，這是它的最主要功績；在它的推動下，人們將繼續思考，繼續探索，繼續質疑。

　　二十世紀是人類發生巨變的世紀，這種巨變在西方社會尤其明顯，表現之一就是五花八門的人文思潮不斷湧現，衝擊著數千年的傳統文化，滌蕩著社會的思想積澱。對於這場「文化革命」，有人覺得茫然，不知所措；有人則憂心忡忡，對未來不無焦慮；也有人感到今不如昔而痛心疾首。但是二十世紀已經結束，新的世紀已經開始。不論人們如何懷念「舊日好時光」，總要面對將來。二十世紀文藝文化批評理論的發展脈絡告訴我們，隨著科技的進步和後現代意識的深入，人文思潮將會進一步蓬勃發展。不管我們喜不喜歡，社會生活將迫使理論去面對現實，思考現實，解釋現實，並且在這個過程中使理論得以不斷更新。

　　本書的書名叫「文藝文化批評（cultural and critical）理論」，目的是要揭示當代文藝批評理論和社會文化現實之間的密切聯繫，而這種聯繫人們以往似乎並沒有予以充分的認識。實際上任何理論總是來自社會現實，而文化則是社會現實的集中體現。從這個意義上說，理論和文化互為依託，反映並闡釋著社會現實[1]。以形式主義為例。它們是現當代西方文藝理論的先驅，其系統性理論性當毋庸置疑。但是它們也開「批評」理論的先河，批評矛頭指向當時的社會文化，儘管它們一再宣稱批評理論「自足」。

　　二十世紀西方文藝批評理論的一個特徵，就是理論的文化屬

性越來越明顯，發展到近二十年，文藝批評有泛文化評判之嫌，不僅使遵循人文傳統的人士不知所措，甚至某些新潮理論權威也有追悔莫及之感。如後殖民主義理論元老薩伊德近來撰文，指責當代批評理論的泛文化趨勢，痛感當今人文傳統消失，人文精神淡薄，人文責任喪失，稱之為「人文的墮落」。同時他疾呼，去除浮躁情緒，回復舊日的細讀傳統，培養基本功扎實的「文學家」。薩伊德似乎在說，雅儒固然不可取，但是知識份子的社會精英地位也不可忘記（Said 1999:3-4）[2]。實事求是地說，以後現代文化研究為代表的西方最新文藝文化批評理論確實對學術界，尤其對大學的教育體制造成很大衝擊[3]。物極必反，新世紀批評理論向傳統回歸也未必不會發生。這種現象本身也是對當代批評理論現實的反應，也是一種文化現象。新世紀批評理論走向如何目前尚難預測，但是可以肯定，即使回歸傳統，也是一種更高層次上的回歸，二十世紀批評理論的文化屬性將會以新的方式繼續得以光大。

1 有人指出，「文化批評理論」出自九〇年代的「文化研究」，說明後者和傳統的文化研究之區別：當代文化研究的客體是「文化歷史」（cultural history），文化具有文本性（textuality），歷史具有不定性（Adler & Hermand 1997:31-2）。這裡實際上說明文化／理論間的相通。

2 這裡後殖民主義者薩伊德已經消失，出現的是理論生涯初期（即六〇年代中期寫作處女作《約瑟夫‧康拉德及自傳體小說》時）的薩伊德。這似乎是理論的倒退，因為七〇年代美國學研究的重要理論家歐曼便從英語教學入手進入文化研究，薩伊德的《東方主義》也隨後跟進，文化研究很快形成氣候並達到高潮。

3 後現代理論形成期頗受歧視，為主流傳統學科所懷疑，二十年後卻成為
　著名大學有關傳統學科招聘教師的必備條件（朱剛、劉雪嵐 1999）。與
　此同時，後現代理論的學院化傾向越來越重，語言越來越晦澀抽象，和
　大學教育脫節，很難吸引學生。而且現代理論範圍無限擴大，使教師學
　生無所適從，教學計畫難以制定。後現代理論多出自英文系，但卻和英
　文越來越沒有關聯，英文系的傳統教學內容反而成了理論的懷疑對象
　（陶潔 1995:100-5）。這一切的始作俑者包括薩伊德，現在卻成了薩伊德
　本人的抱怨對象。

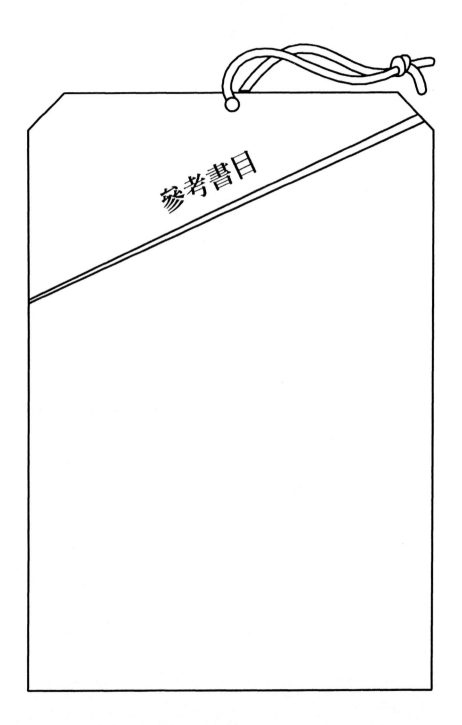

参考書目

Abelove, Henry, Michèle & David M. Halperin eds. (1993). *Lesbian and Gay Studies Reader.* New York & London: Routledge.

Abelson, Elaine S. (1989). *When Ladies Go A-Thieving: Middle Class Shoplifters in the Victorian Department Store.* New York: Oxford UP.

Abrams, M. H. (1953). *The Mirror and the Lamp: Romantic Theory and the Critical Tradition.* New York: Oxford UP.

Adams, Hazard ed. (1971). *Critical Theory since Plato.* New York: Harcourt Brace Jovanovich, Inc.

Adams, Hazard & Leroy Searle eds. (1992). *Critical Theory Since 1965.* Tallahassee: U Presses of Florida.

Adler, Hans & Jost Hermand eds. (1997). *Concepts of Culture.* New York & Washington: Peter Lang.

Agger, Ben (1992). *Cultural Studies as Critical Theory.* London & Washington: The Palmer Press.

Ahsan, M. M. & A. R. Kidwai eds. (1991). *Sacrilege versus Cvility, Muslim Perspectives on the Sadanic Verses Affairs.* Leicester: The Islamic Foundation.

Ashcroft, Bill, Gareth Griffiths & Helen Tiffin eds. (1995). *Post-Colonial Studies Reader.* New York & London: Routledge.

Bakhtin, M. M. (1989) "Laughter and Freedom." In Latimer, Dan ed. *Contemporary Critical Theory.*

------ (1992) "Discourse in the Novel." In Adams, Hazard & Leroy Searle eds. *Critical Theory Since 1965.*

Bakhtin, M. M. & P. N. Medvedev (1985). *The Formal Method in*

Literary Scholarship. Cambridge: Harvard UP.

Baldwin, Elaine et al. eds. (1999). *Introducing Cultural Studies.* London & New York: Prentice Hall Europe.

Bate, Walter Jackson ed. (1970). *Criticism: The Major Texts.* San Diego: Harcourt Brace Jovanovich, Publishers.

Belok, Michael V. ed. (1990). *Post Modernism, Review Journal of Philosophy and Social Science.* India: ANU Books. Vol. xv. .

Benjamin, Walter (1934) "The Author as Producer." In K. M. Newton ed. (1988). *Twentieth-Century Literary Theory, A Reader.*

Bennett, Tony (1979). *Formalism and Marxism.* London: Methuen & Co. Ltd.

Bond, Michael Harris (1991). *Beyond the Chinese Face, Insights from Psychology.* Hong Kong: Oxford UP.

Booth, Wayne C. (1987). *The Rhetoric of Fiction.* Penguin Books.

Brewer, John & Roy Porter eds. (1993). *Consumption and the World of Goods.* London: Routledge.

Brunel, Pierre ed. (1992). *Companion to Literary Myths, Heroes and Archetypes.* Wendy Allatson trans. London & New York: Routledge.

Bullough, Vern L. (1979). *Homosexuality, A History.* New York: The New American Library.

Butler, Judith (1990). *Gender Trouble: Feminism and the Subversion of Identity.* New York: Routledge.

Caws, Peter (1990). *Structuralism, A Philosophy for the Human*

Sciences. New Jersey: Humanities P .

CCCS (1971). *Working Papers in Cultural Studies*. Spring. Nottingham: Partism P. Ltd.

Collier, Peter & Helga Geyer-Ryan eds. (1990). *Literary Theory Today*. Cambridge: Polity P.

Cowley, Malcolm (1934). *Exile 's Return, A Narrative of Ideas*. New York: W. W. Norton & Company, Inc. Publishers.

Craig, D. ed. (1975). *Marxists on Literature, An Anthology*. Penguin Books.

Culler, Jonathan (1983). *On Deconstruction*. London: Routledge & Kegan Paul.

----- (1997). *Literary Theory, A Very Short Introduction*. New York: Oxford UP.

Debicki, A. P. (1985) "New Criticism and Deconstruction, Two Attitudes in Teaching Poetry." In G. D. Atkins & M. L. Johnson eds. *Writing and Reading Differently —Deconstruction and the Teaching of Composition and Literature*. U of Kansas P .

Derrida, Jacques (1968). *Théorie d'ensemble*. Editions Seuil. In Rivkin & Ryan (1998).

----- (1976). *Of Grammatology*. Trans. Gayatri Chakravorty Spivak. Baltimore & London: The Johns Hopkins UP.

----- (1981a). *Dissemination*. Trans. & intro. Barbara Johnson. Chicago: The U of Chicago P.

----- (1981b). *Positions*. Trans. Alan Bass. Chicago: The U of Chicago P.

de Saussure, Ferdinand (1966). *Course in General Linguistics.* Charles Bally ed. Trans., intro. & notes by Wade Baskin. New York: McGraw-Hill Book Company.

Dilthey, Wilhelm (1986) "Awareness, Reality: Time." In Kurt Mueller-Vollmer ed. *The Hermeneutics Reader.* Oxford: Basil Blackwell.

Dollerup, Cay & Anne Loddegaard eds. (1992). *Teaching Translation and Interpreting, Training, Talent and Experience.* Amsterdam/ Philadelphia: John Benjamins Publishing Company .

Duffy, Jean (1992). *Structuralism: Theory and Practice.* Somerset: Castle Cary P.

During, Simon ed. (1994). *The Cultural Studies Reader.* London & New York: Routledge.

Dynes, Wayne R. ed. (1990). *Encyclopedia of Homosexuality.* New York & London: Garland Publishing, Inc.

Eagleton, Mary ed. (1986). *Feminist Literary Theory, A Reader.* New York: Basil Blackwell.

----- (1992). *Feminist Literary, Criticism.* New York: Longman.

Eagleton, Terry (1976). *Marxism and Literary Criticism.* London: Methuen & Co Ltd.

----- (1985). *Literary Theory, An Introduction.* Minneapolis: U of Minnesota P.

Eagleton, Terry & Drew Milne eds. (1996). *Marxist Literary Theory, A Reader.* Oxford: Blackwell Publishers Ltd.

Eco, Umberto (1984). *The Role of the Reader.* Bloomington: Indiana

UP.

Edmundson, Mark (1989) "Prophet of a New Postmodernism: The Greater Challenge of Salman Rushdie." *Harper 's*. 297 (Dec. 1989).

Ehrmann, Jacques ed. (1970). *Structuralism*. New York: Doubleday & Company, Inc.

Empson, William (1966). *Seven Types of Ambiguity*. New York: New Directions Publishing Corporation.

Fekete, John (1977). *The Critical Twilight*. London: Routledge & Kegan Paul.

Fish, Stanley (1982). *Is There a Text in This Class?*. Cambridge: Harvard UP.

----- (1989). *Doing What Comes Naturally — Change, Rhetoric, and the Practice of Theory in Literature and Legal Studies*. Durbam and London: Duke UP.

Fokkema, D. W. & Elrud Kunne-Ibsch (1977). *Theories of Literature in the Twentieth Century*. London: C. Hurst & Company.

Foucault, Michel (1972). *The Archaeology of Knowledge and the Discourse of Language*. New York: Pantheon Books.

----- (1985). *The Use of Pleasure, Volume 2 of the History of Sexuality*. Trans. Robert Hurley. Middlesex: Viking.

----- (1981). *Volume 1 of the History of Sexuality*. Trans. Robert Hurley. Harmondsworth: Penguin.

Frank, Thomas (1997). *The Culture of Cool: Business Culture, Counterculture, and the Rise of Hip Consumerism*. Chicago: U of

Chicago P.

Frank, Thomas & Matt Weiland eds. (1997). *Commodify Your Dissent: Salvos from the Baffler*. New York: Norton.

Frank, Tom (1996) "Hip Is Dead." *The Nation* (April 1).

Frazer, James G. (1954). *The Golden Bough: A Study in Magic and Religion*. London: Macmillan and Co. Ltd.

Freud, Sigmund (1900). *Interpretation of Dreams*. In *The Standard Edition of the Complete Psychological Works of Sigmund Freud*. Ed. James Strachey. Vols. IV & V. London: Hogarth P.1953.

----- (1908). *Creative Writers and Day-Dreaming*. In David Lodge.

----- (1920). *Beyond the Pleasure Principle*. In *The Standard Edition of the Complete Psychological Works of Sigmund Freud*. Ed. James Strachey. Vol. XVIII. London: Hogarth P. 1955.

----- (1920). *The Psychogenesis of a Case of Homosexuality in a Woman*. In *Sigmund Freun — Collected Papers*. Ed. Ernest Jones. Vol II. New York: Basic Book, Inc., 1959 .

----- (1949). *An Outline of Psychoanalysis*. Ed. James Strachey. London & New York: W. W. Norton & Co., Inc.

----- (1961). *Introductory Lectures on Psychoanalysis*. Ed. James Strachey. London & New York: W. W. Norton & Co., Inc.

Frye, Northrop (1957). *Anatomy of Criticism*. Princeton, New Jersey: Princeton UP.

----- (1970) "Myth, Fiction, and Displacement." In Lionel Trilling ed. *Literary Criticism an Introductory Reader*.

Gadamer, Hans-Georg (1960). *Truth and Method*. In Adams & Searle eds. *Critical Theory Since 1965.*

Gadgt, Francoise (1986). *Saussure and Contemporary Culture.* Trans. Gregory Elliott. London: Hutchinson Radius.

Garvin, Paul L. ed. & trans. (1964). *A Prague School Reader on Esthetics, Literary Structure, and Style.* Washington, D.C.: Georgetown UP.

Gibson, Walker (1984) "Authors, Speakers, Readers, and Mock Readers." In J. P. Tompkins ed. *Reader-Response Criticism — From Formalism to Post- Structuralism.*

Gilbert, Sandra M. & Susan Gubar eds. (1985). *The Norton Anthology of Literature by Women, the Tradition in English.* New York: W. W. Norton & Company.

Gramsci, Antonio (1971). *Selections form the Prison Notebooks of Antonio Gramsci.* Ed. & trans. Quintin Hoare & Geoffrey Nowell Smith. New York: International Publishers.

Gunew, Sneja ed. (1991). *A Reader in Feminist Knowledge.* New York: Routledge.

Hassan, Ihab (1987). *The Postmodern Turn, Essays in Postmodern Theory and Culture.* Columbus: Ohio State UP.

Hawkes, Terence (1977). *Structuralism and Semiotics.* Berkeley & Los Angles: U of California P.

Heidegger, Martin (1927). *Being and Time.* In Mueller-Vollmer ed. *The Hermeneutics Reader.*

----- (1951) "Hölderlin and the Essence of Poetry." In Adams & Searle eds. *Critical Theory Since 1965.*

Heinze, Andrew R. (1990). *Adapting to Abundance: Jewish Immigrants, Mass Consumption, & the Search for American Identity*. New York: Columbia UP.

Hoecklin, Lisa (1995). *Managing Cultural Differences: Strategies for Competitive Advantages*. London: Addison-Weslev Publishing Company.

Hoggart, Richard (1958). *The Uses of Literacy*. London: Penguin .

Holland, Norman N. (1975). *The Dynamics of Literary Response*. New York, London: W. W. Norton & Company. .

----- (1984) "Unity, Identity, Text, Self." Jane P. Tompkins ed. *Reader-Response Criticism*.

----- (1988). *The Brain of Robert Frost*. New York & London: Routledge .

Holub, Robert C. (1984). *Reception Theory: A Critical Introduction*. London and New York: Methuen, Inc., Methuen.

Hoogland, Renee C. (1995) "Hard to Swallow: Indigestible Narratives of Lesbian Sexuality." *Modern Fiction Studies*. Vol. 41. No.3-4.

Huntington, Samuel P. (1993) "The Clash of Civilization? The Debate". *Foreign Affairs*. New York: The Council on Foreign Relations, Inc.

----- (1996). *The Clash of Civilizations and the Remaking of World Order*. New York: Simon & Schuster.

Husserl, Edmund (1973). *The Idea of Phenomenology*. Trans. W. P. Alston & G. Nakhnikian. The Hague: Martinus Nijhoff.

----- (1974). *Ideas: General Introduction to Pure Phenomenology*. Trans. W. R. Boyce. New York: The Macmillan Company.

Ingarden, Roman (1973). *The Literary Work of Art*. Trans. George G. Grabowicz. Evanston: Northwestern UP.

Innes, Robert E. ed. (1985). *Semiotics: An Introductory Anthology*. Bloomington: Indiana UP.

Iser, Wolfgang (1978). *The Implied Reader, Patterns of Communication in Prose Fiction from Bunyan to Beckett*. Baltimore and London: The Johns Hopkins University Press.

----- (1981) "Talking like Whales — A Reply to Stanley Fish." *Diacritics*, Vol. 11, Sept.

----- (1987). *The Act of Reading, A Theory of Aesthetic Response*. Baltimore and London: The Johns Hopkins University Press.

----- (1989). *Prospecting: from Reader Response to Literary Anthropology*. Baltimore and London: The Johns Hopkins University Press.

----- (1990) "Reader Response Criticism in Perspective." In *Changes and Challenges: The Role of the Future University*. Seoul: Hanyang University Press.

----- (1993). *The Fictive and the Imaginary, Charting Literary Anthropology*. Baltimore and London: The Johns Hopkins University Press.

Jagose, Annamarie (1996). *Queer Theory*. Carlton South: Melbourne UP.

Jameson, Fredric (1972). *The Prison-House of Language*. Princeton:

Princeton U.P.

----- (1977). *Marxism and Form, Twenties Century Dialectical Theories of Literature*. Princeton: Princeton UP.

----- (1981). *The Political Unconscious: Narrative As A Social Symbolic*. Cornell UP.

----- (1988). *The Ideologies of Theory*. London: Routledge.

----- (1991). *Postmodernism, or the Cultural Logic of Late Capitalism*. London: Duke UP.

Jefferson, Ann & David Robey eds. (1986). *Modern Literary Theory — A Comparative Introduction*. New Jersey: Barnes & Noble Books.

Johnson, Barbara (1994). *The Wake of Deconstruction*. Cambridge: Blackwell.

Jung, Carl Gustav (1959). "On the Relation of Analytical Psychology to Poetry." In *The Collected Works of C. G. Jung*. Vol. XX. Trans. R. F. C. Hull. New York: Routledge & Kegan Paul.

----- (1959) "The Principal Archetypes." In *The Collected Works of C. G. Jung*. Vol. IX. Trans. R. F. C. Hull. New York: Routledge & Kegan Paul.

----- (1965). *Memories, Dreams, Reflections*. New York: Vintage Books. .

----- (1965) "The Collective Unconscious and Archetypes." In R. Ellmann & C. Feidelson, Jr. eds (1965). *The Modern Tradition, Backgrounds of Modern Literature*. New York: Oxford Univ. Pr.

----- (1968) "The Concept of the Collective Unconscious." In Walter K. Gordon ed. *Literature in Critical Perspectives: An Anthology.* New York: Meredith Corporation.

Kristeva, Julie (1977). *About Chinese Women.* London: Marion Boyars.

Lacan, Jacques (1949). "The Mirror Stage as Formative of the Function of the I as Revealed in Psychoanalytic Experience." In Adams & Searle eds. *Critical Theory Since 1965.*

----- (1977). *Ecrits: A Selection.* Trans. Alan Sheridan. New York: W. W. Norton and Co.

Latimer, Dan (1989). *Contemporary Critical Theory.* San Diego: Harcourt Brace Jovanovich, Publishers.

Leach, William R. (1984) "Transformations in a Culture of Consumption: Women and Department Stores, 1980-1925." *Journal of American History.* Vol. 71 (Sept.).

Lefevere, Andrè ed. (1992). *Trnaslation/History/Culture, A Sourcebook.* London & New York: Routledge.

Leitch, Vincent B. (1983). *Deconstructive Criticism, An Advanced Introduction.* New York: Columbia UP.

----- (1988). *American Literary Criticism, from the 30s to the 80s.* New York: Columbia UP.

Lemon, Lee T. & Marion J. Reis eds. (1965). *Russian Formalist Criticism, Four Essays.* Lincoln: U of Nebraska P.

Lodge, David (1972). *20th Century Literary Criticism.* London: Longman Group Ltd.

Lukács, Georg (1954) "Art and Objective Truth." In Adams, Hazard & Leroy Searle eds. *Critical Theory Since 1965.*

----- (1963) "Critical Realism and Socialist Realism." In K. M. Newton ed. (1988). *Twentieth-Century Literary Theory, A Reader.*

Makaryk, Irena R. ed. (1997). *Encyclopedia of Contemporary Literary Theory.* Toronto: U of Toronto P.

Matejka, Ladislav & Krystyna Pomorska eds. (1978). *Readings in Russian Poetics: Formalist and Structuralist Views.* Michigan: Michigan Slavic Publications.

Miller, Daniel ed. (1995). *Acknowledging Consumption: A Review of New Studies.* London: Routledge.

Miller, Hillis J. (1977) "The Critic as Host." *Critical Inquiry.* Spring.

Millett, Kate (1977). *Sexual Politics.* London: Virago.

Morris, Pam (1993). *Literature and Feminism, An Introduction.* Cambridge: Blackwell.

Mostafa, Rejai (1991). *Political Idologies, A Comparative Approach.* New York: M. E. Sharpe, Inc.

Munt, Sally ed. (1992). *New Lesbian Criticism, Literary and Cultural Readings.* New York: Columbia UP.

Newton, K. M. ed. (1988). *Twentieth-Century Literary Theory, A Reader.* London: Macmillan Education Ltd.

----- (1992). *Theory into Practice, A Reader in Modern Literary Criticism.* New York: St. Martin's Press.

Ohmann, Richard (1976). *English in America, A Radical View of the Profession.* New York: Oxford UP.

----- ed. (1996). *Making and Selling Culture.* Hanover & London: Wesleyan UP.

Ormand, Kirk (1996) "Positions for Classicists, or Why Should Feminist Classicists Care about Queer Theory?" Paper delivered at the Princeton conference on "Feminism and the Classics: Setting the Research Agenda".

Pfister, Joel & Nancy Schnog eds. (1997). *Inventing the Psychological: Toward a Cultural History of Emotional Life in America.* New Haven & London: Yale UP.

Ransom, John Crowe (1979). *The New Criticism.* Westport: Greenwood P.

Ray, William (1984). *Literary Meaning, from Phenomenology to Deconstruction.* New York: Basil Blackwell.

Raymond, Janice G. (1989) "Putting the Politics Back into Lesbianism." Women's Studies International Forum. Vol. 12. No. 2.

Rejai, Mostafa (1991). *Political Ideolgies, A Comparative Approach.* New York: M. E. Sharpe, Inc.

Rich, Adrienne (1978). *The Dream of A Common Language, Poems 1974-1977.* New York: W. W. Norton & Company Inc.

Rivkin, Julie & Michael Ryan eds. (1998). *Literary Theory: An Anthology.* Malden: Blackwell.

Rosenblatt, Louise M. (1978). *The Reader the Text the Poem —the*

Transactive Theory of the Literary Work. Southern Illinois UP.

Said, Edward. (1979). *Orientalism*. New York: Vintage Books.

----- (1980). *The Question of Palestine*. New York: Vintage Books.

----- (1981a). *Covering Islam, How the Media and the Experts Determine How We See the Rest of the World*. New York: Pantheon Books .

----- (1981b). *The World, the Text, and the Critic*. Cambridge: Harvard UP.

----- (1985). Beginnings, *Intention and Method*. New York: Columbia UP.

----- (1999) "Restoring Intellectual Coherence." *MLA Newsletter*. Spring.

Schleiermacher, Friedrich D. (1986) "General Hermeneutics." In Kurt Mueller-Vollmer ed. *The Hermeneutics Reader*. Oxford: Basil Blackwell.

Scholes, Robert (1974). *Structuralism in Literature — An Introduction*. New York & London: Yale UP.

Sedgwick, Eve Kosofsky (1985). *Between Men, English Literature and Male Homosocial Desire*. New York: Columbia UP.

Simpson, Mark ed. (1996). *Anti-Gay*. London: Freedom Editons.

Spurlin, Williams & Michael Fischer (1995). *The New Criticism and Contemporary Literary Theory, Connections and Continuities*. New York & London: Garland Publishing, Inc.

Stewart, D. & A. Mickunas (1974). *Exploring Phenomenology — A Guide to the Field and its Literature*. Chicago: American Library

Association.

Storey, John ed. (1996). *What Is Cultural Studies? A Reader*. London & New York: Arnold.

Sturrock, John (1986). *Structuralism*. London: Paladin Grafton Books.

Suleiman, Susan R. & Inge Crosman eds. (1980). *The Reader in the Text — Essays on Audience and Interpretation*. Princeton, New Jersey: Princeton UP.

Tate, Allen (1959). *Collected Essays*. Denver: Alan Swallow .

Taylor, Ronald ed. (1977). *Aesthetics and Politics, Debates between E. Bloch, G. Lukacs, B. Brecht, W. Benjamin, T. Adorno*. London: NLB.

Todd, Janet (1988). *Feminist Literary History*. New York: Routledge.

Todorov, Tzvetan (1988). *Literature and Its Theorists, A Personal View of Twentieth-Century Criticism*. London: Routledge & Kegan Paul.

Tompkins, Jane P. ed. (1984). *Reader-Response Criticism — From Formalism to Post-Structuralism*. Baltimore and London: The Johns Hopkins UP.

Trilling, Lionel (1941). "Freud and Literature." In Hazard Adams ed. *Critical Theory Since Plato* .

----- (1945). "Art and Neurosis." In Hazard Adams ed. *Critical Theory Since Plato* .

----- (1970). *Literary Criticism An Introductory Reader*. New York: Holt, Rinehart and Winston, Inc.

Turner, Graeme (1990). *British Cultural Studies, An Introduction.* Boston: Unwin Hyman.

Veeser, H. Aram ed. (1994). *The New Historicism Reader.* New York & London: Routledge.

Waits, William B. (1993). *The Modern Christmas in America.* New York: New York UP.

Warner, Michael ed. (1995). *Fear of A Queer Planet.* Minneapolis & London: U of Minnesota P.

Weeks, Jeffrey (1972). *Coming Out: Homosexual Politics in Britain from the Nineteenth Century to the Present.* London: Quartet Books.

Wellek, René & Austin Warren (1982). *The Attack on Literature.* Chapel Hill: U of North Carolina P.

----- (1986). *Theory of Literature.* Penguin Books.

White, Heyden (1977) "The Absurdist Moment in Contemporary Literary Theory." In *Directions for Criticism, Structuralism and Its Alternatives.* Murray Krieger & L. S. Dembo eds. The U of Wisconsin P.

Williams, Raymond (1958). *Culture and Society 1780-1950.* New York: Columbia UP .

----- (1978). *Marxism and Literature.* Oxford: Oxford UP.

----- (1961). *The Long Revolution.* New York: Columbia UP.

Wilton, Tamsin (1995). *Lesbian Studies: Setting An Agenda.* London & New York: Routledge.

Winchell, Mark Royden (1996). *Cleanth Brooks and the Rise of*

Modern Criticism. Charlottesville & London: UP of Virginia.

Wolin, Richard (1992). *The Terms of Cultural Criticism.* New York: Columbia UP.

Zimmerman, Bonnie & Toni A. H. McNaron eds. (1996). *The New Lesbian Studies, Into the Twentieth-First Century.* New York: The Feminist P.

陳松全（1998），〈莊子消解主義與西方解構主義〉，《中外文化與文論》，四川大學出版社，5月。

茨維坦・托多羅夫編（1989），《俄蘇形式主義文論選》，蔡鴻濱譯，北京：中國社會科學出版社。

弗洛伊德（1987），《性愛與文明》，滕守堯譯，合肥：安徽文藝出版社。

高旭東（1989），《孔子精神與基督精神》，河北人民出版社。

李英明（1993），《晚期馬克思主義》，台北：揚智文化。

盛寧（1994），《二十世紀美國文論》，北京：北京大學出版社。

史安斌（1999），〈「怪異論」理論及其對文學研究的影響〉，《外國文學》，2月。

R. E. 斯皮勒（1990），《美國文學的周期》，王長榮譯，上海：上海外語教育出版社。

陶潔（1995），〈對「批評理論」的批評〉，《讀書》，11月。

葉舒憲（1988），《探索非理性的世界》，成都：四川人民出版社。

游國恩等（1984），《中國文學史》（四卷本），北京：人民文學出版社。

詹明信、張旭東（1996），〈理論的歷史性〉，《讀書》，2月。

張子清（1995），《二十世紀美國詩歌史》，長春：吉林教育出版
　　社。

趙毅衡（1986），《新批評——一種獨特的形式主義文論》，北
　　京：中國社會科學出版社。

鄭敏（1997），〈解構思維與文化傳統〉，《文學評論》，2月。

朱剛、劉雪嵐（1999），〈琳達‧哈欽訪談錄〉，《外國文學評
　　論》，1月。

朱立元（1997），《當代西方文藝理論》，上海：華東師範大學出
　　版社。

二十世紀西方文藝文化批評理論　Culture Map12

著　　者／朱剛

出 版 者／揚智文化事業股份有限公司

發 行 人／葉忠賢

總 編 輯／閻富萍

登 記 證／局版北巿業字第 1117 號

地　　址／台北縣深坑鄉北深路三段 260 號 8 樓

電　　話／(02)8662-6826

傳　　眞／(02)2664-7633

印　　刷／偉勵彩色印刷股份有限公司

法律顧問／北辰著作權事務所　蕭雄淋律師

初版四刷／2009 年 3 月

定　　價／280 元

I S B N：957-818-396-8

E-mail：book3@ycrc.com.tw

網址：http://www.ycrc.com.tw

國家圖書館出版品預行編目資料

二十世紀西方文藝文化批評理論 ＝Twentieth
century western cultural and critical theories
／朱剛著.－－ 初版.－－臺北市：揚智文化，
2002〔民91〕
　　面：　公分.－－（Cultural map；12）
參考書目：面

ISBN　957-818-396-8（平裝）

1. 西洋文學－評論

870.1　　　　　　　　　　　　91007158